Zeno Diegelmann
Finsterhain

AF196209

atb aufbau taschenbuch

ZENO DIEGELMANN, Jahrgang 1974, lebt in Frankfurt am Main und in Fulda. Er hat das Libretto für das Musical »Bonifatius« geschrieben, und unter dem Namen Tim Boltz veröffentlichte er die Bestseller »Weichei«, »Nasenduscher« und »Linksträger«.

Im Aufbau Taschenbuch sind ebenfalls seine Kriminalromane »Rhönblut« und »Kaltengrund« lieferbar.

Nach dem Mord an seiner Tochter Laura ist Kommissar Seeberg aus der Bahn geraten. Nun ruft ihn ausgerechnet Petrov, der Mörder seiner Tochter, ins Gefängnis. Petrov ist todkrank. Von dem Deal mit der Staatsanwaltschaft, dass er nach zehn Jahren freikommt, weil er seine Morde gestand, hat er nun nichts mehr. Zu Seebergs Überraschung und Entsetzen erklärt Petrov, Laura nicht getötet zu haben. Jemand habe ihn kopiert – der Mörder laufe noch immer frei herum. Lügt Petrov ihn an, um ihn ein letztes Mal zu verhöhnen? Als Petrovs Anwalt jedoch grausam getötet wird, weiß er, dass er auf der richtigen Spur ist. Seeberg beginnt zu ermitteln.

ZENO DIEGELMANN

FINSTER HAIN

EIN RHÖN-KRIMI

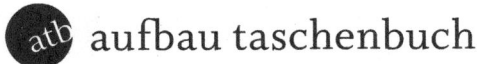 aufbau taschenbuch

ISBN 978-3-7466-2628-4

Aufbau Taschenbuch ist eine Marke der Aufbau Verlage GmbH & Co. KG

3. Auflage 2025
© Aufbau Verlage GmbH & Co. KG, Berlin 2014
www.aufbau-verlage. de
10969 Berlin, Prinzenstraße 85
Der Verlag behält sich das Text- und Data-Mining nach § 44b UrhG vor,
was hiermit Dritten ohne Zustimmung des Verlages untersagt ist.
Bei Fragen zur Sicherheit unserer Produkte wenden Sie sich bitte an
produktsicherheit@aufbau-verlage.de.
Umschlaggestaltung U1berlin, Patrizia Di Stefano
unter Verwendung eines Motivs von plainpicture/Millennium/Rosa Basurto
Satz LVD GmbH, Berlin
Druck und Binden CPI books Gmbh, Leck, Germany
Printed in Germany

»Ich wollte sie nicht berauben oder sie berühren oder sie vergewaltigen. Ich wollte sie nur ermorden.«

David Berkowitz, Serienmörder

Prolog

Die Sonne hatte sich seit Wochen nicht mehr am Himmel gezeigt. Manchmal glaubte er, dass sich die Wetterlage ganz seinem trüben Gemüt angepasst hätte, und beides schien geradeso, als ob es sich nie wieder ändern wolle. Die Temperaturen sanken immer weiter, und der Regen fühlte sich an, als wolle er beweisen, wie heftig er vom Himmel prasseln könne. Zu allem Überfluss am frühen Morgen Bodennebel aufgezogen, der sich nun schwerfällig über die morgendliche Landschaft schob. Selbst die Straßenlaternen schafften es nicht, mehr als einige wenige Meter des Blickfelds auszuleuchten.

Ein Fuchs, der nur einen Sprung von der Straße entfernt hinter der Leitplanke lauerte, blickte in den Lichtkegel des Autoscheinwerfers. Dabei reflektierten die beiden Augen des Tiers wie zwei kleine Warnlampen, die eine Botschaft aus dem Straßengraben sendeten. Doch das nahende Auto rollte vorbei, ohne abzubremsen, und ließ den Fuchs hinter sich. Kommissar Klaus Seeberg fuhr wie ferngesteuert und schaute weder nach links noch nach rechts seines Weges. Er war in Gedanken versunken, ließ sich einzig von seinem Unterbewusstsein leiten, das ihn aus der Stadt hinaus über die Bundesstraße 27 in Richtung Norden führte. Das Straßenschild signalisierte ihm, dass es noch 15 Kilometer bis zu seinem Ziel waren. Er wusste nicht viel über Schwalmstadt. Nur, dass die Stadt erst Anfang der siebziger Jahre durch den Zusammenschluss von zwei kleineren Städten entstanden war. Außerdem hatte das größte Städtchen des Schwalm-Eder-Kreises nicht nur im Kalten Krieg eine wichtige Funktion erfüllt, da dort die Atomsprengköpfe zweier US-Artilleriebataillone lagerten. Auch heute wurde dort etwas bewacht, das für die Bevölkerung eine immense Gefahr darstellen konnte: Mörder und Vergewaltiger verbrachten hier ihren geschlossenen Vollzug unter der höchsten Sicherheitsstufe. Die Justizvollzugsanstalt beherbergte einige der schlimmsten Schwerverbrecher des Landes hinter ihren dicken Mauern. Der Kommissar kannte den Weg dorthin recht gut. Schon oft war er diese Strecke gefahren, um die Beschuldigten zu ihren Taten zu befragen. Dennoch war heute alles anders.

Petrov hatte ihn angerufen.

Ausgerechnet der Mensch, der ihm alles genommen hatte, der seine Tochter auf dem Gewissen hatte. Zwei Tage hatte der Kommissar abgewogen, was er von diesem Telefonat zu halten hatte. Seine Ungewissheit und Neugier ließen ihn jedoch nicht zur Ruhe kommen, und schließlich beschloss er, sich anzuhören, was Petrov ihm zu sagen hatte. Nun saß Seeberg in seinem Wagen und war auf dem Weg zu ihm, und das, obwohl er sich seiner Sache immer noch nicht sicher war.

Er schüttelte voller Unverständnis über sich selbst den Kopf, während er das Hinweisschild zur Abfahrt der JVA passierte. Er beachtete es kaum. Stattdessen gab er Gas und beschleunigte seinen Wagen bis zum Parkplatz. Als er dort ankam, spritzte Kies auf. Er konnte das Knistern gegen den Unterboden des Autos deutlich hören. Er stoppte den Wagen und blieb einen Moment sitzen. Es war still. Irgendwie bewegte sich alles um ihn herum in Zeitlupe. Er sah hinüber zu einigen Bäumen, deren Äste sich gegen jede einsetzende Böe sträubten, und schloss für einen Moment die Augen. Sofort spürte er, wie sein Herz begann, schneller zu schlagen, sich sein Puls beschleunigte, und für eine Sekunde überlegte er sogar, den Motor wieder zu starten und zurückzufahren. Weit weg von diesem Ort und vor allen Dingen weit weg von Petrov.

»Warum tust du dir das an?«, fragte er sich. »Dieser Mann will dich nur leiden sehen. Er macht sich einen Spaß daraus, dich an der Nase herumzuführen.

Und am Ende wird er dich auslachen und Lauras Namen in den Schmutz ziehen.«

Laura.

Ihr Name war wie ein unsichtbarer Schalter für Trauer und Zorn.

Allein der Gedanke an sie spülte die schmerzlichen Erinnerungen wieder hervor.

Panik kam in ihm auf.

Ihm wurde schwindelig.

Er begann zu zittern.

Hastig suchte er in seiner Manteltasche nach den Medikamenten.

Er fand das Döschen und nahm zwei der kleinen Pillen heraus.

Mehr dürfe er nicht mehr nehmen, hatte ihm die Ärztin im Krankenhaus geraten. Das sei sonst zu gefährlich.

»Gefährlich!« Er lachte über die Worte, und seine Wunde in Höhe der Hüfte meldete sich beißend. Er zuckte kurz zusammen, dann ließ der Schmerz zum Glück wieder nach, und er nahm zwei weitere Tabletten. Die Schnittwunde der scharfen Klinge war zwar gut versorgt worden, dennoch würde er noch eine ganze Weile mit dem Schmerz zu kämpfen haben. *Sie haben nochmal Glück gehabt*, hatten ihm die Ärzte versichert, nachdem er nach der Notoperation wieder aus der Narkose erwacht war. Glück? Da war er sich nicht so sicher. Ihm hätte es nur wenig ausgemacht, wenn die Klinge einige Millimeter tiefer in sein Fleisch eingedrungen wäre und seine Organe zerfetzt hätte. Dann hätte alles endlich ein Ende gehabt. So musste er nun irgendwie weitermachen und sein Gewissen beruhigen, indem er den Bulgaren Petrov aufsuchte. Auch wenn er noch nicht wieder voll bei Kräften war. Wenn etwas an dessen Aussage stimmen würde, war er dazu verpflichtet, dem nachzugehen. Auch wenn die Vermutung ausgerechnet aus dem Mund des Mannes gekommen war, der seine Tochter auf dem Gewissen hatte.

Seeberg hatte den Wagen auf einem Parkplatz unweit des Eingangs abgestellt. Langsam schob er sich aus dem Fahrzeug, schlug den Kragen seines Mantels auf und ging hinüber zu der Betonwand, in der die schwere Eisentür der Pforte eingelassen war. Obwohl es höchstens zwanzig Meter bis dorthin waren, kam ihm die Strecke deutlich länger vor. Die Anstalt war in den Mauern eines ehemaligen Jagdschlosses untergebracht. Dazu hatte man neben diesem historischen Teil einen moderneren Erweiterungsbau nach neuestem Standard errichtet. Seeberg hielt inne und sah auf. Über ihm prangte in großen weißen Lettern der Schriftzug *Justizvollzugsanstalt Schwalmstadt.* Für einen kurzen Moment hoffte er darauf, dass ihn doch noch der Mut verlassen würde. Doch eine innere

Kraft ließ ihn nicht ziehen und forderte stattdessen von ihm, sich der Möglichkeit zu stellen, dass an Petrovs Andeutung vielleicht doch ein Fünkchen Wahrheit war und er womöglich tatsächlich recht behalten könnte. Er musste es sich zumindest anhören. Das war er seiner toten Tochter schuldig.

Er klingelte. Kurz darauf ertönte der Summer, und er drückte die Tür auf. Die letzte Chance, sich umzudrehen, fortzulaufen und nie wieder an den Mörder seiner Tochter zu denken, war damit vertan. Der Pförtner hob den Blick, und Seeberg nickte ihm freundlich zu. Sofort erkannte der Mann ihn und erhob sich augenblicklich von seinem Stuhl hinter der schusssicheren Scheibe.

»Herr Kommissar, na, das ist eine Überraschung. Sie habe ich ja schon ewig nicht mehr gesehen. Was verschafft uns denn die Ehre?«

»Ich will zu Petrov.«

Seeberg merkte, wie ihm allein das Aussprechen des Namens schwerfiel und eine fast vergessene Empfindung in ihm aufstieg. Dennoch wollte er nicht lange drum herumreden, sondern lieber direkt zum Punkt kommen. Doch nicht nur er war von dem Vorhaben überrascht. Der Pförtner fiel vor Schreck zurück in seinen Stuhl. Und das nicht nur, weil man normalerweise solch einen Termin telefonisch absprechen musste. Dass ausgerechnet Seeberg diesem

Mann einen Besuch abstatten wollte, erstaunte den Vollzugsbeamten. Er fragte sicherheitshalber nach.

»Petrov?«

»Ja.«

»Ist das Ihr Ernst?« Die Augen des Wachmanns verengten sich, als habe er gerade eine schlechte Nachricht erhalten. »Sie wollen wirklich zu ihm?«

Seeberg nickte. Es kostete ihn Kraft, sein Vorhaben beherrscht und besonnen vorzutragen.

»Ich weiß, dass das ungewöhnlich klingt, aber ich habe meine Gründe. Also machen Sie schon auf.«

»Wie Sie meinen.« Der Wächter blies seine Wangen auf, zuckte die Schultern und gab ihm den Weg in den langen Flur zu den Zellen frei. »Ein Kollege begleitet Sie rüber in den Zellenblock E. Sie kennen ja den Weg.«

»Ja, danke.«

Wie aufs Stichwort trat ein junger Uniformierter zu ihnen vor die Pforte, nickte Seeberg zu und ging, ohne große Worte zu verlieren. Der Kommissar kannte ihn nicht. Es war wohl ein neuer Kollege, der erst seit kurzem hier seinen Dienst angetreten hatte. Er folgte dem schweigsamen Vollzugsbeamten hinüber zum Trakt der Schwerverbrecher und war dankbar dafür, dass der junge Kerl keine Floskeln austauschen wollte oder Fragen stellte.

Der Weg war länger, als er ihn in Erinnerung hatte.

Bei jedem Schritt, den er Petrovs Zelle näher kam, wurde ihm klar, dass er sich gerade auf den Weg in die Hölle begab. Und der Teufel höchstpersönlich würde ihn mit einem breiten Grinsen empfangen.

1.

Die Zellen sind geräumiger, als es solch einem Mörder zusteht, dachte Seeberg, als er den endlosen Flur entlangging und in einige der leeren Räume blickte. Wobei er wusste, dass auch eine noch so gut ausgestattete Gefängniszelle einem Menschen bereits nach kurzer Zeit das Gefühl von Enge und Beklemmung vermittelte. Er selbst wäre in solch einem beengten Raum wohl bereits nach wenigen Tagen wahnsinnig geworden. Allein der Gedanke daran ließ ihn unruhig werden, und er schnappte unwillkürlich nach Luft.

»Alles in Ordnung?«, fragte der Beamte.

»Danke, geht schon. Das Wetter macht mir zu schaffen.«

Der Beamte nickte.

»Schon verrückt, was? Ich lebe seit meiner Kindheit hier in der Gegend, aber an so ein Scheißwetter kann ich mich nicht erinnern.«

»Ja, verrückt.«

Sie marschierten energisch weiter. Dann stoppten sie vor einer Eisentür mit der Nummer 18e. Der Vollzugsbeamte öffnete die Tür und deutete ins Innere der Zelle.

»Klopfen Sie dann einfach, wenn Sie so weit fertig sind. Ich bleibe hier in der Nähe.«

»Okay.«

Der Kommissar trat ein. Einige Sekunden später schloss sich der Riegel laut klackend hinter ihm, und er war allein mit dem Teufel. Doch zunächst einmal sah er kaum etwas. Das Licht war ausgeschaltet, und auch das vergitterte Fenster war mit einer Decke abgedunkelt worden, so dass er für einige Sekunden hilflos in völliger Dunkelheit stand. Er konnte Petrov in der Schwärze des Raums nicht ausmachen, doch er konnte dessen Atem hören. Er schluckte, und es dauerte einen weiteren Moment, bis sich seine Augen an das schwache Licht gewöhnt hatten. Dann erkannte er in der Ecke auf dem Bett eine Gestalt, die dort reglos lag und zur Decke starrte. Unwillkürlich musste der Kommissar erneut schlucken. Er spürte das Unbehagen, das sich wie ein Mantel, gefüllt mit schweren Steinen, über ihn legte. Keiner der beiden Männer sagte ein Wort. Die gegenseitige Abneigung war jedoch spürbar. Dann war es Petrov, der als Erster das Schweigen brach.

»Ich wusste, dass Sie zu mir kommen würden.«

Seeberg versuchte seiner Stimme Kraft und Nachdruck zu verleihen. Er wollte nicht schwach wirken.

»Machen Sie sich nicht allzu große Hoffnungen, Petrov. Ich bin nicht Ihretwegen hier.«

»Natürlich nicht.« Petrov lachte, und ein erster Hustenanfall überkam ihn. »Sie sind wegen Ihrer Tochter hier.« Die Stimme des Mörders klang trotz des rasselnden Hustens noch scharf und gefährlich. Die Welt war mit seiner Festnahme definitiv ein klein wenig sicherer geworden. Seeberg mochte sich nicht vorstellen, wie viele solcher kranken Hirne noch in Freiheit lebten und langsam und bedrohlich wie ein bösartiger Tumor wucherten, bis sie auszubrechen drohten. »Setzen Sie sich, Commissario.«

Seeberg nahm sich den einzigen Stuhl im Raum, rückte ihn etwa einen Meter vor dem Mörder zurecht und nahm Platz.

»Also, was wollen Sie von mir?« Seeberg fragte in einem ruhigen, sachlichen Ton. Auch wenn es ihm schwerfiel, sich zu beherrschen, wusste er, dass jede emotionale Regung Petrov in die Karten spielen würde.

»Falsch, Commissario. Die Frage ist doch, was ich für Sie tun kann.«

Erneut hustete Petrov, während er noch immer regungslos auf seinem Bett lag und ins Nichts starrte.

»Ich verstehe nicht, was Sie damit meinen. Sie sagten, dass Sie mir sagen würden, wer der Mörder meiner Tochter war. Aber das weiß ich doch längst.«

»Ach, tatsächlich?«

»Natürlich. Sie sind es gewesen.«

Die Gestalt auf dem Bett bewegte sich und drehte sich zu ihm. Erst jetzt erkannte Seeberg, dass zwei kleine Plastikschläuche aus den Nasenlöchern Petrovs heraus zu einer Apparatur hinter dem Bett führten. Der Mann sah krank, aber keinen Deut weniger gefährlich aus.

»Was würden Sie dazu sagen, wenn ich Ihnen erkläre, dass das nicht stimmt.«

»Ich würde sagen, dass Sie mich am Arsch lecken können und Sie ein vom Gericht verurteilter Mörder sind.«

»Gut, sehr gut, Commissario.« Petrov lachte auf und sah ihn zum ersten Mal mit seinen schwarzen Augen an. Sofort schauderte es Seeberg. Er hatte diese Augen seit der Verhandlung nicht mehr gesehen. Nur in seinen Träumen hatten sie ihn immer wieder heimgesucht. »Schauen wir uns das doch mal genauer an. Bin ich verurteilt? Ja. Bin ich ein Mörder? Ja. Aber bin ich auch der alleinige Killer, der für das alles verantwortlich ist? Nein.«

Der Kommissar hegte keinen Zweifel daran, dass Petrov diese Zelle nie wieder lebend verlassen würde. Weshalb sollte er also lügen? Seine Verurteilung war rechtskräftig und seine Schuld in vier Fällen bewiesen. Er hatte die Taten allesamt gestanden. Was sollte das Ganze also?

»Was wollen Sie hören? Dass ich Ihnen glaube? Was würde das ändern? Sie bleiben so oder so im Knast.«

»Der Knast«, wiederholte Petrov. »Der Knast ist noch mein geringstes Problem. Schauen Sie mich an. Ich bin schwerkrank. Die Ärzte meinen, dass es jederzeit zu Ende gehen kann. Vielleicht noch ein paar Tage, im besten Fall ein paar Wochen.«

»Falls Sie Mitleid von mir erwarten, muss ich Sie enttäuschen, Petrov. Ich hoffe, Sie leiden wie ein Hund.«

Petrov zog die beiden Schläuche von seiner Nase ab und legte sie in aller Seelenruhe neben sich. Dann setzte er sich auf, stellte die Füße zu Boden und sah den Kommissar durchdringend an.

»Ich habe keine Angst vor dem Tod. Ich habe vor gar nichts Angst. Aber falls Sie Interesse daran haben, die Wahrheit herauszufinden, sollten Sie sich einen anderen Ton angewöhnen, Commissario.«

Seeberg holte tief Luft.

»Warum sollte ich das? Es gibt nur eine Wahrheit und einen Mörder, und der sitzt gerade vor mir.«

»Seien Sie nicht so naiv. Sie sind lange genug bei der Polizei, um zu wissen, dass es nicht immer nur eine Wahrheit gibt. Oftmals ist die vermeintliche Wahrheit lediglich eine Hure. Sie wendet sich demjenigen zu, der dafür bezahlt.«

In der Tat hatte Seeberg diese Erfahrung des Öfteren machen müssen. Zu oft waren Verbrecher, die hinter Gitter gehörten, dank eines vorzüglichen Anwalts auf freien Fuß gekommen. Aber worauf wollte Petrov hinaus?

»Was meinen Sie damit?«

Der Mörder sah Klaus Seeberg an, dann grinste er. »Ich wurde hereingelegt.«

»Hereingelegt?«, wiederholte der Kommissar. »Aber Sie sagten doch gerade selbst, dass Sie für die Morde ...«

»Nicht für alle«, unterbrach ihn Petrov. »Ja, ich habe die drei Mädchen auf dem Gewissen, die in den letzten Jahren verschwanden, aber mit dem letzten Mädchen, ihrer kleinen Tochter, hatte ich nichts zu tun.«

Erneut trat Stille ein. Seeberg musste sich einen Moment sammeln. Auf keinen Fall wollte er Petrov zeigen, wie zittrig seine Stimme war. Also wartete er, bis er sich wieder gefestigt genug fühlte.

»Was soll das? Warum erzählen Sie mir das?«

»Ganz einfach, Commissario. Weil außer Ihnen und mir sonst kein Mensch mehr Interesse daran hat, die Wahrheit in dieser Sache herauszufinden.«

»Warum besprechen Sie sich nicht mit Ihrem Anwalt?«

»Mein Anwalt?« Petrov lachte, dann überfiel ihn

erneut ein Hustenanfall. »Mein Anwalt ist ein Lump. Kaum dass ich in der Zelle saß, hat er mir einen Deal angeboten. Wenn ich mich zu allen vier Morden bekennen sollte, würde er dafür sorgen, dass ich nach zehn Jahren bereits wieder wegen guter Führung entlassen werden würde.«

»Nach zehn Jahren?« Bislang war der Kommissar immer davon ausgegangen, dass Petrov nie wieder in Freiheit Sonnenlicht sehen würde und nach seiner Entlassung in Sicherheitsverwahrung kommen würde. »Aber Sie haben doch fünfzehn bekommen. Mit anschließender Sicherheitsverwahrung.«

»Merken Sie was, Commissario? Da läuft ein ziemlich dreckiges Spielchen, was? Mein Anwalt meinte, dass er einflussreiche Freunde habe, und tatsächlich wurde ich mit Aussicht auf vorzeitige Entlassung nur für zehn Jahre verknackt.«

»Aber wie konnte das Ihr Anwalt vorher schon wissen?«

»Wie gesagt, er ist ein Lump. Deswegen sind Sie auch der Einzige, dem ich es zutraue, etwas herauszufinden. Sie sind bereit, im Dreck zu wühlen, und schrecken vor nichts zurück, da Sie nichts mehr zu verlieren haben. Im Endeffekt sind Sie genauso ein Gefangener, wie ich es bin.«

Seeberg überlegte.

»Sie denken sich das alles aus, nicht wahr? Sie wollen mich aufs Glatteis führen und mich bloßstellen, um mich ...«

»Nein«, fuhr Petrov dazwischen. »Ich sage Ihnen, dort draußen läuft noch der wahre Mörder Ihrer Tochter herum, und vielleicht hat er sich schon sein nächstes Opfer ausgesucht.«

Seeberg schüttelte den Kopf.

»So ein Blödsinn. Und selbst wenn ... ich könnte Ihnen hier auch nicht heraushelfen.«

»Verstehen Sie denn nicht?« Petrov ballte eine Faust und schlug damit auf die Federdecke. »Ich komme hier nicht wieder heraus. Nie wieder. Ich werde hier drin verrecken. Das ist ja mein Problem. Sonst würde ich einfach diese zehn Jahre absitzen und dann nach Hause gehen.«

»Was wollen Sie dann?«

»Ich will den Typen, der meine Handschrift kopiert hat. Bringen Sie ihn zur Strecke. Diese drei Frauen waren mein Kunstwerk. Meins ganz allein. Das lasse ich mir nicht zerstören. Von niemandem.«

»Kunstwerk?«, wiederholte Seeberg. Seine Stimme wurde lauter und zornig. »Sie haben unschuldigen Frauen das Leben genommen, haben Familien zerstört und unendliches Leid über unzählige Menschen gebracht. Das ist kein Kunstwerk, das ist kranker Wahnsinn. Ich höre mir den Scheiß nicht mehr länger an. Sie wollen mich doch nur provozieren und sich an meinem Schmerz aufgeilen, Sie kranker Idiot!«

Der Kommissar stand auf, ging zur Tür und klopfte. Das Zeichen für den Beamten, ihn wieder aus der Zelle zu lassen.

»Warten Sie, Commissario.«

Die Tür der Zelle wurde geöffnet, helles Licht fiel herein. Erst jetzt erkannte Seeberg, wie krank Petrov tatsächlich aussah. Er war abgemagert und blass, und seine Augen lagen tief in den Höhlen. Der Tod hielt ihn bereits fest in seiner kalten Hand.

»Was?«, fuhr Seeberg herum.

»Gehen Sie zu meinem Anwalt. Sein Name ist Frank Vollmer. Er hat seine Kanzlei in der Heinrichstraße in Fulda.«

»Warum sollte ich das tun?«

»Das werden Sie schon sehen. Fragen Sie ihn nach den Wunden, den Messerschnitten. Lassen Sie sich die Fotos zeigen. Dann werden Sie es schon verstehen.«

Seeberg wurde übel. Er erinnerte sich an die Schnitte, die alle Opfer vorzuweisen hatten. Petrov hatte ihnen eine Brustwarze herausgeschnitten und sie als Trophäe für sich behalten. Die Polizei hatte die Beweisstücke in mit Formaldehyd gefüllten Einweggläsern im Keller des Täters gefunden.

»Sie sind widerlich.«

Seeberg verließ die Zelle und konnte Petrov noch aus dem Inneren hören, wie er ihm etwas nachrief.

»Und schauen Sie unter Chilnov nach. Eine Stadt im Norden Bulgariens. 1923. Hören Sie? 1923, das ist wichtig …«

Die letzten Worte Petrovs verebbten in einem heftigen Hustenanfall. Die Tür schloss sich, und der Beamte blickte den Kommissar an.

»Ein verrückter Kerl, was? Hat er Ihnen etwas getan?«

»Nein«, antwortete Seeberg leichenblass und bemerkte, dass er am ganzen Körper zitterte und kaltschweißig war. »Nein, ich glaube, nicht.«

»Sie glauben, nicht?«

Für den jungen Beamten klang das amüsant, doch es war Seeberg absolut ernst. Er wusste nicht, was Petrov in ihm aufgerissen hatte. Klaus Seeberg sah ruckartig auf.

»Lassen Sie uns gehen.«

Der Kommissar folgte dem Beamten zurück in den Haupttrakt. Die Absätze ihrer Schuhe hallten in dem steril wirkenden Flur wie die Salve eines Maschinengewehrs in seinen Ohren. Doch selbst dieser Stakkato-Rhythmus vermochte es nicht, die Sätze Petrovs zu übertönen, die noch immer im Kopf des Kommissars hämmerten.

»Irgendwo da draußen rennt der wahre Mörder Ihrer Tochter herum, und vielleicht hat er sich schon sein nächstes Opfer ausgesucht.«

2.

Er war mit dem Wagen ziellos umhergefahren. Zumindest glaubte der Kommissar das zunächst. Es war in letzter Zeit nicht selten vorgekommen, dass er sich in seinen Wagen setzte, herumfuhr oder zu Fuß einfach drauflosging, bis ihn irgendwann die Dunkelheit einholte. Auch diesmal war es nicht anders. Er hatte kaum geschlafen und war um fünf Uhr endgültig aufgestanden. Zuhause war ihm die Decke auf den Kopf gefallen. Erst als er schließlich hier, an diesem Ort aus dem Auto gestiegen und einige Meter in der nasskalten Umgebung gegangen war, um einen klaren Kopf zu bekommen, begriff er, dass ihn sein Unterbewusstsein gezielt hierhergeführt hatte. Er sah hinauf zu dem kleinen, aber dichtbewachsenen Waldabschnitt, den die Einheimischen Finsterhain nannten. Es war die Gegend, in der Laura damals von einem Spaziergänger aufgefunden worden war.

Seeberg bemerkte, dass sein Atem schneller wurde. Sein Herzschlag beschleunigte sich, doch er wollte sich nicht seinen Ängsten unterwerfen und ging in die Richtung weiter, in der er den exakten Fundort vermutete.

»Einfach ganz langsam ein- und ausatmen«, sprach er sich selbst Mut zu. Tatsächlich beruhigte sich sein Puls wieder. »Gut so. Ganz ruhig.«

Ihm gingen viele Bilder durch den Kopf, als er weiter den Feldweg entlanglief. Gesichter huschten an ihm vorbei.

Laura.

Seine Exfrau.

Petrov.

Es war eine ganze Woche vergangen, seit er bei Petrov gewesen war. Zuerst hatten ihn die Behauptungen des Bulgaren noch sehr beschäftigt. Bis er schließlich zu der Überzeugung gekommen war, dass Petrov sich mit ihm nur ein Spiel erlaubt hatte. Es sprachen zu viele Fakten gegen dessen abwegige These eines weiteren Täters. Wahrscheinlich wollte er sich nur wichtig tun und seine perverse Lust nach Anerkennung stillen, bevor er starb. Der Kommissar hatte sich in den letzten Tagen überlegt, was er mit seinem eigenen Leben nun anfangen sollte. Die Geschehnisse der letzten Zeit hatten ihm gezeigt, dass die Diensttätigkeit ihm zumindest ein wenig Zerstreuung verschaffte. Wenigstens würde es ihm die Zeit verkürzen, bis er endlich genug Mut fassen würde, um den Schritt zu wagen, sich das Leben zu nehmen. Sein

Dasein kam ihm ohne seine Tochter sinnlos vor, doch die tägliche Routine half ihm über die schlimmsten Momente hinweg. Obwohl er noch immer krankgeschrieben war, hatte er versucht, sich eine gewisse Regelmäßigkeit abzuverlangen, bis er wieder den Takt seiner Arbeit aufnehmen konnte und dieser den Alltag diktierte. Fast freute er sich wieder darauf. Er war nicht besonders gut darin, seinen Tag eigenständig zu gestalten. Da er kaum Schlaf finden konnte, ging er meist früh aus dem Haus, kaufte sich eine Tageszeitung und verbrachte den Morgen in einem Café der Innenstadt. Danach folgte stets ein Spaziergang in der Johannisau, der grünen Lunge der Stadt. Das raue Wetter der letzten Tage störte ihn dabei nicht im Geringsten. Im Gegenteil. So verloren sich nur wenige Menschen auf den Wegen des Naherholungsgebiets. Gesellschaft störte ihn. Er wusste nicht, wann er damit begonnen hatte, die Menschen zu verachten. Es musste aber schon lange vor dem Tod Lauras gewesen sein.

»Ein anderes Leben. Eine andere Zeitrechnung.« Seeberg lachte bei dem Gedanken an unbeschwerte Zeiten. Der Weg stieg etwas an, und er spürte einen leichten Schmerz. Die Wunde in seiner Seite meldete sich mit einem Ziehen. Er atmete tief ein. Die Luft tat gut. Und trotz des Stechens heilte die Narbe langsam, aber sicher aus und schmerzte nur noch bei schnellen Bewegungen. Plötzlich hielt er inne, als er auf Höhe des Waldrands war. Der Wind frischte auf, und in den Ästen über ihm rauschte es, während er auf einen vom Sturm beschädigten Baum vor ihm schaute. Er nickte. »Hier muss es irgendwo gewesen sein.«

Seeberg überlegte, ob dieser Blick auch der letzte gewesen sein könnte, den Laura wahrgenommen hatte. Die Spurensicherung war sich damals nicht sicher gewesen, ob das Mädchen hier ermordet worden war oder Petrov lediglich ihre Leiche an dieser Stelle abgelegt hatte. Der Kommissar versuchte die Sache so objektiv, wie es ihm möglich war, zu bewerten. Er verwischte die Idee eines zweiten Täters und versuchte sich stattdessen an die unumstößlichen Fakten zu halten. Und davon gab es einige.

Petrov hatte damals die Morde allesamt gestanden, und es gab keinerlei Grund, an diesem Geständnis zu zweifeln. Soweit sich Seeberg daran erinnern konnte, waren die Beweise erdrückend gewesen. An allen Leichen fanden sich DNA-Spuren von Petrov. Er hatte sich seiner Sache wohl sehr sicher gefühlt und keinen Wert darauf gelegt, seine Spuren zu verwischen. Außerdem hatte Petrov für keine der Tatzeiten ein Alibi. Zu guter Letzt waren die Kollegen bei der Hausdurchsuchung im Keller Petrovs auf dessen perverse Trophäensammlung gestoßen. Die Brustwarzen der jungen Frauen. Aller Frauen. Auch die von Laura. Alles sprach gegen den Bulgaren. Dennoch dachte der Kommissar hier am Fundort nun wieder an die Worte Petrovs.

Was wäre, wenn?

Wenn irgendwo hier draußen tatsächlich jemand anderes auf sein nächstes Opfer lauern würde?

Seeberg schüttelte den Gedanken ab und sog erneut die feuchte Luft tief in seine Lungen. Er spürte, wie sich sein Körper langsam erholte. Er hatte sich an die Vorgaben der Ärzte gehalten und versuchte, seine Tabletteneinnahme herunterzufahren. Allerdings wusste er nicht wofür. Er strebte weder eine gute Gesundheit noch ein langes Leben an. Der Wunsch, allem ein Ende zu bereiten, lockte noch immer mit unverminderter Kraft. Nur der richtige Zeitpunkt schien noch nicht gekommen zu sein.

»Ja, ja, hier vorne war es«, ertönte eine Stimme hinter ihm. »Genau dort, wo Sie jetzt stehen.«

»Wie bitte?«

Der Kommissar wandte sich um und sah einen alten Mann mit seinem kleinen Mischlingshund ein paar Meter vor sich auf dem Fußweg. Der Greis trug einen Hut auf seinem kahlköpfigen Haupt, hatte eine untersetzte Figur und wirkte mit seinem kugelrunden Bauch und grauen Schnauzbart wie eine Comicfigur.

»Na, die Leiche der Kleinen. Ich weiß es noch ganz

genau, weil ich damals einer der Ersten gewesen bin, die hier am Fundort im Finsterhain waren.«

Kommissar Seeberg sah den Mann an. Der Alte verstummte sogleich und zog seinen Hund an der Leine harsch zurück.

»Entschuldigen Sie. Ich wollte Sie nicht erschrecken. Ich dachte nur, Sie seien deswegen hierhergekommen.«

Jetzt verstand der Kommissar. Der Mann deutete auf eine Stelle unweit vor ihm. Seeberg hatte seine Tochter damals nicht an ihrem Fundort in seine Arme schließen können. Nachdem die Spurensicherung abgeschlossen war und man sie für weitere Untersuchungen in die Rechtsmedizin gebracht hatte, hatte er erst dort ihre Leiche gesehen. Auch danach hatte er den genauen Fundort nie besucht, sondern hatte nur Fotos davon in den Akten betrachtet. Der alte Mann vermutete daher, dass es sich bei dem Kommissar um einen Schaulustigen handelte, der sich einen Kick dadurch verschaffen wollte, indem er den Tatort eines echten Mordes aufsuchte.

»Ja, vielleicht bin ich das sogar«, antwortete Seeberg. »Kommen denn viele hierher, um sich den Fundort anzuschauen?«

»Am Anfang waren es mehr. Mittlerweile wird's weniger. Ich gehe jeden Tag zweimal mit dem Hund hier vorbei. Und da steht schon ab und zu ein Auto hier, und Leute gestikulieren wild herum.« Durch seine lebhafte Körpersprache unterstrich der Mann jedes seiner Worte mit großen Gesten. »Das war ja damals auch wirklich eine schlimme Sache. Die Mädchen verschwanden, und niemand wusste, was mit ihnen geschehen war. Erst nach mehreren Tagen, manchmal sogar Wochen fand man dann die Leichen. Nur bei der hier ging alles ratzfatz.«

Der Kommissar hob fragend seine Augenbrauen.

»Wie meinen Sie das?«

»Na ja, bei der Kleinen dauerte die Suche nicht lange … und dann fand man sie hier. Ganz nackt im Unterholz. Hatte nur diesen Schal in der Hand. Dieser Bulgare hatte wohl schnell die Lust an ihr verloren, oder er hatte Angst, weil ihm die Polizei im Nacken saß.«

Der Kommissar erinnerte sich. An diesem heißen Sommertag hatte er den Auftrag erhalten, einen alten Fall in der Rhön zu untersuchen. Ungefähr zwanzig Minuten bevor er dort angekommen war, hatte er den Anruf von Helena erhalten. Die Schule hatte angerufen, weil Laura nicht zum Unterricht gekommen war. Zu dieser Zeit waren alle Bewohner in heller Aufregung wegen der bereits getöteten Mädchen. Kindergärten und Schulen waren angehalten, umgehend Meldung zu machen, falls ein Kind fehlte. Helena Seeberg hatte daraufhin alle Freundinnen abtelefoniert und war alle Plätze abgefahren, an denen man ihre Tochter vermuten konnte. Doch mit jeder Minute, die erfolglos verstrich, wurde die Angst größer. Sofort war Klaus Seeberg umgekehrt und hatte sich an der Suche beteiligt. Als man am Abend noch immer kein Lebenszeichen von Laura hatte, rückte die Polizei mit einer Hundertschaft aus und durchkämmte die unmittelbare Nachbarschaft.

Das Schlimmste war die Machtlosigkeit, an die er sich erinnern konnte. Es gab keine Lösegeldforderung, stattdessen die Bilder der anderen Mädchen, die man irgendwo vergewaltigt, verstümmelt und ermordet an verschiedenen Waldlichtungen gefunden hatte. Nach zwei Tagen wurde aus der Angst Gewissheit.

»Ich erinnere mich. Ein Pilzsammler hat sie hier gefunden, nicht wahr? Waren Sie das?«

»Zum Glück nicht. Nein, der Eberhardt Klotz, mein Nachbar, der hat sie so gefunden. Mein Haus ist gleich dort vorn. Er hat bei mir geklingelt und mir alles erzählt. Dann haben wir die Polizei gerufen. Wir sind dann wieder rauf und sind bei dem Mädchen geblieben, bis die Polizei kam.«

Seeberg schluckte schwer.

»Hören Sie mir überhaupt zu?« Seeberg schwieg, doch das konnte dem Redeschwall des Hundebesitzers nicht das Geringste ausmachen. »Na ja, jedenfalls war das genau hier. Ich glaube, bei der Kleinen dauerte es nur zwei oder drei Tage, bis man sie fand.«

»Zwei Tage«, antwortete Seeberg. »Es dauerte genau zwei Tage.«

»Ach, Sie wissen also doch darüber Bescheid.«

Er nickte.

»Ein wenig.«

Doch im nächsten Moment fiel ihm etwas auf. Der Mann hatte recht. Warum hatte man Laura damals so schnell gefunden? Bei den anderen Mädchen war man davon ausgegangen, dass sie über mehrere Tage, teilweise Wochen gefangen gehalten, missbraucht und gequält worden waren. Bei Laura waren es genau zwei Tage gewesen.

»Sitz, Donut«, befahl der Mann seinem Hund und wandte sich wieder Seeberg zu. »Meiner Meinung nach hätte man dem Kerl direkt hier im Finsterhain den Strick um den Hals legen sollen. Sind Sie für die Todesstrafe?«

»Eigentlich nicht«, antwortete Seeberg.

»Aber bei so einer Bestie darf's doch kein Pardon geben. Der gehört aufgeknüpft oder auf den Stuhl gesetzt.«

»Ja, vielleicht haben Sie recht.«

»Nix da vielleicht. Ganz bestimmt sogar. Ich muss immer an die Eltern des Mädchens denken. Deren Leid. Also, ich hätte mich wahrscheinlich längst umgebracht. Zum Glück haben sie das Schwein ja kurz darauf geschnappt. Stellen Sie sich nur mal vor, Sie wären der Vater dieses Mädchens und müssten mit dem Gedanken leben, dass der Mörder Ihrer Tochter noch frei herumläuft. Na, eigentlich haben Sie recht, der elektrische Stuhl ist noch viel zu harmlos für so einen.«

Seeberg nickte stumm, während der alte Mann in seiner Erklärung weitermachte.

»Verstehen Sie mich nicht falsch. Ich bin Christ und ein gesetzestreuer noch dazu. Aber wenn man feststellt, dass man den Richtigen geschnappt hat und es keine Zweifel an seiner Schuld gibt, dann stehe ich ganz auf der Seite des Alten Testaments. Auge um Auge, Zahn um Zahn. Denn erst dann, wenn der wahre Täter seiner gerechten Strafe zugeführt wurde, können die Familienangehörigen ihren Frieden mit so einer Sache machen, nicht wahr?«

Die Worte des Mannes trafen ihn wie Pfeile in seine Brust. Dieser Kerl hatte recht. Solange auch nur ein Fünkchen Zweifel bestand, würde er sich das niemals verzeihen. Und wenn es das Letzte war, was er tun musste, es durfte keinen Zweifel an der Schuld Petrovs geben. Nicht den geringsten.

»Ja.« Der Kommissar nickte. »Sie haben ganz recht. Das ist man den Opfern und den Angehörigen schuldig.«

3.

Frank Vollmer, achtundfünfzig Jahre alt, unterhielt eine kleine Kanzlei mit mittelprächtigem Kundenstamm in der Fuldaer Innenstadt. Sein Name fiel immer, wenn vom Gericht ein Pflichtverteidiger gestellt werden musste. Vollmer mochte diese Fälle. Sie waren meist nicht spektakulär, und der eigenen Vita dienten sie auch kaum. Aber sie waren leicht verdientes Geld, und niemand kümmerte sich besonders darum, wenn der Fall für den Mandanten verloren wurde. Meist stand das Urteil ohnehin schon fest, und es ging viel mehr um die Einhaltung von Formalien als um einen möglichen Freispruch. Sein Büro war ein Spiegelbild seiner Arbeit. Alles wirkte chaotisch und wenig vertrauenerweckend.

Beate Fiedler war seine Sekretärin. Die zehn Jahre jüngere Frau versuchte seit Jahren vergeblich, etwas mehr Ordnung in die Geschäfte der Kanzlei zu bringen. Bisher war ihr das nicht gelungen. Stattdessen war sie vor drei Jahren nach einem Geschäftsessen schwach geworden und hatte eine Affäre mit ihrem Chef begonnen. Warum sie diesem Mann verfallen war, konnte sie sich selbst nicht erklären. Weder war er besonders attraktiv, noch war er erfolgreich oder gar vermögend. Jedoch nahm sie seither die Rolle ein, die viele Frauen vor ihr auch schon eingenommen hatten: Sie spielte die zweite Geige hinter der Ehefrau. Auch wenn Vollmer immer wieder beteuerte, sich trennen zu wollen, war bislang nichts in dieser Richtung passiert. Aber beenden wollte sie das Ganze auch nicht. Es verlieh ihrem tristen Leben wenigstens die Illusion von Spannung und großen Gefühlen.

Beate Fiedler suchte in einem Stapel von Unterlagen nach der Beglaubigung einer Behörde für einen aktuellen Fall, bei dem es um einen Nachbarschaftsstreit ging, als die Tür zur Kanzlei geöffnet wurde und ein Mann mittleren Alters eintrat. Der Mann sah müde und abgespannt aus. Dennoch wirkte er zielstrebig, als würde er genau wissen, was er wollte. Sie grüßte höflich und schenkte ihm das freundlichste Lächeln, das sie zu dieser frühen Stunde hervorbringen konnte.

»Guten Tag, was kann ich für Sie tun?«

»Ich möchte zu Herrn Vollmer. Ist er vielleicht zu sprechen?«

»Haben Sie denn einen Termin?«

»Nein.« Der Mann schüttelte den Kopf. »Es handelt sich eher um einen Besuch.«

»Ein Besuch? Aha. Ja, wenn Sie vielleicht nochmal einen kurzen Moment Platz nehmen wollen. Dann frage ich schnell nach, ob Herr Vollmer gerade Zeit hat.«

»Danke.«

Beate Fiedler ging hinüber zum Hauptbüro, klopfte zweimal an und trat ein. Der Anwalt war gerade in einem Telefonat und bedeutete ihr, dass sie einen Moment warten solle.

»Ja, Schatz. Spätestens morgen besorge ich die Unterlagen ... versprochen. Ja, ich komme dann nachgeflogen. Ich muss jetzt Schluss machen, mein nächster Klient ist da.«

Er legte den Hörer zurück auf den Apparat und lächelte Fiedler an. Es war ihm unangenehm, vor ihr mit seiner Frau zu telefonieren.

»Entschuldige, Bea. Aber ich habe dir ja gesagt, dass meine Frau in Urlaub fahren wollte.«

»Aber du hast mir nicht gesagt, dass du das zusammen mit ihr machen würdest.«

»Sie fliegt nächste Woche zusammen mit unserem Sohn nach Mexiko. Dann haben wir zwei Wochen für uns allein. Ich werde ihr einfach sagen, dass ein wichtiger Fall dazwischengekommen ist.«

Er nahm Fiedler in den Arm und küsste sie. Sie sträubte sich ein wenig. Jedoch nicht genug, dass man es ihr wirklich abnehmen konnte. Sie war das Spiel bereits zu lange gewöhnt, als dass sie sich noch wirklich darüber aufregte.

»Ach, Frank, wie lange soll das noch so weitergehen?«

»Nur noch bis mein Sohn zum Studium aus dem

Haus ist. Die paar Monate werden wir doch auch noch überstehen, oder?«

Sie antwortete nicht, sondern schob ihn stattdessen ein Stück von sich.

»Da ist ein Mann für dich gekommen. Er sitzt vorne im Wartebereich.«

»Ein Mann? Ich erwarte niemanden? Was will er denn?«

Fiedler zuckte die Schultern.

»Er meinte, es sei mehr ein Besuch.«

»Komisch. Na ja, dann schick ihn mal rein. Und zieh dir heute Abend etwas Nettes an. Ich lade dich ein. Wir gehen ganz schick essen. Und danach reserviere ich uns die Suite im besten Hotel der Stadt.«

Fiedler bekam einen Klaps auf den Po, den sie mit einem Lächeln quittierte, und ging zurück zu dem Mann im Wartebereich.

»Sie können direkt hineingehen. Herr Vollmer erwartet Sie in seinem Büro.«

Der Mann stand auf und ging durch die breite Tür ins Büro des Anwalts. Vollmer trat auf ihn zu und reichte ihm die Hand.

»Frank Vollmer, mit wem habe ich denn das Vergnügen?«

»Klaus Seeberg von der Kripo Fulda. Ich habe nur ein paar Fragen über einen Ihrer Klienten.«

4.

Er saß im Wartebereich und wartete darauf, dass die Sekretärin wieder zu ihm kam und ihn hereinbat. Der Kommissar fragte sich, ob das hier überhaupt einen Sinn hatte oder er sich gerade lächerlich machte. Doch die Worte des alten Mannes ließen ihn nicht los. Er war es sich und allen anderen schuldig, der Sache auf den Grund zu gehen. Er würde ein paar Fragen stellen und Antworten erhalten. Sie würden ihn wahrscheinlich zu dem Ergebnis kommen lassen, dass alles mit rechten Dingen zugegangen und Petrov auch für Lauras Tod verantwortlich war. Die letzten Zweifel würden sich gewiss in Luft auflösen.

Etwa die Frage, warum ihn der Mörder anlügen sollte. Seeberg hatte sich bei dem Gefängnisarzt über den Zustand Petrovs erkundigt, und dieser hatte bestätigt, dass Petrov nicht mehr lange zu leben hatte. Krebs im Endstadium, lautete die Diagnose. Welches Ziel verfolgte Petrov? Wahrscheinlich wollte er jetzt, da sein Ableben unmittelbar bevorstand, noch einmal die ungeteilte Aufmerksamkeit der Medien auf sich ziehen. Sein Fall war damals durch alle Zeitungen und Rundfunkstationen gegangen, und ein Aufschrei der Erleichterung war überall im Land erklungen, als die Polizei ihn endlich gefasst hatte. Aufgrund der Brutalität und Perversion seiner Taten würde sein Name für immer in einem Atemzug mit den schlimmsten Serientätern der deutschen Verbrechergeschichte genannt werden. Die jungen Frauen waren allesamt nach ähnlichem Muster entführt, missbraucht und ermordet worden. Mit der Ausnahme, dass bei Laura der zeitliche Rahmen ein anderer war. Außerdem war sie mit ihren dreizehn Jahren das mit Abstand jüngste Opfer Petrovs gewesen.

Seeberg sah aus dem Fenster der Kanzlei. Niemand würde ihm seine Tochter zurückbringen können. Aber er würde sich noch einmal alle Unterlagen zum Fall durchlesen. Das hatte er damals nicht getan.

Warum auch?

Man hatte den Täter schnell überführt.

Vielleicht zu schnell?

Nein, rief er sich zur Ruhe. Alles in Ordnung. Du tust jetzt das, was du tun musst, und dann ist die Sache ein für alle Mal erledigt.

»Sie können direkt hineingehen.«

Die Stimme riss ihn aus seinen Gedanken. Er sah auf und nickte. Die zu stark geschminkte Sekretärin war zurück zu ihm in den Wartebereich getreten und deutete auf die Tür, die ins Büro ihres Chefs führte. »Herr Vollmer erwartet Sie in seinem Büro.«

5.

»Kriminalpolizei?« Der Anwalt schlug überrascht seine Augen auf. »Na, wenn ich Ihnen helfen kann. Um welchen Klienten handelt es sich denn?«

»Petrov.«

»Petrov?«, wiederholte der Anwalt. »Und Ihr Name ist Seeberg, sagten Sie?«

»So ist es.«

Der Kommissar konnte in den Augen Vollmers lesen, dass ihm der Besuch unangenehm war. Die Frage war nur, warum? Weil es dem Anwalt peinlich war, Petrov vor Gericht vertreten zu haben? Weil nun der Vater des Mädchens vor ihm in seinem Büro stand und ihm genau das vorwerfen könnte? Der Kommissar glaubte nicht, dass das einem Anwalt von Vollmers Niveau auch nur annähernd schlaflose Nächte bescheren würde.

»Ihr Gesicht kam mir gleich irgendwie bekannt vor. Sie sind der Vater der kleinen Laura, nicht wahr?«

»Ja.«

»Das tut mir … ich meine … mein herzliches Beileid nochmal, auch wenn es, na ja … schon einige Monate her ist.«

Seeberg nickte, und Vollmer bot ihm einen Stuhl auf der anderen Seite des Schreibtischs an. »Aber setzen Sie sich doch.«

»Danke.«

»Ich möchte nicht unhöflich wirken, Herr Kommissar, aber was genau führt Sie zu mir? Was wollen Sie von meinem Klienten? Er sitzt doch seine Strafe längst ab.«

»Das tut er«, antwortete der Kommissar. »Ich will Sie auch gar nicht lange belästigen. Ich wollte Sie nur fragen, ob er sich Ihnen gegenüber je seltsam zum Mord an meiner Tochter geäußert hat. Gab es Hinweise darauf, dass seine Aussagen nicht ganz stimmig waren? Oder anders gefragt, hatten Sie Zweifel an seinem Geständnis?«

»Zweifel? Wie meinen Sie das?«

»Hat er die Tat jemals bestritten? Hat er sich anfänglich anders zur Tat geäußert als in dem schriftlichen Geständnis, oder verstrickte er sich vielleicht bei seinen Beschreibungen zum Tathergang in Widersprüche?«

Der Anwalt lehnte sich zurück und sah Kommissar Seeberg an.

»Ich befürchte, ich kann Ihnen nichts zu den Gesprächen zwischen mir und meinem Mandanten erzählen. Das unterliegt der Schweigepflicht. Das wissen Sie doch.«

»Natürlich. Aber das hier ist keine offizielle Ermittlung. Wie Sie schon erwähnt haben, ist der Täter bereits verurteilt, und es gibt eigentlich keinen Grund, neue Nachforschungen seitens der Polizei anzustellen. Es sei denn, Sie veranlassen mich dazu. Dann müsste ich allerdings die Akteneinsicht all Ihrer Unterlagen beantragen.«

Ein Bluff. Ein schlechter noch dazu, denn Seeberg hatte überhaupt keine Handhabe, irgendetwas zu verlangen. Er war noch nicht einmal wieder im Dienst. Doch sein Instinkt verleitete ihn dazu, diesen Bluff zu versuchen. Er war selbst überrascht über sein Handeln. Allerdings schien ihm der Anwalt nicht gefestigt genug, dass er das Pokerspiel durchschauen würde. Er war ein kleiner Fisch, der leicht zu berechnen war. Der Kommissar schätzte, dass es eine ganze Menge Unregelmäßigkeiten in den Unterlagen von Vollmer geben würde. Nicht nur im Fall Petrov. Und tatsächlich fiel Vollmer bereits bei diesem ersten kleinen Lüftchen um.

»Na ja, andererseits ist der Fall ja abgeschlossen«, erklärte er. »Und Sie sind ja von der Kriminalpolizei, nicht wahr? Wenn ich Ihnen also helfen kann, mache ich das natürlich sehr gerne.«

»Also? Hat Petrov Ihnen gegenüber irgendwelche seltsamen Anspielungen zum Tathergang gemacht? Hat er sich widersprochen? Machte er falsche Angaben, die sich nicht mit den Ermittlungsergebnissen der Polizei deckten?«

Vollmer schüttelte den Kopf. »Nein, nicht, dass ich

mich erinnern könnte. Er hat insgesamt sehr wenig über die eigentlichen Taten gesagt. Er schwieg zu den meisten Anschuldigungen. Er gab mir sehr schnell zu verstehen, dass man seine Taten als Kunstwerk betrachten müsse, von denen ich keine Ahnung habe. Er wolle sich nicht mit einem Banausen wie mir über solche Dinge unterhalten. Dann unterschrieb er einige Tage später sein Geständnis, in dem er sich zu allen Morden bekannte. Er wollte wohl endlich Ruhe haben und sein Gewissen erleichtern.«

Das Gewissen erleichtern? So ein Verhalten sah Petrov überhaupt nicht ähnlich. Der Eindruck, den Seeberg von ihm hatte, war ein anderer. Petrov war ein Mann, der sich mit seinen Taten brüsten und unsterblich machen wollte. Die Sache mit der Kunst konnte stimmen, aber warum hatte er dann erst nach ein paar Tagen das Geständnis unterschrieben? Petrov hatte dem Kommissar angedeutet, dass der Anwalt ihm von Anfang an einen Deal angeboten habe. Also sagte entweder der Bulgare oder sein Anwalt die Unwahrheit. Seeberg begriff, dass irgendwas an der Sache zum Himmel stank.

»Petrov hat also nie etwas zu den Taten oder deren Hergang gesagt?«

»Nein.«

Seeberg erinnerte sich an die Worte Petrovs. Der Bulgare hatte ihm gegenüber erklärt, dass er den Anwalt wegen der Schnitte fragen sollte. Also tat er es, ohne zu wissen, wo das Ganze hinsteuerte.

»Was hat es mit den Schnitten auf sich?«

Vollmer zuckte zurück. Dem Kommissar entging diese Reaktion nicht. Der Anwalt schien überrascht.

»Die Schnitte? Was soll mit ihnen gewesen sein?«

»Ich weiß nicht. Sagen Sie es mir.«

Kleine Schweißperlen traten auf die Stirn des Anwalts.

»Na ja, das war so etwas wie sein Markenzeichen. Er entfernte seinen Opfern stets eine Brustwarze als Souvenir. Aber das wissen Sie doch längst.«

Seeberg überlegte einen Moment. Allein der Gedanke daran ließ seine Mundwinkel schmerzvoll zusammenzucken.

»Ja, das weiß ich nur allzu gut.«

»Entschuldigen Sie, so war das nicht gemeint. Hören Sie, ich möchte Ihnen einen gutgemeinten Rat geben, Herr Kommissar. Lassen Sie es gut sein. Der Täter ist gefunden und von einem ordentlichen Gericht verurteilt worden. Petrov ist der Täter, und er büßt für seine Taten.«

»Ja, wahrscheinlich haben Sie recht. Kann ich dennoch vielleicht Ihre persönlichen Notizen der Vernehmungsprotokolle einsehen? Oder haben Sie andere Aufzeichnungen Ihrer Gespräche? Mich würde es einfach interessieren. Rein persönlich. Als Vater.«

Vollmer lächelte unwirklich.

»Verstehe. Aber da müsste ich erst einmal nachschauen. Das kann ich Ihnen nicht versprechen. Und ich muss nun auch leider weitermachen. Ein wichtiger Termin vor Gericht. Sie verstehen ...«

»Natürlich.« Der Kommissar stand auf und schüttelte dem Anwalt die schweißnasse Hand. »Ich melde mich dann in den nächsten Tagen wegen der Unterlagen bei Ihnen.«

»Äh, ja ... machen Sie das. Aber wie gesagt, ich kann da nichts versprechen.«

Vollmer brachte ihn zur Tür, wo sich der Kommissar noch einmal umdrehte.

»Sagen Sie, stimmt es eigentlich, dass Petrov die Chance erhalten hat, bereits nach zehn Jahren wegen guter Führung wieder entlassen zu werden?«

Sein Gegenüber zögerte.

»Ja, das stimmt. Es ist mein Job, das Beste für meine Mandanten herauszuholen.«

»Natürlich. Ich wollte es nur wissen, da man von diesem Deal der Staatsanwaltschaft nichts gelesen oder gehört hat.«

»Über solche Dinge spricht man auch nicht. Schon gar nicht in der Öffentlichkeit.«

»Aber so ein Deal ist bei der klaren Beweislast und solch einer Schwere der Tat doch eigentlich ungewöhnlich, nicht wahr?«

»Nun ja, ich bin eben ein guter Anwalt und kenne die Tricks unseres Geschäfts.«

»Ja.« Der Kommissar nickte und sah dem Anwalt dabei tief in die Augen. »Das wette ich. Einen schönen Tag noch.«

Seeberg wartete nicht auf eine Antwort, sondern verließ die Kanzlei Vollmers. Als er wieder auf die Straße trat, blieb er hinter der nächsten Hausecke stehen und stützte sich ab. Er war kurzatmig, und die Reduzierung der Dosis seiner Medikamente tat ein Übriges. Dazu gesellte sich jedoch noch etwas viel Schmerzhafteres. Das unbehagliche Gefühl, dass Petrov recht behalten hatte. Irgendetwas stimmte hier nicht. Er musste sich die Fotos der Opfer und der Schnitte noch einmal ansehen. Wenn der Anwalt diese verdammten Unterlagen schon nicht herausrücken wollte, musste er sie sich anderweitig beschaffen. Doch als Erstes würde er nun herausfinden müssen, was es mit der anderen Aussage Petrovs auf sich hatte.

Schauen Sie unter Chilnov nach. Eine Stadt im Norden Bulgariens. 1923. Hören Sie? 1923, das ist wichtig.

6.

Der Anwalt setzte sich, öffnete die obersten Knöpfe seines Hemds und überlegte, was nun zu tun war. Allein der Gedanke, dass die Kriminalpolizei erneut in dem Fall ermitteln könnte, schnürte ihm den Hals zu. Dass es dann auch noch ausgerechnet der Vater der kleinen Laura war, der plötzlich in seiner eigenen Kanzlei vor ihm stand und nach den Schnitten fragte, hatte ihn für einen Moment bewegungsunfähig gemacht. Hatte der Kommissar diese Unsicherheit bemerkt? Schöpfte er eventuell sogar Verdacht? Vollmer schüttelte den Kopf, als wolle er sich davon selbst überzeugen, dass dem nicht sein konnte.

»Jetzt nicht in Panik verfallen, Frank«, sprach er sich selbst laut Mut zu. Dennoch blieb die nagende Sorge, dass dieser Kommissar mehr wusste oder zumindest mehr wissen wollte. Vor der Polizei hatte Vollmer keine Angst. Die war damals froh gewesen, dass man in Petrov so schnell den Schuldigen gefunden hatte und es zügig zu dessen Verurteilung gekommen war. Der ganze Polizeiapparat war zuvor in die Schusslinie geraten, als man bei den ersten Opfern auch nach mehreren Wochen noch keinen Täter vorweisen konnte. Nein, die Polizei war das geringere Problem. Doch ein Vater, der selbst betroffen war und sich nicht um konventionelle Wege scherte, konnte gefährlich werden. Seeberg würde sicherlich alles daransetzen, jedes einzelne Detail auszugraben, wenn er eine Ungereimtheit vermuten würde. Und das konnte nicht nur für seine Kanzlei unangenehme Folgen haben. Er drückte den Knopf der Sprechanlage. Die vertraute Stimme von Beate Fiedler kratzte aus dem Lautsprecher.

»Ja?«

»Such mir doch bitte mal die Akte Petrov heraus.«

»Petrov?«, fragte Fiedler zögernd. »Was willst du denn damit? Da haben wir doch gar nichts mehr mit zu tun.«

»Frag nicht, mach es einfach«, antwortete er kurz angebunden.

»Entschuldige, ich meinte ja nur. Seit wann schaust du dir denn abgeschlossene Fälle an?«

Die Antwort auf die berechtigte Frage seiner Sekretärin fiel deutlich zu harsch aus. Vollmer schob noch eine dünne Erklärung hinterher. Er brauchte nicht noch jemanden, der Verdacht an seiner Arbeit schöpfte.

»Sorry, war nicht so gemeint. Ich muss mir nur eine alte Notiz daraus ziehen.«

»Ach so. Ich kann das für dich erledigen, wenn du magst.«

»Nein, das mache ich selbst. Danke.«

»Na gut, wie du meinst. Ich bring dir die Akte gleich rüber.«

Vollmer nahm den Finger von der Sprechanlage und lehnte sich in seinem Ledersessel zurück. Er sah auf die Uhr. Elf Uhr. Sollte er es tun? Warum nicht? Für diese Information konnte er einen guten Preis verlangen. Ein Telefonat konnte jedenfalls nicht schaden. Er blätterte ungeduldig in der Adress- und Telefonliste, die in einem Register auf dem Schreibtisch stand. Er fand den gesuchten Namen und wählte die Nummer. Dann verließ ihn sein Mut jedoch wieder, und er legte den Hörer zurück, noch bevor es am anderen Ende geläutet hatte.

Vielleicht sollte er es doch lieber für sich behalten. Er war sich sicher, dass man ihn für das Auftauchen des Kommissars verantwortlich machen würde. Dabei hatte er doch überhaupt nichts falsch gemacht. Im Gegenteil, er hatte sich immer ganz genau an die Absprachen gehalten. Ein weiterer Grund dafür, dass er vielleicht für diese Information einen Sonderpreis veranschlagen sollte. Und überhaupt, das Ganze war doch nun auch schon einige Monate her.

Vollmer stand auf und ging um seinen Schreibtisch herum, wie ein Wolf, der sich der Strategie seines Angriffs noch nicht sicher war. Auf der anderen Seite würde er erst recht große Probleme bekommen, wenn man herausbekommen würde, dass der Kommissar bei ihm in der Kanzlei gewesen war und sich nach Petrov erkundigt hatte und er diese Information verschweigen würde. Allein der Gedanke daran brachte ihm Übelkeit.

»Ruhig, ganz ruhig«, befahl er sich, »das muss gut überlegt sein. Wie kann ich noch was für mich herausschlagen? Immerhin hat diese Information einen gewissen Wert.«

In diesem Moment kam Beate Fiedler mit einer Akte unter dem Arm in sein Büro.

»So, hier ist der gesamte Vorgang, Frank. Ich habe auch die Korrespondenz mit herausgesucht und beigelegt.«

Der Anwalt drehte sich herum. Er lächelte.

»Danke, du bist die Beste.«

»Schön, dass du das auch mal merkst. Wenn du noch was brauchst, sag Bescheid. Ich würde jetzt allerdings erst mal zu Mittag gehen. Kommst du mit?«

»Nein.« Vollmer schüttelte den Kopf. »Ich habe hier noch ein paar Anrufe zu erledigen.«

»Wie du meinst.«

Sie drehte sich ab und ging zur Tür.

»Ach, Bea.«

»Ja?«

»Schließ bitte die Tür hinter dir.«

Zwar konnte man in ihren Augen die Verwunderung über diesen Wunsch erkennen, da er dies sonst nie verlangte, doch sie sparte sich eine weitere Frage und zog die Tür hinter sich ins Schloss. Vollmer setzte sich wieder und schlug die Akte auf. Es musste ganz weit vorne abgeheftet sein. Soweit er sich erinnerte, hatte Petrov gleich bei ihrem ersten Treffen erklärt, dass der Mord an der Kleinen nicht auf sein Konto ginge. Zunächst hatte er damals noch an einen Scherz geglaubt. Dann an die große Chance, einen großen Fall zu betreuen. Dann kam das unverschämt gute Angebot, und er war darauf eingegangen. Genauso wie Petrov.

Vollmer blätterte weiter in den Unterlagen. Auch wenn er nicht der pedantischste Anwalt war, so führte er seine Unterlagen doch meist nach einem gut funktionierenden System, das er sich über all die Jahre angeeignet hatte. Und tatsächlich, nach kurzem Suchen fand er seine Gesprächsnotiz.

Petrov behauptet, dass der Mord an der kleinen Laura Seeberg nicht von ihm verübt wurde. Als angeblichen Beweis zeigt er mir auf den Tatortfotos, dass nur bei diesem Opfer mit den Schnitten etwas nicht stimmen würde ...

Der Anwalt las weiter in seinen Notizen, in denen alles genau erklärt wurde. Dann schloss er die Akte, tippte mit seinen Fingern noch einen Moment lang auf der Schreibtischplatte und wog ab, wen er nun anrufen sollte. Dann entschied er, dass die Chance auf eine Extrabelohnung nicht schlecht stand, und wollte erneut die Nummer wählen, erinnerte sich dann aber daran, dass er damals gesagt bekommen hatte, in Notfällen nur von einem öffentlichen Telefon anzurufen. Er ging aus dem Büro zur nächsten Telefonsäule am Universitätsplatz und tippte die Nummer ein. Eine Sekretärin meldete sich am anderen Ende mit routinierter Höflichkeit und stellte ihn direkt durch. Als die markante Stimme am anderen Ende erklang, begann er erneut an seiner Entscheidung zu zweifeln, und seine Hoffnung auf ein paar Extrascheine rückte in weite Ferne. Doch jetzt war es zu spät. Er berichtete von dem Besuch des Kommissars und wartete auf die Antwort. Als diese kam, war Vollmer sich ganz sicher, dass der Anruf ein Fehler gewesen war.

»Wir müssen reden. Aber nicht hier am Telefon. Ich komme heute Abend zu Ihnen in die Kanzlei.«

»Aber ich habe heute Abend schon etwas vor. Einen Termin …«

»Acht Uhr«, unterbrach ihn die Stimme am anderen Ende. »Sorgen Sie dafür, dass wir allein sind.«

Vollmers Mund war plötzlich staubtrocken, er musste schlucken.

»Gut, ich werde da sein.«

7.

Klaus Seeberg ging an den Kollegen vorbei, die auf den Fluren des Polizeipräsidiums in der Severingstraße standen. Vereinzelt nickte er bekannten Gesichtern zu, die mit einem ebenso knappen Nicken zurückgrüßten. Seit seiner eigentlichen Rückkehr war das Gaffen zwar weniger geworden, doch so recht konnten sich einige der Kollegen immer noch nicht an den Gedanken gewöhnen, dass Seeberg wieder im Dienst war. Es war wie in vielen großen Institutionen: Getuschelt und getratscht wurde gerne und viel. Vor allen Dingen, wenn es um solch einen Schicksalsschlag ging wie bei Seeberg. Dass seine Tochter einem Serientäter zum Opfer gefallen war, hatte viele erschüttert und ernsthaft betroffen gemacht. Die meisten hatten sich damals ohnehin mit dem Verschwinden der Mädchen beschäftigt, und als es die Tochter eines Kollegen traf, wurde es für viele zu einer persönlichen Angelegenheit. Als Seeberg von seiner eigentlichen Beurlaubung früher zurückkehrte als vorgesehen, hatte das jedoch für viel Kopfschütteln gesorgt. Der Kommissar hatte sogar Verständnis dafür und nahm es ihnen nicht einmal übel, wenn sie sich hinter seinem Rücken fragten, ob er jemals wieder seinen Dienst ordnungsgemäß ausführen konnte. Er wusste es ja selbst nicht einmal.

Er ging in sein Büro, wo seine Kollegen Ammer und Kohler an ihren Schreibtischen saßen. Obwohl Kohler sein Vorgesetzter war, verband die beiden eine freundschaftlich kollegiale Vergangenheit, wodurch sich für Außenstehende nicht immer gleich erschloss, wer hier das Sagen hatte. Ammer hingegen war erst vor kurzem in die Abteilung für Kapitalverbrechen gewechselt. Der junge Mann kämpfte ständig mit seinem Drang nach Selbstbestätigung, indem er ein ums andere Mal übermotiviert seine Aufgaben erledigte und damit seine Kollegen nervte. Dennoch hatte er sich als verlässlicher Polizist mit exzellenten Fähigkeiten erwiesen.

»Was machst du denn hier, Klaus?« Kohler erhob sich, als Seeberg eintrat. »Du bist doch krankgeschrieben und solltest zuhause das Bett hüten.«

»Ich bin fit.«

»Bist du nicht. Du wurdest im Dienst schwer verletzt. Wenn der Stich ein paar Zentimeter weiter nach links verlaufen wäre, müsste ich mir jetzt Gedanken um deinen Grabschmuck machen, anstatt mich hier mit dir rumzuärgern.«

»Ist er aber nicht«, gab Seeberg einsilbig zurück und setzte sich trotzig hinter seinen Schreibtisch. Kohler schüttelte den Kopf und nahm ebenfalls wieder Platz.

»Ach, übrigens, Ammer.« Seeberg drehte sich zu dem jungen Kollegen um. »Ich hatte noch keine Gelegenheit, mich bei Ihnen zu bedanken. Wenn Sie nicht gewesen wären, müssten Sie dem Kollegen Kohler nun bei seiner Blumen- und Kranzauswahl behilflich sein. Ich stehe also in Ihrer Schuld.«

»Ach, Unsinn. Kein Problem«, antwortete Ammer wie selbstverständlich, doch das Lob ließ ihn rot werden. »Gern geschehen, Herr Kommissar.«

»Kann mir nun jemand sagen, was es Aktuelles gibt? Was haben wir auf dem Programm?«

Ammer wechselte einen kurzen Blick mit Kohler. Dieser schnaubte kurz genervt, dann winkte er ab.

»Ach, mach doch, was du willst. Wenn du dich halt unbedingt ins Grab bringen willst, dann soll es mir recht sein.«

»Also, Ammer?« Seeberg konnte sich nur schwer zurückhalten, um nicht über Kohlers Motzigkeit zu lachen. Auch wenn er seinen alten Kollegen überaus schätzte, wenn er ihn bevormunden wollte, hatte er bislang immer den Kürzeren gezogen. »Dann geben Sie mir bitte mal ein kleines Update.«

»Wir hatten die Woche einen Raubüberfall auf ein Geschäft in der Altstadt«, begann Ammer. »Hat sich mittlerweile als Tat eines Drogenabhängigen herausgestellt, der im Rausch schnelles Geld für einen Schuss brauchte.«

»Sonst noch was?«

»Ja. Heute Morgen kam eine Meldung rein, dass

ein alkoholisierter Ehemann seine Frau niedergestochen hat. Zwar keine L-Sache, aber wir gehen der Sache nach.«

»Aha.« Im Polizistenslang stand das Kürzel »L-Sache« für den Fund einer Leiche. Seeberg nickte Kohler zu. »Und warum sitzt ihr dann hier und seid nicht vor Ort?«

Kohler ließ sich nur widerwillig zu einer knurrenden Erklärung hinreißen.

»Die Kollegen vom K3 kümmern sich bereits drum. Es ist ja nicht so, dass hier alles zusammenbricht, wenn du mal ein paar Tage fehlst. Die Polizei arbeitet trotzdem weiter.«

Ammer nickte lächelnd.

»Sonst ist es bisher ruhig gewesen.«

»Gut.« Der Kommissar stand wieder auf und ging an seinen Kollegen vorbei zur Tür. »Falls jemand nach mir verlangt, ich bin unten im Archiv.«

Das Archiv hatte den großen Vorteil, dass dort ebenfalls leistungsstarke Rechner zur Recherche bereitstanden und Seeberg dort zwischen den Regalgängen in aller Ruhe seinen Nachforschungen nachgehen konnte. Zum Glück mieden die meisten Kollegen die dunklen Räume mit der abgestandenen, muffigen Luft wie der Teufel das Weihwasser. Niemand verbrachte hier mehr Zeit, als unbedingt nötig, und griff sich daher meist die gesuchten Akten, um sie einige Stockwerke höher durchzusehen.

Seeberg betrat das Archiv und betätigte den Lichtschalter. Im wummernden Licht der Neonröhren tauchten die endlos langen Regalreihen voller Ordner auf.

»Und da sage noch einer, dass heute alles über den Computer erledigt wird«, dachte er laut und schrieb sich in die Liste ein, in der sich jeder Beamte mit Namen und Datum eintragen musste, wenn er etwas aus den Akten des Archivs nachschlug oder mitnahm. Auch er war schon eine Ewigkeit nicht mehr hier unten gewesen. Er gähnte teils aus Müdigkeit, teils aus Sauerstoffmangel. Dann setzte er sich vor einen der freien Rechner.

»Na dann«, sagte der Kommissar laut vor sich hin und fragte sich im selben Moment, unter welchen Suchbegriffen er als Erstes das Internet durchforsten sollte.

Bulgarien, Chilnov, 1923, tippte er in die Maske der Suchmaschine ein und wartete auf die Liste der vorgeschlagenen Ergebnisse. Es waren mehr, als er vermutet hatte.

Zunächst fand er allerdings nur diverse Eintragungen über die Honigbauern der Region, die in einem nahegelegenen Naturpark der Wild-Imkerei nachgingen. Doch beim Scrollen der einzelnen Berichte stieß er schließlich auf einen Artikel, der ihn aufhorchen ließ. Es war eine private Homepage, die sich um Serientäter und ihre blutigen Taten rankte. Der Besitzer der Homepage hatte weltweit die skurrilsten Fälle zusammengetragen und sie ins Internet gestellt. Eine Weltkarte erlaubte es dem Besucher der Seite, ein Land auszuwählen und nachzuschauen, welche Täter dort ihr Unwesen getrieben hatten oder immer noch trieben.

Seeberg klickte auf Bulgarien.

Einige Stecknadeln erschienen auf der Landkarte und deuteten an, in welcher Stadt es zu den jeweiligen Vorfällen gekommen war. Die Anzahl der Nadeln war überschaubar. Seeberg fand sofort die Stadt am oberen Ende der Landkarte.

Chilnov.

Der kleine Ort lag im Naturpark Russenski Lom, der sich wiederum nah an der Grenze zu Rumänien befand. Der Kommissar las den kurzen Text interessiert durch. Demnach war es dort in den 1920er Jahren zu einer Reihe von Morden an einheimischen Frauen gekommen. Das Ganze hatte nur deswegen den Weg aus den Bergen des Grenzgebiets ins Internet geschafft, da sich damals eine französische Biologin unter den sieben Opfern befunden hatte und der Vorfall dann in die französische Presse gelangt war. Die junge Frau war die Tochter eines der bedeutendsten Großindustriellen der damaligen Zeit und dort mit Freunden zur Jagd gewesen. Seeberg las weiter und entdeckte eine interessante Information. Als besondere Handschrift hatte der Täter seine ausschließlich weiblichen Opfer nicht nur missbraucht, sondern ihnen auch die linke Brustwarze herausgeschnitten.

Wie bei den Opfern von Petrov.

Sofort dachte der Kommissar an die Worte Petrovs: *Fragen Sie nach den Schnitten!*

Für einen kurzen Moment schloss Seeberg die Augen und kämpfte gegen den brennenden Schmerz in seiner Brust an. Die Erinnerung war schlimmer und schmerzvoller als jede Klinge, die in seinen Körper eindringen konnte. Er versuchte die Erinnerung abzuschütteln, doch einige Bilder waren schneller, und er sah Laura vor sich. Ihr blondes Haar, das selbst mit ein paar Spangen kaum zu bändigen war, der Mund, der weder Boshaftigkeit noch Beleidigungen kannte und so schön lächeln konnte. Er sah sie genau vor sich, wie sie sich an dem warmen Frühlingstag fröhlich von ihm verabschiedet hatte. Wie sie ihm noch einen Kuss auf die Wange gegeben hatte und durch die Haustür gegangen war. Seither gab es weder Fröhlichkeit noch Zärtlichkeit in seinem Herzen.

Er öffnete seine Augen wieder und schaute sich um, ob womöglich jemand das leise Wimmern aus seinem Hals vernommen hatte. Doch niemand war zu sehen. Er fuhr sich mit beiden Händen durchs Haar, sammelte sich und las den letzten Abschnitt weiter. Demnach hatte man den Mörder schließlich gestellt. Es war einer der Bienenbauern gewesen, der von einer höheren Macht berichtet hatte, die ihm den Auftrag zu den Morden gegeben hätte. In einem Interview hatte er sich auch zu seinem blutigen Ritual geäußert. Die abgetrennten Brustwarzen auf der Herzseite seiner Opfer sollten ihm demnach den Weg zu deren Herzen öffnen und ihm später als Wegzoll in den Himmel verhelfen. Man hatte die abgetrennten Brustwarzen schließlich in seinen Habseligkeiten gefunden. Doch noch bevor die Polizei etwas ausrichten konnte, hatte ihn die Bevölkerung gelyncht und an einem Baum aufgehängt. Auch der Name des Mannes war in dem Zeitungsbericht aufgeführt. Sein Name lautete Gerasim Petrov.

Dem Kommissar wusste, dass der Name Petrov in Bulgarien so geläufig war wie hierzulande Müller oder Meier, dennoch glaubte er nicht an einen Zufall. Aber was wollte ihm Petrov damit sagen? Dass einer seiner Vorfahren von Wahnvorstellungen heimgesucht worden war und eine ähnliche Mordserie begangen hatte? Was hätte das für einen Einfluss auf die hiesigen Morde? *Keinen*, gab sich Seeberg selbst die Antwort.

Erneut las er den Text durch und verglich den Tathergang mit den Fällen vor Ort. Keine Auffälligkeiten. Er beschloss, die Akte mit den Fällen im Archiv zu suchen. Vielleicht fiel ihm dabei etwas auf.

Rasch hatte er die Information im Register gefunden, wo sich die gewünschte Akte in den Gängen befand. Langsam schritt er die Regalreihe ab und zählte die nummerisch geordneten Register ab. Dann stoppte er mit seinem Zeigefinger in Höhe seiner Brust bei einigen Ordnern mit der Beschriftung »Ak. 14C uf., MK, Petrov«. Die Kürzel waren eine Zusammenstellung der Aktennotiz und der verantwortlichen Abteilung der Mordkommission sowie des Namens des Verdächtigen. Zurück an dem Schreibtisch breitete er einige der Unterlagen vor sich aus. Petrovs Biografie, den Tathergang der einzelnen Morde und wie man Petrov schließlich mit Hilfe der Beweise überführt hatte. In einem braunen Kuvert befanden sich die Tatortfotos der einzelnen Opfer. Der Kommissar zögerte.

»Tut mir leid, Kleine. Ich weiß, du würdest das nicht wollen, aber ich muss das jetzt tun«, sagte er zu sich selbst und schüttete die Fotos vor sich aus. Unwillkürlich schreckte er bei dem Anblick der jungen Frauen zurück. Allesamt waren es Frauen zwischen siebzehn und achtundzwanzig gewesen. Laura war mit ihren dreizehn Jahren das jüngste Opfer Petrovs.

»Reiß dich zusammen«, spornte er sich an, und zu seiner Überraschung gelang es ihm sogar. Er hatte in seiner langen Karriere unzählige Tatortfotos begutachtet. Diese Routine half ihm, seine gewohnten Automatismen abzurufen, selbst als er die Fotos von Laura vor sich hatte. Alle wiesen ähnliche Spuren auf. Am auffälligsten war, dass allen Opfern eine Brustwarze entfernt worden war. Die leblosen Körper der jungen Frauen waren nach der Tat zumeist an abgelegenen Waldwegen oder nahe der Autobahn gefunden worden. Alle waren entkleidet und sexuell missbraucht worden. Der Tod war schließlich durch Stiche mit einer scharfen Klinge sowie Strangulation mittels eines Kabelbinders eingetreten, der den Leichen noch um den Hals gelegt war. Seeberg nahm sich erneut den Text von der Internetseite vor. Dann stand er auf und wanderte durch den Raum. Ein Gefühl beschlich ihn, das ihn nicht mehr losließ.

Da ist was.

Ich kann es spüren.

Dieser Bastard hat recht.

Bei Lauras Tod war etwas anders gewesen.

Er reihte die Fotos aller Opfer nebeneinander vor sich auf. Immer wieder überprüfte er jedes einzelne davon. Dann wieder im Gesamteindruck. Beim dritten Anlauf erkannte er die Ungleichheit. In dem Vernehmungsprotokoll von 1923 hatte Gerasim Petrov gestanden, die Frauen ermordet zu haben und ihnen die Brustwarze deswegen entfernt zu haben, weil er die Energie ihres Herzens aufsaugen wollte und die Trophäen später als Wegzoll ins Paradies benötigen würde. Daher musste es auch immer die linke Brustwarze auf der Herzseite sein. Die rechte hätte keinen Sinn für ihn ergeben. Bei allen Opfern auf den Fotos vor ihm war es ebenso. Allen war die linke Brustwarze abgetrennt worden. Außer bei Laura. Bei ihr klaffte die Wunde auf der rechten Seite.

Ein Fehler, der Petrov nie unterlaufen wäre.

8.

Der Abend war angebrochen.

Die Kanzlei lag im Dunkel, nur die Schreibtischlampe erfüllte das Büro mit ein wenig Licht. Frank Vollmer hatte seine Sekretärin früher nach Hause geschickt und war den restlichen Tag damit beschäftigt gewesen, sich Gedanken darüber zu machen, was er seinem späten Gast sagen sollte. Mittlerweile war er sich beinahe sicher, dass er sich für die Variante des Abschwächens entscheiden würde. Dass alles nur ein Missverständnis gewesen sei und er sich wohl etwas zu sehr in die Sache hineingesteigert habe. Die ursprüngliche Idee, mit den Informationen weiteres Geld herauszuschlagen, hatte er bereits vor Stunden aufgegeben.

Sein abendlicher Gast war unberechenbar.

Das wusste Vollmer.

Aber wie skrupellos war er?

Das wusste er nicht.

Vollmer war ganz in seine Gedanken vertieft. Regen prasselte gegen die Fensterscheiben der Kanzlei. Daher hatte er seinen Besuch nicht kommen hören und nahm ihn erst wahr, als der mächtige Schattenriss des Mannes bereits in der Tür seines Büros stand. Erschrocken fuhr der Anwalt zusammen, als die tiefe Männerstimme anhob.

»Sie sollten Ihr Sicherheitssystem überdenken, Herr Vollmer.«

Vollmer sah auf und erkannte, dass die imposante Gestalt im Türrahmen gut zwei Meter maß. Dieser Mann war größer und breitschultriger als jener, den er erwartet hatte.

»Himmel, was erschrecken Sie mich denn so? Wie sind Sie überhaupt hier hereingekommen, und wo ist Herr …«

Der Schatten löste sich aus dem Türrahmen und unterbrach Vollmer, noch bevor er den Satz beenden konnte.

»Er hatte leider keine Zeit, selbst zu kommen, und

hat mich daher gebeten, den Termin für ihn wahrzunehmen.«

Vollmers Nacken spannte sich, und er konnte spüren, dass diese Bemerkung ihm Unbehagen bereitete.

»Das war aber so nicht abgesprochen.«

»Nun, dann müssen Sie sich wohl mit dieser neuen Situation anfreunden.« Der Mann trug einen Mantel. Regentropfen perlten vom Stoff auf den Parkettboden. Er trat näher zum Anwalt an den Schreibtisch und ließ sich auf dem Sessel nieder, auf dem der Kommissar einige Stunden zuvor gesessen hatte. Erst jetzt konnte Vollmer die Gesichtszüge des Mannes erkennen. Harte, kantige Züge, die durch eine wulstige Narbe auf der Stirn noch betont wurden. Doch am unbehaglichsten war die Stimme, die ruhig und unaufgeregt klang. Genau dieser unaufgeregte Klang machte ihm Angst. Ihm wurde klar, dass nicht er, sondern sein Gegenüber die Situation bestimmte. »Also, was haben Sie so Dringliches zu berichten, dass Sie meinen Auftraggeber trotz aller Absprachen auf seiner Geschäftsnummer anrufen mussten?«

Vollmer fühlte sein Herz in der Brust schlagen, und seine Halsschlagader hämmerte wie ein prallgefüllter Gartenschlauch gegen seinen Hemdkragen.

»Ich hatte eigentlich schon alles gesagt. Dieser Kommissar war bei mir in der Kanzlei und stellte Fragen.«

»Welcher Kommissar?«

»Kommissar Seeberg. Der Vater der Kleinen.«

»Worüber stellte er Fragen?«

»Über Petrov und die anderen Morde.«

»Und, was haben Sie ihm gesagt?«

»Natürlich nichts«, beteuerte Vollmer. Spiel es herunter, dachte er sich und versuchte so beiläufig wie möglich zu wirken. Es gelang ihm nicht. »Ich sagte ihm, dass Petrov gestanden habe und der Fall damit längst bei den Akten sei.«

»Und damit war dieser Kommissar zufrieden?«

»Nicht ganz. Er hat mich nach den Schnitten gefragt.«

»Nach den Schnitten? Aber dazu haben Sie ihm auch nichts gesagt, nicht wahr?«

»Nein. Dann wollte er die Akten mit meinen persönlichen Gesprächsnotizen einsehen, aber ich meinte, dass ich diese erst besorgen müsse. Dann ist er wieder gegangen.«

»Sie haben ihm also nichts mitgegeben?«

»Natürlich nicht.«

Vollmer lachte unnatürlich bei seiner Aussage und kämpfte gegen seine Angst und den Gedanken an, dass er jederzeit mit allem rechnen musste.

»Ist das die Akte, von der Sie sprachen?«

Der Mann deutete vor dem Anwalt auf den Schreibtisch.

»Ja«, antwortete Vollmer. Sein Mund war völlig ausgetrocknet. Wer war dieser Mann, und warum wusste er über alles Bescheid? Doch am allermeisten beunruhigte ihn der Gedanke, dass dieser Mann geschickt worden war. Warum? Weil der wahre Auftraggeber keine Zeit hatte? Undenkbar bei der Wichtigkeit der Angelegenheit. Vielleicht, weil er nicht mit ihm zusammen gesehen werden wollte? Möglich. Die letzte Option gefiel Vollmer am wenigsten: weil der Auftraggeber sich beim Beseitigen eines Mitwissers nicht die Hände schmutzig machen wollte.

»Gut, Herr Vollmer.«

Die Stimme des Gegenübers klang noch immer ruhig und kontrolliert. Der Mann stand von seinem Sessel auf und kam um den Schreibtisch herum, bis die Schritte genau hinter seinem Rücken stoppten. Vollmer wagte es nicht, sich umzudrehen. Er wollte nur allzu gerne sagen, dass nichts passiert sei, er sich in einen Gedanken verrannt habe, doch er tat es nicht. Dann überlegte er, zu fragen, ob er denn etwas falsch gemacht hatte, fürchtete jedoch die Antwort darauf. Er biss sich stattdessen auf die Unterlippe und schwieg.

Noch ganz in seinen Gedanken versunken, traf ihn der erste Schlag mit voller Wucht. Sein Kopf schien zu zerbersten. Ein stechender Schmerz durchflutete seinen Körper. Der Raum drehte sich, und Schwindel ließ ihn beinahe ohnmächtig werden. Er schnappte nach Luft, doch sosehr er sich auch darum bemühte, es genügte nicht, um zu atmen. Als er sich wieder aufrichten wollte, fuhr der zweite Hieb auf ihn nieder und traf ihn im Nacken. Die Wirkung war noch heftiger, und er schien von einer Sekunde auf die andere bewegungsunfähig zu sein. Weder seine Arme noch Beine gehorchten ihm. Aus den Augenwinkeln sah er etwas aufblitzen. Ein jämmerliches Flehen verließ seinen Hals.

»Nein, bitte nicht … ich … ich sage auch nichts.«

Mit einem Mal war der Mann vor ihm, hob die Klinge seines großen Messers und spielte damit direkt vor seinen Augen. Er ließ das kalte Metall provozierend langsam über Vollmers Gesicht fahren. Dann forderte ihn der Fremde auf, seinen Mund zu öffnen, und steckte ihm die Klinge in den leicht geöffneten Mund.

Das Entsetzen stand dem Anwalt in den Augen. Er wollte noch etwas sagen. Seine Zunge tanzte um das scharfe Metall. Kurz darauf konnte er sein eigenes Blut schmecken. Seine Zunge hatte sich an den scharfen Kanten der Klinge aufgeschnitten, und ein rotes Rinnsal lief ihm aus den Mundwinkeln.

»Das glaube ich Ihnen gerne, Herr Anwalt. Sie werden nämlich nie wieder etwas sagen.«

Noch bevor Vollmer zum Einwand seine Hand

heben konnte, wurde ihm die Klinge mit einem kurzen, heftigen Stoß tiefer in den Rachen geschoben. Der Anwalt begann zu röcheln. Sein Körper bäumte sich kurz auf, bevor er zuckend in seinem Lederstuhl zusammensackte. Dann drehte sein Mörder die Klinge um fünfundvierzig Grad, und das Zucken verebbte.

Als Vollmer ganz still lag, schnitt der Hüne ihm mit einem einzigen Schnitt die Zunge ab, wickelte sie in ein Taschentuch und steckte sie sich als Trophäe in die Manteltasche.

Er wischte das Blut von der Klinge ab und steckte das Messer ebenfalls zurück in seine Manteltasche. Als Letztes nahm er die Akte an sich, die vor dem toten Anwalt auf dem Schreibtisch lag und verschwand auf dem Weg, den er keine zehn Minuten zuvor gekommen war.

9.

Der Kommissar eilte zum Tor der Haftanstalt. Es war gerade einmal sieben Uhr am nächsten Morgen, doch er wollte keine Zeit verlieren, Petrov mit seinen neuen Erkenntnissen zu konfrontieren. War es das, was er gemeint hatte? Dass den Mädchenleichen allesamt die linke Brustwarze abgetrennt worden war und nur bei Laura die rechte fehlte? Seeberg klingelte, und die Metalltür schob sich kurz darauf auf und gab ihm den Weg frei. Er hielt die Akte mit den Beweisfotos fest unter dem Mantel an den Körper gepresst, dass sie nicht zu sehen war, und ging zielstrebig zu dem Beamten an der Pforte.

»Donnerwetter, Herr Kommissar, erst sieht man Sie ein Jahr lang fast gar nicht und nun fast jede Woche.«

Seeberg ertappte sich bei einem Lächeln.

»Ja, man kann es sich eben nicht aussuchen, nicht wahr? Die Verbrecher nehmen keine Rücksicht auf meinen Rhythmus. Ich war in der Nähe, und da fiel mir ein, dass ich noch zwei, drei Häftlingen einen Besuch abstatten muss. Es gibt noch ein paar Fragen. Nur Formalien, nichts Wichtiges.« Seeberg versuchte möglichst normal zu wirken. Er wusste, dass er eigentlich immer einen offiziellen Termin erfragen musste. Er wollte jedoch keinen Verdacht aufkommen lassen, dass er sich wieder mit dem Fall Petrov befasste. Es würde schnell für Aufsehen und Fragen sorgen, auf die er keine Antworten geben könnte.

»Mein Kollege ist gerade in Block E unterwegs. Aber wenn Sie mir sagen, zu welchen Häftlingen Sie möchten, ruf ich ihn schnell über den Pieper an, dass er herkommen soll.«

»Ach, das wird nicht nötig sein. Ich muss auch zu

einem Insassen in Block E. Dann gehe ich ihm gerade die paar Schritte entgegen, wenn es recht ist?«

Der Pförtner zuckte die Schultern. »Meinetwegen. Sie kennen ja den Weg.«

Der Kommissar nickte und hob als Dank die Hand, bevor der Summer ertönte und die Tür ins Innere der Anstalt freigab. Er hörte das Klacken seiner eigenen Schritte auf dem gebohnerten Boden, als er die Gänge entlangging. Der Rhythmus wurde schneller, er bemerkte seine Unruhe und befahl sich, langsamer zu gehen.

Du musst besonnen bleiben. Lass dich nicht von deinen Emotionen überwältigen, mahnte er sich selbst zur Disziplin. Bleib cool.

Im Zellenblock E sah er sich nach dem jungen Wärter um, doch der war nirgends zu sehen. Also ging der Kommissar alleine weiter und schritt die einzelnen Zellen ab. Er stoppte vor der Nummer 18, in der Petrov untergebracht war, und wollte dort warten, bis er den jungen Beamten sehen würde. Wenn er zurück zur Pforte wollte, musste er zwangsläufig hier vorbeikommen. Doch zur Überraschung Seebergs stand die Tür zu Petrovs Zelle auf. Er trat näher und spähte hinein. Sie war leer, das Bett war frisch bezogen. Ein ungutes Gefühl überkam ihn. Dass Petrov entlassen worden war, war absolut ausgeschlossen. Vielmehr trieb ihn der Gedanke um, dass der Bulgare vielleicht seiner Krankheit erlegen war. Nicht, dass es ihn getroffen hätte, allerdings wäre dies zu einem ungünstigen Zeitpunkt geschehen. Der Kommissar benötigte wichtige Informationen, die nur Petrov ihm geben konnte.

»Suchen Sie Petrov, Herr Kommissar?«

Seeberg wandte sich um und erkannte den jungen Beamten, der auf ihn zukam.

»Ja. Ist er etwa …«

»… gestorben? Meinen Sie das?«

Seeberg nickte. Der Beamte hielt vor ihm inne und schloss die Tür zu Petrovs Zelle ab.

»Nein. Aber wir mussten ihn auf die Krankenstation bringen. Es sieht nicht gut aus für ihn. Die Ärzte meinen, dass der Krebs einen Großteil seiner Lunge bereits zerfressen hat und es eigentlich jeden Tag mit ihm zu Ende gehen kann. Ich weiß nicht, wie es Ihnen damit geht, aber ich finde das nur gerecht. Wenn man bedenkt, was er den jungen Mädchen angetan hat.«

Ohne eine Antwort darauf zu geben, stellte der Kommissar eine Gegenfrage.

»Kann ich zu ihm?«

»Ich glaube schon.«

»Wenn Sie mir dann netterweise den Weg zur Krankenstation zeigen würden.«

»Na klar. Kommen Sie, ich zeig Ihnen, wo er liegt.«

Die Krankenstation war heller als der Zellentrakt. Große Fenster nahmen eine Seite des Raumes ein. Ab und an verirrte sich sogar ein Sonnenstrahl ins Zimmer und wirkte wie eine Brücke in die Welt außerhalb der dicken Mauern. Doch das Licht war kalt und ließ lediglich die weißen Kacheln an Boden und Wänden noch bedrückender wirken.

In der hinteren Ecke standen einige Apparate um ein Krankenbett herum. Sie pumpten Sauerstoff in die zerstörten Lungenflügel des Mörders. Petrov lag mit geschlossenen Augen da, und Seeberg ertappte sich dabei, wie ein Anflug von Anteilnahme ihn ergriff. In seiner Laufbahn als Polizist hatte er unzählige Lebensläufe von Mördern erlebt. Viele waren in zerrütteten Familien aufgewachsen, hatten nie das Gefühl von Liebe und Wärme kennengelernt und hatten sich an den Todesängsten ihrer Opfer gelabt, da sie selbst nie zu Emotionen fähig gewesen waren. Anderen war es nur darum gegangen, auf sich aufmerksam zu machen, von der Gesellschaft gesehen zu werden. Und sei es durch das Ermorden Unschuldiger. Und dann gab es noch die gebrochenen Seelen, die meist Menschen töteten, die sie verachteten oder die sie für ihr zerstörtes Leben verantwortlich machten. Dieses Gefühl hatte der Kommissar selbst kennengelernt, als man Petrov festgenommen und ihn als Mörder von Laura überführt hatte. Seeberg erfasste der unerträgliche Gedanke, dass vielleicht in jedem Mensch solch ein Ungeheuer lauerte und nur darauf wartete auszubrechen.

»Sie haben den Fehler gefunden, nicht wahr?«

Petrovs dumpfe Stimme riss den Kommissar zurück aus seinem Tagtraum. Er zögerte einen Moment, dann sah er den Bulgaren durchdringend an, der nun unter seiner Sauerstoffmaske zu ihm aufblickte.

»Es ist die falsche Seite.« Seeberg rührte sich nicht und antwortete professionell und präzise. »Sie haben den Opfern immer die Brustwarze der Herzseite herausgeschnitten. Nur bei Laura findet sich das nicht wieder. Bei ihr ist es die rechte Seite.«

»Bravo, Commissario. Ich wusste, ich kann mich auf Sie verlassen.«

»Warum haben Sie es mir nicht direkt gesagt?«

»Weil Sie es selbst herausfinden mussten, um es zu glauben. Sie hätten mir nicht vertraut.«

»Das tue ich immer noch nicht.«

Petrov lachte auf, doch das Lachen erstarb sogleich wieder, und er verzog schmerzverzerrt sein Gesicht.

»Aber dieser Anwalt hat Ihnen das sicher nicht verraten, nicht wahr?«

»Nein.«

»Ich bin mir sicher, dass er seine Unterlagen nicht an Sie herausgeben wird. Aber ich wollte, dass Sie ihn selbst erleben.«

»Er weiß mehr, als er zugibt.«

Petrovs Atem klang künstlich, und es dauerte einen Moment, bis er wieder genug Kraft gesammelt hatte.

»Ich spüre, dass es zu Ende geht, Commissario. Finden Sie den Kerl, der meine Kunst kopiert. Ich dulde niemanden neben mir.«

Der Kommissar überhörte die Äußerung und fragte lieber nach weiteren Indizien.

»Was wissen Sie noch über Vollmer? Mit wem hatte er zu tun? Er hat das doch nicht aus eigenen Stücken inszeniert, oder?«

»Bestimmt nicht. Es muss jemand geben, der ihn unter Druck gesetzt hat. Vollmer kam nach unseren ersten Gesprächen erneut zu mir in die U-Haft und legte mir das vorformulierte Geständnis vor.«

»Haben Sie es denn nicht durchgelesen? Sie hätten sich doch nicht bekennen müssen.«

»Doch, ich habe es natürlich gelesen und habe auch gesagt, dass ich für den letzten Mord nicht verantwortlich bin und sich da jemand mit meinen Federn schmücken würde.«

»Und warum haben Sie es dann doch unterschrieben?«

»Weil er mir sagte, dass ich bereits nach zehn Jahren wieder aus dem Bau käme, wenn ich diesen Mord mit auf meine Kappe nehmen würde. Er meinte, er hätte einflussreiche Freunde, die sich für mich einsetzen würden.«

Seeberg schwieg. Er wusste nicht, wie weit er dem Glauben schenken konnte, was er da hörte. Wenn Petrov recht hatte, würde das bedeuten, dass jemand viel Macht und Geld einsetzte, um ihm den Mord an Laura in die Schuhe zu schieben. Aber wer sollte daran ein Interesse haben? Nur der wahre Mörder kam dafür in Frage.

»Wie erklären Sie sich, dass Ihre DNA an Lauras Leiche zu finden war?«

»Ich habe keine Ahnung. Ich habe Ihren kleinen Engel jedenfalls nicht gefickt.«

Die Worte trafen Seeberg mitten ins Herz. Doch er musste sich zusammenreißen, wenn er etwas erfahren wollte.

»Aber dieser Beweis ist unumstößlich.«

»Ich sagte Ihnen doch, dass ich es nicht war. Ich stehe auf junge Frauen, Ihre Kleine war noch ein Kind. Das gibt mir keinen Kick. Ich mag es, wenn sie schon wissen, was auf sie zukommt. Jungfrauen interessieren mich nicht. Ihre Tochter war doch noch Jungfrau, oder?«

Das süffisante Lächeln Petrovs drückte das Herz des Kommissars noch mehr zusammen, wie eine kalte Faust umschloss es ihn und presste jegliches Leben aus seinem Leib. Ihm wurde übel. Am liebsten hätte er in diesem Moment die Beatmungsmaschine abgestellt und den Mann vor sich im Bett ersticken lassen.

»Natürlich war sie das. Sie war dreizehn.«

Er spürte, wie ihm die Stimme wegbrach. Er wischte sich die Augen, aus denen alle Tränen geweint schienen. Er schwieg und drehte sich zum Fenster in der Hoffnung, dass Petrov diese Schwäche nicht auffallen würde. Doch der schien sich darüber zu amüsieren.

»Das tut weh, nicht wahr?« Seeberg schwieg weiter. Petrov fuhr auch ohne eine Antwort fort. »All die Tage und Nächte, in denen Sie den Schmerz und den Hass in sich fühlten und ihn auf mich projizieren konnten. Nun ist da plötzlich ein Loch. Ihre Kleine wurde von jemandem aufgeschlitzt, der immer noch frei herumläuft.«

»Halten Sie Ihr dreckiges Maul, Petrov! Sie haben doch keine Ahnung, was Gefühle bedeuten. Sie sind und bleiben ein Tier. Und wagen Sie es nicht, den Namen meiner Tochter weiter in den Schmutz zu ziehen.«

Seeberg wartete auf eine Antwort Petrovs, doch der grinste lediglich und schloss seine Augen.

»Was haben Sie noch für mich?« Seeberg rüttelte den Mörder an der Schulter. Es war das erste Mal, dass er ihn berührte. Es schauderte ihn dabei. »Sie müssen mir alles sagen, was Sie wissen.«

Petrov öffnete langsam die Augen.

»Gehen Sie nochmal zu Vollmer. Bedrohen Sie ihn, schmieren Sie ihn, was weiß ich. Er ist der Einzige, der Sie zum Mörder führen kann. Er muss wissen, wer ihn instruiert hat, mir den Tod Ihrer Kleinen unterzuschieben. Mehr weiß ich nicht.«

Seeberg drehte sich um und verließ das Zimmer ohne ein weiteres Wort. Kaum dass er um die erste Ecke verschwunden war, bog er in einen der Toilettenräume ab, die auf dem Gang lagen, und erbrach sich ins Waschbecken. Mit beiden Händen stützte er sich am Rand des Beckens ab und versuchte seine Atmung zu regulieren. Er ließ sich etwas kaltes Wasser in die Handflächen laufen und trank ein, zwei große Schlucke. Dann zog er das Döschen mit den Tabletten hervor, nahm eine davon und spülte sie mit einem weiteren Schluck herunter. Im Spiegel sah er, wie müde und abgespannt seine Gesichtszüge wirkten. Das Gesicht eines leeren, verzweifelten Mannes, dachte er, als das Telefon in der Tasche seines Mantels zu klingeln begann.

»Ja?«

»Klaus, hier ist Reinhard, sag mal, wo steckst du denn?«, fragte Kohler. »Wir versuchen dich schon seit einer halben Stunde zu erreichen. Im Büro bist du nicht, und zu Hause geht nur dein Anrufbeantworter dran.«

»Ich … ich bin bei einem alten Bekannten«, erklärte Seeberg und befand, dass das nicht einmal gelogen war.

»Alter Bekannter? Aha. Ich frage besser nicht nach, was?«

Seeberg atmete tief ein, damit seine Stimme wieder fester klang.

»Nein, besser nicht. Also, was gibt's?«

»Wir haben einen Mord. Ein Mann aus Fulda. Er ist erstochen worden und wurde heute Morgen von der Sekretärin in seinem Büro tot aufgefunden.«

Dass gerade jetzt ein Mord einging, passte Seeberg zwar nicht in den Plan, da er mit der Sache von Petrov genug zu tun hatte, aber es war sein Job, also musste er sich fügen.

»Gut, ich mach mich auf den Weg. Wie lautet die Adresse?«

Es raschelte am anderen Ende der Leitung, als Kohler in den Unterlagen wühlte.

»Heinrichstraße Nummer 41, da befindet sich die Rechtsanwaltskanzlei des Opfers im ersten Stock. Ein gewisser Frank Vollmer.«

»Was?«, entfuhr es Seeberg. »Frank Vollmer, der Anwalt?«

»Ja, das ist der Name des Opfers. Kennst du ihn?«

»Flüchtig.«

Seeberg beendete das Gespräch, trocknete sich die

Hände mit einigen Papiertüchern und lief die Gänge zurück zum Ausgang der Haftanstalt. Dabei versuchte er, seine Gedanken zu ordnen. Wenn ihn nicht alles täuschte, war der gewaltsame Tod des Anwalts kein Zufall. Das bedeutete zwei Dinge für den Kommissar. Erstens untermauerte das Petrovs These, dass er nicht alleine für die Morde verantwortlich war. Und zweitens bedeutete es, dass der wahre Mörder tatsächlich noch auf freiem Fuß war und davon wusste, dass der Kommissar Vollmer unangenehme Fragen gestellt hatte.

10.

Langsam ließ er die abgetrennte Zunge in das mit Formalin gefüllte Glas sinken. Die Zunge des Anwalts würde nicht seine beliebteste Trophäe werden. Dennoch verdiente sie sich einen Platz in seiner Sammlung. Allein aus dem Grund, dass sie seit langer Zeit wieder die erste ihrer Art war. Er schmunzelte bei dem Gedanken und stellte das Glas neben die beiden anderen. Dann verließ er den kleinen Raum, schloss die Tür, ließ den großen Wandteppich herunter und schob sein Bett davor. Der Eingang war wieder unsichtbar. Zufrieden ging er hinüber ins Bad, öffnete den Wasserhahn und beugte sich über das Waschbecken. Das Wasser verfärbte sich blutrot.

Mit einer Bürste wusch er die roten Blutspritzer unter dem Wasserstrahl von der Klinge und dem Knauf aus Hirschgeweih und trocknete beides sorgsam. Dann ging er erneut zum Waschbecken, drehte den Hahn auf und ließ das heiße Wasser über seine Hände laufen. Einige Male zuckten seine Mundwinkel, da das Wasser so heiß eingestellt war, dass es schmerzvoll auf der Haut brannte. Das getrocknete Blut in seinen Poren schwamm auf und floss in einem kleinen fadendünnen Rinnsal in den Ausguss ab. Es erinnerte ihn an den Tag, an dem er das erste Mal dieses erfüllende Gefühl in sich verspürt hatte.

Er musste vierzehn oder fünfzehn Jahre alt gewesen ein. Damals war er gerade von der Schule nach Hause auf den elterlichen Bauernhof in der Rhön gekommen. Doch für ihn sollte an diesem heißen Sommertag deutlich werden, dass er ein Leben zwischen Acker und Viehzucht verachten würde. Die Eltern waren wie immer draußen zur Feldarbeit, als er in die Stube trat und seine Schulkleidung gegen etwas Bequemeres tauschte. Es machte ihm nichts mehr aus, dass ihn niemand begrüßte oder in die Arme schloss. Gefühle und Familienwärme hatte er nie erfahren. Und seit sein älterer Bruder Hermann vor zwei Jahren bei dem gemeinsamen Jagdunfall mit ihm und dem Vater ums Leben gekommen war, hatte sich alles noch mehr verschlimmert. Die Eltern zogen sich aus dem Dorfleben völlig zurück und hielten mit niemandem von den umliegenden Höfen Kontakt. Der Vater machte ihn zudem für den Tod Hermanns verantwortlich und schlug ihn im Rausch oft bis zur Bewusstlosigkeit. Wolf ertrug es mittlerweile ohne eine Regung, da er sich bei Widerworten nicht selten im dunklen Speicher wiederfand, wenn er erwachte. So hatte er schon vor langer Zeit damit begonnen, sich in seine eigene Welt zurückzuziehen. Er tat, was ihm aufgetragen wurde, und versuchte ansonsten, für niemanden sichtbar zu sein, was aufgrund seiner Größe schwierig genug war. Trotz seines jungen Alters hatte er bereits die Figur eines Erwachsenen. War es in der Schule beinahe unmöglich, nicht Opfer der Hänseleien zu werden, so gelang es ihm zu Hause auf dem Hof besser. Wichtig für den Vater war es eh nur, dass er seine tägliche Arbeit tat, und die Mutter war meist schon froh, wenn er sie nicht störte und sie ihn nicht zu sehen bekam.

Aufgeregt schlüpfte er in die Gummistiefel, nahm etwas Brot und einen Apfel sowie ein kleines Messer mit und lief zu den Stallungen hinüber, um nach seiner neuen Lieblingsbeschäftigung zu schauen. Er hatte vor einigen Wochen drei verlassene Baby-Mäuse im Heuschober gefunden und sich ihrer angenommen. Auch wenn Mutter davon wenig begeistert war, hatte sie ihm erlaubt, sie in einem Holzverschlag zu halten. So konnte sie sich sicher sein, dass er weit von der Küche fortblieb und er sie noch weniger störte. Mit Pipette und Milch hatte er es geschafft, sie tatsächlich durch die ersten schwierigen Tage zu bringen. Morgens vor und mittags nach der Schule war es das Erste, was er tat, nach den Mäusen zu schauen und sie zu füttern. Sie waren ihm ein guter Ersatz für die fehlenden Spielkameraden geworden.

Er warf die Tür der Scheune auf und rannte, so schnell es ihm die Gummistiefel ermöglichten, zum Verschlag der Mäuse. Er nahm das Messer hervor, schnitt ein winziges Stück Apfel heraus und hielt ihnen freudestrahlend das Stückchen entgegen. Doch sein Gesicht fror binnen Sekunden zu einer eisigen Fratze. Das Brot und der Apfel fielen ihm aus den Händen, und er starrte bewegungslos in den Verschlag, wo eine der Katzen die toten Mäuse vor sich aufgereiht hatte. Sie hatte sie nicht verspeist, sie war nur ihrem Trieb nachgekommen und hatte sie gejagt und erlegt. Der Schmerz war durchdringend und traf ihn wie ein Faustschlag in die Magengrube. Seine Mundwinkel begannen zu zittern, doch weinen konnte er nicht. Stattdessen nahm etwas anderes von ihm Besitz, das er all die Jahre tief in sich vergraben hatte: Zorn.

Wie von Sinnen stieg er in den Verschlag, drückte die Katze mit der einen Hand zu Boden und stieß mit der anderen immer wieder die Klinge des Messers in den Körper der Katze. Erst als der völlig zerfetzte Kadaver des Tiers keine neuen Einstiche mehr aufnehmen konnte, ließ er von ihm ab. Er trat einen Schritt zurück und sah sich um. Überall war Blut. Seine Gummistiefel standen inmitten einer Blutlache, seine Hände waren bis zu den Ellenbogen mit Blut besudelt, und selbst bis zu seinem Gesicht hatten die Spritzer gereicht. Sein Atem war schwer, und er wusste nicht, wie er sich fühlen sollte. Der Schmerz über den Verlust wurde zu seinem Erstaunen beinahe komplett von anderen Emotionen überlagert. Von körperlicher Erregung und tiefer Befriedigung. Zunächst schämte er sich dafür, doch mit jeder weiteren Sekunde, die verstrich, begann er das Gefühl der Macht zu genießen, das in ihm aufstieg. Dann kniete er sich nieder und trennte dem toten Tier den Schwanz ab und verstaute ihn als eine Art Trophäe in seiner Hosentasche.

Die Mäuse vergrub er hinter der Scheune, wo der Zaun für die Weide begann, die tote Katze warf er achtlos in den Bach, der unweit des Abelshofs vorbeifloss. Dort wusch er sich auch Gesicht und Hände und war fasziniert davon, wie sich die rote Kruste im Wasser auflöste und davonschwamm, als wäre nie etwas geschehen.

Als er beim Abendbrot am Tisch saß, wusste er,

dass er nun kein kleiner Junge mehr war. Immer war er von den anderen Kindern wegen seiner Größe in der Schule gehänselt worden und von seiner Mutter ausgeschimpft worden, wenn er sich wieder eingenässt hatte. Jetzt fühlte er sich erstmals stark und machtvoll. Er hatte über Leben und Tod entschieden. Das Gefühl war so stark, dass er kaum einen Bissen hinunterbekam. Als ihn die Mutter ermahnte, hielt er die Faust unter dem Tisch fest um einen Gegenstand verschlossen und lächelte sie dabei stumm an. Sie herrschte ihn an, dass er sie nicht so blöd anlachen sollte, und fragte, ob er jetzt endgültig übergeschnappt sei. Er antwortete mit ›Ja‹ und legte dazu in aller Seelenruhe den abgetrennten Schwanz der Katze auf den Tisch zwischen das Abendbrot.

Wolf wusste bis heute nicht, ob die Eltern vor lauter Entsetzen nichts gesagt hatten oder weil sie ihn an diesem Tag ein für alle Mal aufgaben. Jedenfalls äußerten sie kein einziges Wort. Weder an diesem Abend noch an irgendeinem anderen Tag. Von nun an wusste er, dass er etwas in sich trug, das ihm den Respekt verschaffen konnte, den er bislang nie bekommen hatte.

Wolfram Abel lief bei den Gedanken an damals ein wohliger Schauer über den Rücken. Er schüttelte sich bei der Erinnerung und spürte die Erregung, die sie in ihm freisetzte. Dann nahm er sich den Stahlschwamm vom Beckenrand und begann damit, sich seine Finger so lange zu schrubben, bis sich auch die kleinsten roten Restpartikel lösten und in dem Abfluss verschwanden.

Gerade so, als wäre nie etwas geschehen.

11.

Die Kollegen der Spurensicherung hatten wohl gerade ihre Arbeit beendet, denn sie kamen Klaus Seeberg im Treppenhaus bereits entgegen. Er nickte ihnen zu, und nachdem sie an ihm vorbeigeeilt waren, versuchte er, mehrere Stufen auf einmal zu nehmen, aber sofort erwachte der Schmerz in seiner Hüfte. Mit einer Hand stützte er sich an der Wand ab, nahm dann sogar seine zweite hinzu und hielt einen Moment inne.

»Mach langsam«, sagte er sich selbst. »Lass dir deine Aufregung nicht anmerken.«

Ihm war bewusst, dass er sich in eine gefährliche Lage brachte, wenn man herausfand, dass er gestern eine der letzten Personen war, die den Anwalt lebend zu Gesicht bekommen hatten. Mit langsamen Schritten ging er weiter hinauf. Als Seeberg das Büro betrat, erwarteten ihn seine Kollegen Reinhard Kohler und der junge Ammer. Die beiden hatten sich vor dem Toten postiert und waren etwas ungehalten darüber, dass Seeberg so schwer zu erreichen war.

»Na endlich, Klaus. Wo hast du denn die ganze Zeit über gesteckt?«

»Ich hatte zu tun.«

»Ja, das haben wir bemerkt. Es wäre schön, wenn du mir wenigstens sagen würdest, wie ich dich erreichen kann.«

»Tut mir leid«, antwortete der Kommissar, ohne seinen Kollegen Kohler dabei anzusehen. Stattdessen musterte er das Opfer. Der tote Anwalt saß mit weit aufgerissenen Augen in seinem Bürostuhl, den Kopf unwirklich in den Nacken gelegt, getrocknetes Blut um die Mundwinkel.

»Was haben wir schon?«

Ammer, der Jüngste im Team, trat einen Schritt vor und setzte den Kommissar über den Ermittlungsstand in Kenntnis.

»Frank Vollmer, achtundfünfzig Jahre alt, Strafverteidiger. Er ist verheiratet und hat einen Sohn. Seine Sekretärin hat ihn heute Morgen tot aufgefunden. Er dürfte gestern Abend ermordet worden sein. Das ist jedenfalls die erste Einschätzung des Arztes und der Spurensicherung.«

Der Kommissar ging langsam um den Schreibtisch herum.

»Wie genau ist er zu Tode gekommen?«

»Der Mörder hat ihm mit einem scharfen Gegenstand die Kehle geradezu perforiert. Dem Toten muss die Klinge bis weit in den Rachen gesteckt worden sein. So etwas habe ich auch noch nicht gesehen. Außerdem wurde dem Opfer noch die Zunge herausgeschnitten.«

Von außen waren tatsächlich keine Schnittspuren zu erkennen. Lediglich einige Schwellungen im Gesicht zeichneten sich ab.

»Er scheint sich aber zumindest gewehrt zu haben. Das sind doch Prellungen, oder?«

»Ja, der Angreifer muss ihn zunächst mit ein paar gezielten Schlägen bewegungsunfähig gemacht haben.«

Der Kommissar brauchte einen Moment, bis er alles geordnet hatte, was sich hier vor seinen Augen bot. Er überlegte, ob er selbst irgendwelche Spuren hinterlassen hatte, die er erklären müsste. Doch ihm fiel nichts ein. Er versuchte, den Gedanken wegzuschieben und sich auf seine eigentliche Arbeit zu konzentrieren.

»Hat ihn denn seine Frau nicht über Nacht vermisst?«

»Nein, sie hat zunächst keinen Verdacht geschöpft. Ein Kollege hat sie bereits befragt. Sie steckte mitten in Reisevorbereitungen. Die Vollmers wollten wohl nächste Woche verreisen. Laut der Aussage von Frau

Vollmer blieb ihr Mann allerdings öfters über Nacht weg. Es lief wohl nicht so gut in der Ehe. Na ja, jedenfalls hat sie erst von uns erfahren, dass ihr Mann tot in der Kanzlei von der Sekretärin gefunden wurde. Sie war erstaunlich gefasst und meinte nur, dass es sie nicht wundert, dass ausgerechnet Frau Fiedler ihn gefunden hat. Sie vermutete schon lange, dass da was zwischen den beiden lief.«

»Ach. Der Klassiker. Eine Affäre mit der Sekretärin. Da liegt das Motiv Eifersucht aber nicht allzu fern.«

Seeberg schaute zu Ammer.

»Ja. Aber bevor Sie fragen. Sie besitzt ein wasserdichtes Alibi«, erklärte Ammer. »Sie war zum Tatzeitpunkt mit dem gemeinsamen Sohn bei ihren Eltern zu Besuch und ist erst heute früh zurückgekommen.«

»Und die Sekretärin?«

»Im Kino mit einer Freundin. Die Aussage wurde auch bestätigt.«

Der Kommissar wandte sich wieder der Leiche des Anwalts zu. Die Brutalität des Vorgehens hätte gut zu dem Motiv Eifersucht gepasst. Solch blutige Taten sprachen oftmals von einer großen Emotionalität. Der Täter wollte sein Opfer nicht nur töten, er wollte es leiden sehen.

»Der Anwalt ist also geradezu hingerichtet worden. Was ist die genaue Todesursache? Erstickt?«

Ammer zuckte die Achseln.

»Nicht ganz so einfach. Die scharfe Klinge hat ihm den kompletten Rachenraum zerfetzt. Er wäre wahrscheinlich bereits an seinem eigenen Blut erstickt, als der Täter ihm mit dem Drehen der Klinge die Kehle zerschnitt. Wenn Sie mich fragen, klingt das nach jemandem, der sich seiner Sache ganz sicher sein wollte und sich auskennt. Denn wenn man sauber sticht, hat das Opfer noch eine Chance, wenn man jedoch die Klinge in der Wunde noch dreht, zerstört man dabei so viele Gefäße, dass das Opfer nahezu chancenlos ist.«

Seeberg verdrehte die Augen.

»Ja, danke für die kleine Unterrichtseinheit aus der Ausbildung, Ammer.«

»Entschuldigung. Sieht jedenfalls ganz nach einer gut geplanten Tat aus.«

Seeberg kniete sich nieder, was zur Folge hatte, dass seine Wunde erneut schmerzhaft brannte. Reflexartig griff er sich an die Wunde. Das blieb auch Kohler nicht verborgen.

»Sag mal, bist du denn überhaupt wieder fit, Klaus?«

»Geht schon.«

»Und deine Termine bei der Amtspsychologin hast du auch wahrgenommen, oder?«

Seeberg antwortete nicht, und Kohler fragte genervt nach. Er hatte die Verantwortung für Seeberg.

Wenn dessen Diensttauglichkeit nicht offiziell bestätigt wurde, müsste er den Kommissar wieder außer Dienst stellen. »Klaus?«

»Ja, verdammt. Ich war brav da. Soll ich dir jedes Mal eine Postkarte schicken, oder was?«

»Das ist nicht witzig, Klaus.«

Seeberg schüttelte den Kopf und erinnerte sich daran, dass er heute ebenfalls einen Termin mit der Psychologin hatte. Er verdrängte den Gedanken.

»Ist die Sekretärin noch hier?«

Er stellte die Frage beiläufig, doch es war wichtig. Für die Ermittlungen, aber vor allen Dingen für ihn selbst. Denn sie könnte ihn wiedererkennen und alles auffliegen lassen.

»Nein«, verneinte Ammer. »Der Arzt hat ihr etwas zur Beruhigung gegeben. Sie müsste nun bei uns auf der Wache sein, um ihre Aussage zu unterschreiben.«

»Okay, wir sollten sie nochmal befragen. Gibt es sonst noch Hinweise auf ein Motiv? Verdächtige?«

»So weit sind wir noch nicht gekommen. Aber ein Strafverteidiger wird wohl nicht nur Freunde haben. Wir haben jedoch sicherheitshalber alle Fingerabdrücke gesichert, die zu finden waren. Vielleicht ist ja was Interessantes dabei.«

»Gut«, erwiderte Kommissar Seeberg einsilbig. Er dachte nach. Zum einen über die Möglichkeit, dass man seine Fingerabdrücke finden würde. Zum anderen darüber, in welcher genauen Verbindung diese Tat zu seinem Besuch stand. Natürlich könnte es ein Zufall gewesen sein. Doch seine innere Stimme sagte ihm, dass dies nicht der Fall war. Er hatte nach der Akte von Petrov verlangt, und der Anwalt hatte ausweichend geantwortet. Es war offensichtlich gewesen, dass Vollmer etwas zu verbergen hatte. *Die Akte!*, fiel ihm ein. Er hatte den Anwalt um die Akte und die persönlichen Notizen gebeten. Seeberg wandte sich an Ammer. »Fehlt denn irgendwas? Geld, Gegenstände, Akten, Wertsachen?«

»Das können wir noch nicht sagen. Die Sekretärin war nicht in der Lage, das zu überprüfen. Aber das machen wir, sobald sie ihre Aussage gemacht hat.«

»Dann sollten wir keine Zeit verlieren und sie befragen. Jetzt ist alles noch frisch. Das übernehmen Sie, Ammer.«

»Ich? Aber …«

Seeberg klopfte seinem Kollegen aufmunternd auf die Schulter.

»Oder trauen Sie sich das etwa nicht zu?«

»Doch, natürlich.« Ammer richtete sich auf, als könne seine Haltung diese Aussage untermauern.

»Oder hast du was dagegen, Reinhard?«

Doch auch Kohler schüttelte den Kopf.

»Nein, wird ja mal Zeit, dass er ins kalte Wasser geworfen wird.«

»Na dann. Worauf warten wir noch?«

Seeberg wusste, dass er nicht viel Zeit hatte, bis Petrov seinem Krebs erliegen würde. Auch wenn es ein Risiko war, musste er wissen, ob sich gestern ein weiterer Gast in der Kanzlei angemeldet hatte. Und nur Beate Fiedler konnte ihnen dazu etwas sagen.

Auf der Fahrt zum Polizeipräsidium in die Severingstraße überlegte Seeberg, was er Kohler sagen würde, falls man herausbekommen sollte, dass ausgerechnet er tags zuvor in der Kanzlei des Opfers gewesen war. Aber immer wenn er sich eine Erklärung zurechtgelegt hatte, klang sie im zweiten Anlauf wenig überzeugend und noch abstruser als die eigentliche Wahrheit. Als sie in den Trakt abbogen, in dem die Verhörräume des Polizeipräsidiums lagen, hatte er beschlossen, erst einmal gar nichts zu sagen und abzuwarten. Wenn alles gut lief, würde die Sekretärin ihn nicht zu Gesicht bekommen. Einzig zu diesem Zweck hatte er Ammer angeboten, dass er das Verhör führen dürfe und er ihm lediglich durch die verspiegelte Scheibe im Nebenraum zuschauen werde. Ammer war überrascht, dass ihm der Kommissar dieses wichtige Verhör zutraute.

Seeberg stieß die Tür des Raums auf, und er trat gemeinsam mit Kohler ein. Er hatte nichts verpasst. Beate Fiedler saß noch allein in dem Verhörraum und hatte ihre Hände um eine Tasse heißen Kaffees gelegt. Immer wieder schluchzte sie auf und trocknete sich die Tränen mit einem Taschentuch. Seeberg konnte nicht verstehen, was sie an einem Mann wie Vollmer gefunden hatte, aber das konnte er bei vielen anderen ebenso wenig verstehen. Er zog sich einen Stuhl näher, legte sein Sakko über die Lehne und nahm Platz. Auf der anderen Seite des Spiegels betrat Ammer den Verhörraum.

»Frau Fiedler, mein Name ist Christoph Ammer. Ich bin Ermittler der Mordkommission und muss Ihnen leider noch einige Fragen stellen.«

Die Frau nickte verschüchtert. »Aber ich habe Ihnen doch schon alles gesagt, was ich weiß.«

»Wir haben noch ein paar Fragen.«

»Meinetwegen. Wenn es unbedingt sein muss.«

»Leider ja.«

»Wenn ich Ihnen helfen kann, mache ich das natürlich gerne, auch wenn ich nicht weiß, wie ich …« Ein Schluchzen unterbrach den Satz, und sie schnäuzte sich in ein Taschentuch. »Sie müssen entschuldigen, aber ich kann es immer noch nicht fassen, dass er …«

»Wie lange arbeiten Sie schon für Herrn Vollmer?«

»Seit über zehn Jahren. Wir sind ein wirklich gutes und eingespieltes Team.«

So kann man es auch nennen, dachte sich Seeberg

und wechselte einen kurzen Blick mit Kohler, der in diesem Moment wohl das Gleiche dachte.

»Kam es öfter vor, dass er allein bis spätabends in der Kanzlei arbeitete?«

»Natürlich. Das ist nichts Außergewöhnliches.«

»Sie standen sich sehr nah, oder?«

»Wie meinen Sie das?«

Ammer machte das wirklich nicht schlecht, erkannte der Kommissar. Er versuchte die Befragte gefühlsmäßig anzusprechen. Wenn er das schaffte und sie sich schuldig fühlte, würde sie mehr Wahrheiten ausplaudern, als sie wollte. Die meisten Leute hatten im Verhör Angst, dass man ihnen etwas unterjubeln könnte. Selbst wenn sie völlig unschuldig waren.

»Ich denke, dass Sie und Herr Vollmer sich auch außerhalb der Kanzlei gut verstanden. Vielleicht besser, als es normal ist. Ist es nicht so?«

»Wollen Sie damit andeuten, dass ich etwas mit der Sache zu tun habe?«

»Sagen Sie es mir.«

Beate Fiedler schluchzte.

»Ach, jetzt ist ja sowieso alles egal. Ja, es stimmt. Frank und ich hatten ein Verhältnis. Schon seit einiger Zeit. Gestern Abend wollten wir uns zum Abendessen treffen und im Anschluss ... na ja, Sie wissen schon ...«

Ammer rückte näher zu Beate Fiedler und wirkte ehrlich verständnisvoll.

»Dieser kleine Hund«, schmunzelte Kohler. »Der macht das wirklich hervorragend. Wusstest du, dass er das so gut draufhat, Klaus?«

Seeberg schüttelte den Kopf und strich sich durch seinen zehn Tage alten Bart.

»Das ist okay, Frau Fiedler. Sie brauchen keine Angst zu haben. Wir versuchen nur, den Ablauf besser zu verstehen. Ihr Privatleben interessiert uns allein im Bezug auf seinen Tod. Wir werden nichts verraten.«

»Okay.«

»Dann weiter, bitte.«

»Ich bin gestern gegen achtzehn Uhr gegangen und wollte vorher nochmal nach Hause, um mich umzuziehen, bevor wir uns trafen.«

»Aber?«

»Frank war völlig aufgelöst. Ganz fahrig und nervös. Er meinte, dass wir das Essen verschieben müssten. Ich war zwar enttäuscht, aber andererseits dachte ich mir auch nichts groß dabei. Es war nicht das erste Mal, dass er kurzfristig absagte, weil seine Frau dazwischenfunkte.«

»Verstehe. Haben Sie eine Vermutung, warum er so nervös gewesen sein könnte? »

Fiedler zuckte die Schultern. »Vielleicht bereitete er einen Fall vor, der ihn unruhig werden ließ.«

»Ihnen ist also nichts aufgefallen, was gestern oder in den vergangenen Tagen anders gewesen war als sonst.«

»Na ja, er hat gestern Morgen von mir verlangt, dass ich die Tür schließe, weil er ein Telefonat führen wollte. Das ist unüblich und hat mich verwundert.«

»Mit wem wollte er denn telefonieren?«

»Das weiß ich nicht. Es war kurz nachdem dieser Mann da war.«

»Ein Mann? Welcher Mann?«

Seeberg biss sich auf die Unterlippe. Er ahnte, dass er damit gemeint sein konnte.

»Keine Ahnung. Ich kannte ihn nicht. Er hatte keinen Termin, aber er wollte unbedingt zu Herrn Vollmer. Er ist nicht lange geblieben. Höchstens zehn Minuten.«

»Hat er keinen Namen genannt?«

»Nein.«

»Würden Sie ihn denn wiedererkennen?«

»Vielleicht.«

»Sie würden uns eine große Hilfe sein, wenn Sie ihn anhand eines Phantombilds beschreiben würden. Trauen Sie sich das zu?«

Beate Fiedler beugte sich erschrocken zu Ammer. »Denken Sie etwa, dass dieser Mann …«

»Das kann man nicht ausschließen«, unterbrach Ammer. »Aber zumindest ist er ein weiterer Zeuge.

Und Sie sind die Einzige, die ihn zu Gesicht bekommen hat.«

Die Frau tupfte sich mit einem Taschentuch ihre Tränen von der Wange.

»Ich könnte es versuchen. Gesichter kann ich mir eigentlich ganz gut merken.«

»Gut, Frau Fiedler. Sie müssen dann nur noch Ihre Aussage unterschreiben. Nachdem Sie mit dem Kollegen das Phantombild erstellt haben, können Sie nach Hause gehen. Aber halten Sie sich bitte bereit und bleiben Sie in der Stadt. Es könnte sein, dass wir noch weitere Fragen an Sie haben.«

»Verstehe.«

»Und falls Ihnen noch irgendwas einfällt, lassen Sie es mich bitte wissen.«

Ammer reichte ihr seine Karte und hielt ihr die Tür auf, wo sie ein weiterer Kollege in Empfang nahm. Als sie durch die Tür war, ballte Ammer die Faust in Richtung der Spiegelwand, hinter der er die beiden Kollegen vermutete.

»Damit kriegen wir ihn. Wir werden die Telefonliste durchsehen, und wenn wir Glück haben, kann die Sekretärin den Täter bei einer Gegenüberstellung identifizieren.«

Ammer glaubte, mit dem Phantombild einen großen Treffer gelandet zu haben. Und Seeberg konnte ihm sagen, dass er damit auf dem Holzweg war.

12.

Der Besuch bei der Polizeipsychologin war mittlerweile zur lästigen Routine geworden. Wobei sich das nur auf die rein dienstlichen Belange bezog. Klaus Seeberg mochte die Ärztin. Sie war eine äußerst intelligente und charmante Frau, und er war sich manchmal nicht sicher, ob die Fragen dienstlicher Natur waren oder ob sie bereits mit ihm flirtete. Franziska Hellmich war ein paar Jahre jünger als er selbst und hatte dunkelblondes Haar, das ihr zuweilen einen Streich spielte, indem ihr immer wieder eine widerspenstige Strähne ins Gesicht fiel, die sie ein ums andere Mal versuchte, mit den Fingern hinter ihrem Ohr festzuklemmen und so zu bändigen. Das gefiel ihm. Ebenso ihre natürliche Schönheit, die beinahe ganz ohne Make-up auskam. Seit seinem ersten Besuch hatte sie nicht lockergelassen und ihn dazu verdonnert, regelmäßig bei ihr vorzusprechen, da sie ihm ansonsten nicht die Dienstfähigkeit bestätigen würde. Neben aller Sympathie wusste er, dass sie recht hatte und er in der Tat eine Gefahr für die Behörde darstellte, falls er in eine Situation geraten würde, in der er eine Sekunde zu lange überlegen musste oder nicht bei der Sache war. Er wusste, dass sie es gut mit ihm meinte, ihm aber im Zweifelsfall die Bestätigung verweigern würde. Sie konnte eine starrköpfige Frau sein. Nachdem er den ersten Termin hatte sausen lassen, hatte Franziska Hellmich sofort eine offizielle Meldung gemacht. Seeberg war seither pünktlich zu den Terminen gekommen.

»Wie fühlen Sie sich heute, Herr Seeberg?«

»Gut.«

Die Ärztin verschränkte ihre Arme vor der Brust und lehnte sich in ihrem Stuhl zurück.

»Geht es vielleicht etwas präziser? Schließlich hat bei Ihrem letzten Fall nicht viel gefehlt, und Sie würden nicht mehr unter uns weilen.«

»Berufsrisiko.«

Berufsrisiko? Innerlich hätte er sich für diese Aussage selbst ohrfeigen können. Was für eine machohafte Antwort. Die Ärztin dachte wohl das Gleiche, sagte aber nichts dazu. Lediglich ihre linke Augenbraue zuckte kurz nach oben.

»Ich habe gehört, dass Sie sich selbst wieder als gesund gemeldet haben. Was macht denn Ihre Hüftverletzung? Behindert die Wunde Sie noch sehr bei der Arbeit?«

»Nein, das geht schon. Vielleicht könnte ich keinen Zehnkämpfer verfolgen, aber für den Alltag ist es vollkommen okay. Die Narbe scheint gut zu heilen. Danke der Nachfrage.«

»Und die anderen Narben?« Hellmich verengte fragend ihre Augen und tippte zur Erklärung mit ihrem

Zeigefinger auf die Brust ihrer Herzseite. »Sie wissen, was ich meine. Der Tod Ihrer Tochter.«

Seeberg stöhnte genervt auf.

»Das hatten wir doch alles schon, Frau Doktor Hellmich. Warum stochern Sie immer noch darin herum?«

»Weil ich immer noch denke, dass Sie sich mitschuldig an ihrem Tod fühlen.«

»Und wenn schon. Es ändert nichts an der Tatsache, dass sie tot ist, nicht wahr?«

Franziska Hellmich notierte etwas auf ihrem Block und lehnte sich zu dem Kommissar vor.

»Aber es ändert Ihre Einstellung zu Ihrem eigenen Leben, Herr Seeberg. Denn Sie sind nicht tot, Sie leben und haben eine große Verantwortung in Ihrem Job.«

Gern hätte er ihr davon erzählt, wie wenig lebendig er sich seit Wochen fühlte. Dass er sich seit dem Tag von Lauras Tod nichts sehnlichster wünschte, als ebenfalls zu sterben. Dass er bereits auf der Brücke gestanden hatte, um seinem Leben ein Ende zu bereiten, und ihn nur der letzte Fall davon abgehalten hatte zu springen. Stattdessen räumte er ein, dass er ab und an mit leichten Depressionsschüben zu kämpfen hatte und manchmal schlecht schlief. Eine infame Untertreibung. Er schlief keine Nacht länger als vier Stunden und saß stattdessen die meiste Zeit in seiner leeren Wohnung und wartete darauf, dass der nächste Tag endlich beginnen und die Nacht verdrängen möge. Es war nicht die Dunkelheit, die ihn an den Nächten störte. Die Stille und Ruhe, die sie brachte, trieb ihn vielmehr in den Wahnsinn. Es ließ ihm keine Chance der Zerstreuung, stattdessen trieb ihm die stumme Zeit immer wieder die Gedanken an Laura durch sein Hirn. Die Nacht gönnte ihm keine Ablenkung, hinter der er sich tagsüber verstecken konnte.

Die Psychologin riet ihm wie jedes Mal zu einer intensiven Therapie zur Bewältigung seiner Probleme, und er antwortete ebenfalls wie jedes Mal, dass er es sich überlegen würde. Dann verlangte er nach einem Schlafmittel und erklärte ihr, dass er damit vorübergehend besser in den Schlaf finden würde. Franziska Hellmich zögerte. Ihr Instinkt sagte ihr, dass an dieser Aussage etwas nicht stimmte. Natürlich ahnte sie nicht, dass er seit geraumer Zeit einen ganzen Mix aus Medikamenten zu sich nahm und ohne diese Medikamente keinen Schritt mehr tun konnte.

Sie musterte ihn.

Dann nahm sie sich ein Blatt ihres Rezeptblocks und schrieb ihm das Medikament auf.

»Sie müssen aber behutsam damit umgehen und es nur vorübergehend einnehmen. Bei andauernder Einnahme kann es unangenehme Folgen haben.«

»Natürlich«, versicherte Seeberg ihr und bemühte sich dabei, ihrem Blick nicht auszuweichen.

13.

Es war Nacht geworden. Wie viel Uhr es genau war, wusste er nicht, und es war ihm auch egal. An Schlaf war sowieso wieder nicht zu denken. Er sah die Lichter eines vorbeifahrenden Autos an der Zimmerdecke tanzen. Ansonsten rührte er sich nicht. Inmitten der bizarren Kulisse seines Wohnzimmers saß Klaus Seeberg stumm auf dem einzigen Stuhl im Raum und starrte, wie in der gesamten letzten Stunde, hinauf zur weißgetünchten Decke. Neben dem Fernseher auf dem nackten Parkettboden war der Stuhl der einzige Einrichtungsgegenstand, den er noch besaß. Auch die restliche Wohnung war fast leer. Im Schlafzimmer stand lediglich noch eine Couch, die er ausgezogen hatte und die ihm als Schlafplatz diente. In der Küche zeugte eine moderne Küchenzeile davon, dass es einst in dieser Wohnung ein freundlicheres Leben gegeben haben musste. Nach dem Tod Lauras und dem anschließenden Auszug seiner Frau Helena war Seeberg froh darüber gewesen, dass ihn keine vertrauten Möbel an bessere Zeiten erinnerten. Helena hatte einen Großteil in einem Container abholen lassen, den Rest hatte er verschenkt und wohltätigen Institutionen gestiftet. Nun saß er inmitten seines gescheiterten Lebens und kämpfte mit den Emotionen, die durch den Besuch bei Petrov und die neuen Erkenntnisse hervorgerufen worden waren. Obwohl ihm nicht danach zumute war, musste er schmunzeln.

»Du hast doch nicht erwartet, dass das hier leicht wird, oder?«, fragte er sich laut. »Du begibst dich in die Hände dieses Monsters und glaubst, dass du die Untersuchungen wie jeden anderen Fall angehen könntest? Nein, so naiv bist du nicht. Irgendwo da draußen liegt die Antwort auf alle Fragen, und du bist es Laura verdammt nochmal schuldig, dich zusammenzureißen und deinen Arsch zu bewegen, um herauszufinden, was hinter Petrovs Aussage steckt.«

Seine Hand fühlte den weichen Stoff von Lauras Lieblingsschal, den er fast immer bei sich trug. Ein grüner Schal, der mittlerweile abgegriffen und zottelig wirkte. Aber das war egal. Er stand auf, ging hinüber in das ehemalige Kinderzimmer und schaltete das Licht ein. Auch dieser Raum war wie alle anderen leer geräumt. An der Decke hing lediglich eine einzige Glühbirne an einem Stromkabel herunter und erfüllte das Zimmer so mit einem gleißenden Licht der Einsamkeit. In dem verlassenen Raum erinnerte nichts mehr an seine Tochter. Die kahlen

Wände schienen mittlerweile auch noch die letzten Erinnerungen an Laura verbannt zu haben. Er schloss die Augen und versuchte sich an das eingerichtete Zimmer zu erinnern. Er brachte es nicht mehr zusammen.

»Kannst du dich wenigstens noch an ihr Lachen erinnern?«, fragte er sich und schlug dabei mit seinem Hinterkopf rhythmisch gegen den Türrahmen. Doch auch Lauras Lachen, ihr Kichern und Glucksen verblassten in seiner Erinnerung. Er schämte sich dafür, dass die Bilder immer mehr verschwammen. Bald würden sie ganz verschwinden. Müde sank er zu Boden und legte seinen Kopf in beide Hände. Als er den Blick hob, erkannte er die Markierungen auf dem Holz des Türrahmens gegenüber. Vier Bleistiftstriche, die er ebenfalls bereits vergessen hatte und die ihn nun daran erinnerten, wie schnell sich die Welt weiter drehte. Doch zu seinem Erstaunen konnte er sich mit einem Mal noch gut an die einzelnen Tage erinnern, als er die Striche gezogen hatte. Die erste Markierung hatte er über ihrem Kopf angestrichen, als Laura eingeschult worden war. Sie fühlte sich immer kleiner als die anderen Kinder, und er versicherte ihr, dass sie schneller in die Höhe schießen würde, als sie es sich vorstellen könne. Der nächste Strich wurde daher auch nur vier Tage später angebracht, da sie sichergehen wollte, dass ihr

Vater recht behalten würde. Seeberg hatte daraufhin den Strich absichtlich zwei Daumen breit höher angesetzt, und Laura war mit diesem Wachstum zufrieden gewesen. Die zwei letzten Markierungen zeugten vom Tag ihres zehnten und dreizehnten Geburtstages. Seeberg musste schmunzeln bei dem Gedanken daran, wie peinlich es ihr gewesen war, sich vor ihren Freundinnen auf der Geburtstagsparty ihres dreizehnten Geburtstages von ihm am Türrahmen ausmessen zu lassen.

»Verdammt«, fluchte er und merkte, wie ihm eine Träne über die Wange lief. Seeberg wischte sie sich mit dem Handrücken fort und löschte das Licht. Dann ging er zurück in das Wohnzimmer und schaltete den am Boden stehenden Fernseher ein, ohne ihn weiter zu beachten. Er spülte mit einem Bier zwei der Schlaftabletten hinunter, die er von Franziska Hellmich bekommen hatte, und wartete einen Moment. Kurz darauf nahm er eine weitere Tablette und trank dazu den Rest der Flasche in einem Zuge aus.

Dann schaltete er den Fernseher wieder ab und wartete darauf, dass das nächste Auto kommen würde, um Lichter an der Zimmerdecke tanzen zu lassen.

14.

Wolfram Abel öffnete das Fenster. Feuchte Luft strömte ins Innere der Stube. Er liebte die saubere Luft nach Gewittern und Regengüssen. Es war wie eine Reinigung. Alles, was vorher war, zählte nicht mehr und wirkte wie ausgelöscht und von göttlicher Hand gereinigt. Er schaute hinaus und erkannte eine unwirkliche Wolkenformation, die im Mondschein über den Horizont kroch. Sie formten sich zu Konturen, die an mystische Gestalten erinnerten. Mit einem tiefen Atemzug füllte er seine mächtigen Lungen und fühlte sich in diesem Moment an den Tag seiner ersten Jagd erinnert. Damals hatte die Luft genauso gerochen. Der Gedanke überfiel ihn ohne Vorankündigung. Und die Erinnerung war klar und zeigte sich in scharfen Bildern. Es war früher Morgen gewesen, in der Nacht zuvor war ein kräftiger Schauer niedergegangen. Der Vater hatte seine beiden Söhne früh geweckt, um sie zur Jagd mitzunehmen. Es sei ideal, um einen Bock zu schießen. Sie hatten lange in ihrem Versteck verharrt, ohne dass sich einer der Rehböcke auf der Lichtung gezeigt hatte, und die beiden Jungen hatten damit begonnen, sich die Zeit mit Albernheiten zu vertreiben, was ihnen eine Ohrfeige einbrachte und den heftigen Tadel des Vaters, endlich Ruhe zu geben. Und dann geschah es doch noch. Ein seltener Perückenbock trat aus dem Wald und ging stolz über die Lichtung. Hermann wusste alles über die Jagd und die Tiere der Region. Der Perückenbock war demnach ein besonders seltenes Exemplar, da das Geweih übermäßig wucherte und bis in die Augen des Bocks reichte. Außerdem sei es ein Zwitter. Wolf hatte keine Ahnung, was dieses Wort bedeutete, und fragte nach. Sein Bruder lachte ihn zuerst aus, erklärte ihm dann aber, dass der Perückenbock zwar einen Hodensack besaß, jedoch keine Hoden darin waren und er stattdessen vier Zitzen wie ein weibliches Reh habe. Wolf verstand es immer noch nicht und dachte, dass ihn sein Bruder verulken wollte. So etwas gab es doch nicht wirklich, oder?

Ein Schuss riss ihn aus seinen Gedanken und zerstörte die morgendliche Ruhe der Waldlichtung. Der Vater sprang euphorisch auf und rief immer wieder, dass er getroffen habe. Gemeinsam rannten sie über die Lichtung hinüber zu dem Bock und jauchzten vor Freude.

Wenn er nun darüber nachdachte, war dies der einzige Moment, an den er sich erinnern konnte, an dem der Vater und er gemeinsam gelacht und sich gefreut hatten. Fasziniert hatte er danach seinem Bruder Hermann dabei zugesehen, wie behände er mit der scharfen Klinge des Jagdmessers umging, als er das Wild aufbrach und es ausweidete. Die Klinge fuhr, ohne zu stocken, tief in das Innere des Tieres und schien geradezu spielerisch durch das Fleisch und Fell zu fahren. Die Eingeweide überließen sie den Füchsen, die sich am Aas satt fressen konnten. Das Messer war das einzige Familienerbstück, das der Vater von seinen Eltern noch besaß und das immer an den ältesten Sohn weitergegeben wurde. Ein Jagdmesser mit einem Griff aus Hirschgeweih und mit einer Klinge, die schier alles schneiden konnte. Hermann sagte immer, dass er damit auch Steine teilen könnte, wenn er es nur wolle.

Wolfram Abel stand noch immer am Fenster und ertappte sich dabei, wie er lächelnd hinausblickte. Das Wolkenband hatte sich vor den Mond geschoben und tauchte das Firmament in eine einzige, schwarze Masse. Er schloss das Fenster, trat aus seiner Stube und ging die Treppe hinunter in die Wohnstube, in der noch Licht brannte. Die Dielen knarzten unter seinem Gewicht, und er vermutete, dass der Vater bereits zu Bett gegangen war. Er sah hinauf zum Türrahmen, über dem das Geweih des Perückenbocks stolz thronte, und löschte zufrieden das Licht.

15.

Am nächsten Morgen ging Seeberg in aller Herr-
gottsfrühe noch einmal in das Archiv des Polizeipräsidiums. Es war kurz nach sechs Uhr morgens. Zu
dieser Zeit war keiner seiner Kollegen hier. Er war
vollkommen allein. Auch wenn er die Gesprächsnotizen Vollmers nicht herbeizaubern konnte, so
konnte er doch zumindest einige Dinge anhand der
Polizeiakte rekonstruieren. Er ging das Regal wie
beim letzten Mal auch ab und stoppte an der Stelle,
an der sich der Karton mit den Unterlagen befunden
hatte. Doch an der Stelle, an die er ihn zurückgestellt
hatte, klaffte nun eine Lücke. Er glaubte zunächst,
dass er sich vertan hatte. Er kontrollierte auch die
Kartons links und rechts daneben, ob er das Mate-
rial vielleicht versehentlich falsch einsortiert hatte.
Doch nein, die Unterlagen blieben unauffindbar.
Vielleicht hatte ein Kollege zufällig etwas in den-
selben Unterlagen gesucht, sagte er sich, und er ging
zur Liste, um zu sehen, welcher Kollege in den letzten
vierundzwanzig Stunden hier gewesen war.

Er fand seinen Eintrag vom Vortag. Neue Eintragungen gab es nicht. Seit gestern war offenkundig
niemand mehr im Archiv gewesen. Zumindest befand sich kein neuer Name in der Liste unter seinem
Namen.

»Was geht hier vor?«, knurrte er. Er sah sich um. Vielleicht wurde er beobachtet? Dann schüttelte er den Gedanken ab und gab sich kämpferisch. »Du willst spielen? Gut, dann spielen wir.«

Immerhin gab es noch eine letzte Chance, um einige Informationen zum Fall Petrov zu erhalten. Daher lief er hinüber zur Asservatenkammer, in der alle Beweismittel verstaut wurden. Die Räumlichkeiten befanden sich nur unweit entfernt, wurden jedoch anders als das Archiv nicht nur verschlossen gehalten, sondern durch einen Beamten bewacht. Man musste sich jedes Mal aufs Neue eine Genehmigung besorgen, um in den wichtigen Beweismitteln nach Hinweisen zu suchen. Diese Genehmigung hatte Seeberg aber nicht. Allerdings kannte er Martin Kohlheim, den zuständigen Beamten, ganz gut. Bei dem Mann handelte es sich um einen gewissenhaften Mann Ende fünfzig, der von einigen Kollegen scherzhaft als *Kellerassel* betitelt wurde. Nach einem Dienstunfall vor zehn Jahren hatte man ihm den Wachdienst der Asservatenkammer angeboten.

Als Seeberg um die Ecke bog, verwandelte sich die grimmige Miene Kohlheims; er nickte dem Kommissar freundlich zu.

»Mensch, Sie habe ich ja ewig nicht mehr hier unten gesehen, Herr Kommissar.«

Auch Seeberg freute sich ehrlich über das Wiedersehen mit dem Kollegen und schüttelte ihm kräftig die Hand.

»Ja, ist schon eine Weile her, Kohlheim. Was macht Ihre Frau? Alles wieder in Ordnung?«

Der Kommissar erinnerte sich, dass Kohlheims Ehefrau vor zirka einem Jahr eine schwere Operation über sich hatte ergehen lassen müssen. Er wusste es noch, da man ihn auf einer Genesungskarte hatte unterschreiben lassen. Außerdem hatte er Kohlheim zwei-, dreimal nach Dienstende mit dem Auto mitgenommen und ihn im Klinikum bei seiner Frau abgesetzt, weil er seit seinem Unfall nicht mehr selbst Auto fahren durfte.

»Danke der Nachfrage. Sie hat sich gut erholt. Wer es über fünfundzwanzig Jahre mit mir aushält, ist zäh.« Kohlheim lachte laut auf. »Unkraut vergeht nun mal nicht, verstehen Sie?«

Seeberg nickte knapp.

»Und wie geht es Ihnen? Mensch, ich wollte Ihnen ja längst mal mein Beileid aussprechen, aber ich wusste nicht, ob Ihnen das passen würde. Eine schlimme Sache war das.«

»Ja, war es.«

»Meine Frau und ich haben oft für Sie und Ihre Frau gebetet. Und wir waren froh, dass dieses Schwein schnell geschnappt wurde.«

»Danke.«

Nach diesen Sätzen wusste keiner der beiden, wie er nun weiterreden sollte. Also schwiegen sie für einen Moment.

»Kann ich Ihnen irgendwie helfen, Herr Kommissar?«, fragte Kohlheim schließlich.

»Das könnten Sie in der Tat. Ich würde mir gerne ein paar Beweisstücke eines alten Falls ansehen. Reine Routine, nichts Besonderes.«

»Kein Problem.«

»Allerdings ist nun Wochenende, und ich habe dummerweise vergessen, mir einen offiziellen Antrag ausstellen zu lassen. Und jetzt stehe ich dumm da.«

Kohlheim kniff die Augen fest zusammen, als sei ihm der Schmerz in die Glieder gefahren.

»Sie wissen doch, dass das nicht geht. Das ist nun mal die Vorschrift. Tut mir leid.«

»Natürlich. Aber es ist wirklich dringend. Ich benötige für einen Bericht dringend diese ...«

»Es ist wegen Ihrer Tochter, nicht wahr?«

Seeberg atmete tief ein und glaubte sich zunächst verhört zu haben. Wodurch hatte er sich verraten? Zunächst überlegte er noch, heftig zu protestieren, da es für einen Beamten erst recht nahezu unmöglich war, in Beweismaterial herumzuschnüffeln, wenn er privat in diesen Fall involviert war. Doch eine Lüge schien ihm albern. Kohlheim hatte ihn durchschaut.

»Ja, genauso ist es. Es ist wegen Laura. Ich habe

Gründe zur Annahme, dass an der ganzen Sache irgendwas nicht stimmt.«

Er wusste nicht, warum er ausgerechnet diesem Mann seine Zweifel zum Fall eingestand. Kohlheim fixierte ihn.

»Aber der Fall ist abgeschlossen. Die Kisten sind versiegelt. Außerdem riskiere ich meinen Job, wenn ich Sie darin herumstöbern lasse.«

»Ich weiß. Sie müssen das nicht tun. Aber wenn meine Vermutungen zutreffen, läuft der Mörder Lauras noch immer frei herum.«

Kohlheim sah Klaus Seeberg noch immer durchdringend an. Dann nickte er und öffnete dem Kommissar die feuerfeste Stahltür.

»Sie haben zehn Minuten. Keine Sekunde länger.«

»Meinen Sie das ernst?«

»Ich bin dreifacher Vater, Herr Seeberg. Und nun machen Sie schon, bevor ich es mir anders überlege.«

»Sie ahnen ja nicht, wie sehr ich Ihre Hilfe zu schätzen weiß.«

Kohlheim schloss die Sicherheitstür auf und schaltete das Licht ein. Ein Arsenal an Kartons baute sich vor ihm auf. »Vierter Gang auf der rechten Seite. Dort befinden sich die Morddelikte. Sie müssten im dritten oder vierten Regal fündig werden. Beeilen Sie sich. Wenn das jemand mitbekommt, sind wir beide unseren Job los.«

»Danke, Kohlheim.«

Seeberg lief los und versuchte im Vorbeigehen zu erkennen, wo sich der gesuchte Karton befand. Im beschriebenen Gang angekommen, machte er sich daran, die einzelnen Mordfälle anhand der Beschriftungen zuzuordnen. Schließlich verharrte er ziemlich genau an dem Platz, den Kohlheim ihm von der Tür aus angedeutet hatte. Im drittobersten Regal wartete der Karton darauf, von ihm geöffnet zu werden. Doch ohne Leiter kam er da nicht heran. Seeberg schaute sich um und entdeckte eine kleine Trittleiter. Hastig schob er sie in die richtige Position, stieg auf und streckte sich nach dem Karton. Die Wunde an der Hüfte meldete sich sofort wieder, ein brennender Schmerz schoss ihm bis ins Bein hinab.

»Verdammt«, fluchte er und streckte sich erneut.

Es langte gerade so, dass er den Karton zu sich ziehen konnte. Er stellte ihn vor sich auf den Boden und sah auf dem Deckel in einer Klarsichthülle die Liste der Gegenstände, die sich im Inneren der Box befanden. Sofort fühlte er wieder einen stechenden Schmerz. Diesmal allerdings in seiner Brust und wegen der Erinnerung, die in ihm wie ein Geysir emporschoss, als er die Auflistung sah. Für einen Moment überlegte er, ob er das wirklich machen wollte.

Dann nahm er den Deckel ab und blickte auf eine

Ansammlung von durchsichtigen Plastiktüten. Wo sollte er anfangen? Wieder nahm er sich die Liste vor und studierte sie. Neben den Gegenständen waren Datum, Ort und Uhrzeit des Fundes aufgeführt und vom zuständigen Beamten abgezeichnet worden. Alles schien fein säuberlich aufgelistet und streng nach Vorschrift behandelt worden zu sein. Seeberg überflog die Liste mit seinem Zeigefinger und stoppte plötzlich. Das einzige Beweisstück, das nicht an dem Tag, als man Laura gefunden hatte, sondern erst einen Tag später am Tatort von der Polizei entdeckt worden war, war das Kondom, das Petrov benutzt hatte. Der Kommissar las die Information zum Beweisstück mit der Nummer A 32.

Das Kondom war in unmittelbarer Nähe des Opfers am Boden liegend gefunden worden. Da genug verwertbares Sperma darin enthalten war, konnte man die DNA daraus sichern und sie Petrov zuordnen. Seeberg versuchte sich daran zu erinnern, konnte aber in seinem Gedächtnis keine Information dazu finden. Damals hatten seine Gedanken um ganz andere Dinge gekreist als die Beweise, die man am Tatort gefunden hatte. Man hatte ihm lediglich mitgeteilt, dass es einen todsicheren Beweis in Form eines DNA-Treffers gebe. Er kontrollierte den Eintrag und die Person, die die DNA-Feststellung vollzogen hatte. Rechtsmedizinerin Sabine Holt hatte die Analyse durchgeführt. Seeberg kannte sie seit Jahren und zweifelte nicht daran, dass alles von ihr vorschriftsmäßig durchgeführt worden war. Die beiden hatten damals beinahe zeitgleich ihren Job begonnen und waren sich von Anfang an sympathisch gewesen. Im Laufe der Jahre hatten sie oft miteinander zu tun gehabt. Einmal waren sie sogar gemeinsam zusammen ausgegangen. Doch dann hatte Seeberg Helena kennengelernt, und die Sache mit Sabine Holt war im Sande verlaufen. Hielt Petrov ihn etwa doch nur zum Narren? Einen DNA-Beweis konnte man nicht fälschen. Andererseits wunderte sich der Kommissar darüber, dass Petrov so naiv war, zunächst ein Kondom zu benutzen, um keine Spuren zu hinterlassen, und dann das Kondom unweit der Leiche achtlos wegzuwerfen. Petrov machte ihm keinen dummen oder naiven Eindruck. Außerdem verstand er nicht, wie man das benutzte Kondom erst einen Tag später finden konnte. Er wusste, wie sorgfältig die Kollegen der Spurensicherung arbeiteten. Sie entdeckten oft Spuren, wo eigentlich keine zu finden waren. Ein benutztes Kondom wäre ihnen doch sicherlich am Tatort aufgefallen. Es blieb ihm nichts anderes übrig, als den Kollegen der Spurensicherung zu fragen, wo er das Kondom gefunden hatte. Das war anhand der Liste nachzuverfolgen. Er musste nur die Liste genauer untersuchen. Dazu schoss Seeberg mit seinem Mobiltelefon einige

Fotos von der Liste und den Beschreibungen. Dann packte er alles wieder zurück und verließ die Asservatenkammer, so schnell es ging. Niemand hatte von seiner Suche etwas mitbekommen. Auch Kohlheim nickte zufrieden.

»Und, waren Sie erfolgreich, Herr Kommissar?«

»Allerdings.«

»Neue Erkenntnisse?«

»Ja«, antwortete Seeberg einsilbig und klopfte Kohlheim zum Abschied dankbar auf die Schulter.

»Sie haben etwas gut bei mir. Danke.«

»Falls es wirklich stimmen sollte, drücke ich Ihnen die Daumen. Holen Sie sich den Scheißkerl und buchten Sie ihn ein«, rief Kohlheim ihm hinterher.

16.

Als sich die Frauenstimme mit Namen am anderen Ende der Leitung meldete, klang sie vertraut, doch Seeberg hatte die Rechtsmedizinerin seit langer Zeit nicht mehr gesehen oder mit ihr telefoniert. Dennoch vertraute er ihr und wollte sich mit ihr persönlich über die damalige Untersuchung unterhalten.

»Hi, Sabine, hier ist Klaus Seeberg.«

»Klaus. Na, das ist ja mal eine Überraschung.«

»Ja, ich weiß, ich hätte mich nach der Sache mit

Laura schon längst bei dir melden sollen, aber es war irgendwie nie der richtige Zeitpunkt dafür, um dich anzurufen. Das war nichts gegen dich, aber ich wollte mich mit niemandem unterhalten.«

»Du brauchst dich nicht bei mir zu entschuldigen. Das ist schon okay. Jeder braucht seine Zeit.« Eine kurze Pause folgte, in der beide überlegten, wie sie wieder den Bogen zum Hier und Jetzt spannen konnten. »Rufst du mich deswegen an? Um dich mal wieder mit mir zu unterhalten?«

»Ehrlich gesagt, nein, Sabine. Es gibt da etwas, bei dem du mir weiterhelfen könntest.«

»Gerne, wenn ich kann.«

»Du hast damals bei Laura die DNA Petrovs gesichert. Kannst du dich da noch daran erinnern?«

Die Rechtsmedizinerin atmete hörbar ein, und der Kommissar war sich nicht sicher, ob es aus Enttäuschung darüber geschah, dass er sie nicht auf einen Kaffee einladen wollte, oder weil sie sich an die Untersuchung von Lauras Leiche erinnerte.

»Klar kann ich mich noch daran erinnern. Was meinst du genau?«

»Ich hatte damals nicht weiter nachgefragt. Es hieß, dass Laura entkleidet war und der Täter sich wohl an ihr vergangen hatte.«

»Ach, Klaus, ich weiß nicht, ob es eine gute Idee ist, alte Wunden aufzureißen. Willst du es nicht lieber auf sich beruhen lassen? Petrov ist gefasst worden und sitzt in seiner Zelle. Lass es gut sein.«

»Ja, ich weiß. Und wahrscheinlich hast du recht. Aber ich möchte einfach meinen Frieden mit der ganzen Sache machen, und dazu muss ich mich noch einmal diesem Fall stellen. Das hat mir meine Psychologin geraten.«

Der letzte Satz war eine glatte Lüge. Aber der Kommissar war sich sicher, dass das Wort einer Psychologin Gewicht hatte und er so Sabine aus der Reserve locken könnte. Es würde sie beruhigen, dass es nicht die Idee eines verbitterten Mannes war, sondern der Ratschlag einer Expertin.

»Franziska hat es dir geraten?«, fragte Holt erfreut. Damit hatte der Kommissar nicht gerechnet. Die beiden Frauen waren sich nicht fremd.

»Ach, ihr kennt euch?«

»Ja, sogar ganz gut. Na ja, was heißt schon gut? Man telefoniert ab und an mal miteinander. Also, meinetwegen, was willst du wissen?«

»Hatte der Täter sie, also, du weißt schon …«

Dutzende Male hatte Seeberg mit Sabine Holt eine Leichenbeschauung durchgeführt, und nicht selten waren auch weibliche Opfer darunter gewesen, die einer Vergewaltigung zum Opfer gefallen waren. Doch hier ging es um seine Tochter. Er konnte es einfach nicht aussprechen.

»Ob er sie penetriert hat?« Die Rechtsmedizinerin nahm ihm die Frage ab. Er war dankbar dafür. »Nein. Es gab zwar Spuren, die darauf hindeuteten, dass jemand versucht hatte, in ihre Vagina einzudringen, aber es wurde nicht vollzogen. Ihr Jungfernhäutchen war noch intakt.«

»Aber die Spermaspuren …«

»Die haben wir lediglich auf dem Bauch festgestellt. Das ist aber nicht so ungewöhnlich, wie es sich anhört. Es kommt häufiger vor, dass der Täter vor lauter Erregung eine vorzeitige Ejakulation hat. Außerdem könnte es auch sein, dass er es vorzog, auf die Leiche zu onanieren. Dadurch schaffen die Täter eine Art Distanz zwischen sich und der eigentlichen Tat.«

Seeberg presste die Kiefer zusammen. Die Vorstellung, wie seine Tochter bei vollem Bewusstsein dies miterleben musste, brannte wie am ersten Tag in seinem Herz. Auch die Tatsache, dass sie nicht im klassischen Sinne vergewaltigt worden war, verschaffte ihm nur wenig Linderung.

»Verstehe. Es gab aber keinerlei Zweifel daran, dass es sich um die DNA Petrovs handelte, nicht wahr?«

»Zweifelst du etwa an meiner Kompetenz?«

»Nein.« Seeberg lachte trocken auf. »Ich frage mich lediglich, warum man ein benutztes Kondom einige Meter weiter entfernt entdeckte, wenn es nicht zum

Sex gekommen war und sich der größte Teil des Spermas auf dem Körper befand.«

Die Ärztin zögerte.

»Worauf willst du hinaus? Ich kenne dich, Klaus. Irgendwas führst du doch im Schilde, stimmt's?«

Der Kommissar schwieg. In seinem Kopf wirbelten die Gedanken durcheinander. Wie konnte die DNA Petrovs an den Fundort und an Lauras Leiche kommen? Er musste dringend mit dem Bulgaren sprechen.

»Ich melde mich wieder bei dir, Sabine.« Seeberg wollte das Gespräch freundlich, aber bestimmt beenden. »Bis dahin wäre ich dir wirklich dankbar, wenn du unser Gespräch für dich behalten könntest. Versprichst du mir das?«

»Meinetwegen. Aber mach keinen Blödsinn, hörst du?«

»Natürlich nicht. Ich danke dir.«

Kommissar Seeberg legte auf und wählte dann die Nummer der Justizvollzugsanstalt Schwalmstadt. Nach kurzem Läuten meldete sich ein Beamter mit dienstbeflissener Stimme. Es war eine Stimme, die niemandem gehörte, den er kannte. Das war schlecht für sein Vorhaben. Seeberg verlor dennoch keine Zeit und kam direkt zum Punkt.

»Kommissar Seeberg von der Kriminalpolizei Fulda. Ich habe eine dringende Bitte, die keinen Aufschub duldet. Es ist ungemein wichtig für die Klärung einer Straftat. Zu diesem Zweck muss ich unbedingt telefonisch mit dem Gefangenen Petrov sprechen.«

Seine Stimme klang genauso bestimmt und einschüchternd, wie sie sollte. Er hatte die Erfahrung gemacht, dass dies am schnellsten zum Ziel führte. Doch sein Gegenüber zögerte.

»Ich denke nicht, dass das möglich ist, Herr Kommissar.«

»Ich weiß, dass dies unüblich ist. Aber es handelt sich um einen Notfall, und ich kann nicht schnell vorbeikommen, um ihn persönlich vor Ort zu befragen.«

»Das ist in der Tat unüblich. Aber selbst wenn ich es wollte: Der Gefangene Petrov kann nicht mehr aufstehen, um ans Telefon zu gehen. Er hat kaum mehr die Kraft zu sprechen.«

»Dann bringen Sie ihm das Telefon eben ans Bett.«

»Ich soll was?«

»Mein Gott, sind Sie schwerhörig? Bringen Sie Petrov das Telefon an das Krankenbett. Ist das so schwer zu verstehen?«

»Ich bin mir nicht sicher, ob ich das verantworten kann.«

»Hören Sie jetzt genau zu, guter Mann. Ich habe keine Zeit, um mich mit Ihnen auseinanderzusetzen. Es geht um Leben und Tod. Wenn uns die dringende

Aussage des Gefangenen durch Ihre Starrköpfigkeit nicht ermöglicht wird und ein Mensch dadurch zu Schaden kommt, wird es in Ihre Verantwortung fallen. Dann werde ich Sie nämlich persönlich dafür zur Verantwortung ziehen. Also setzen Sie jetzt Ihren Hintern in Bewegung und bringen Sie ihm das verdammte Telefon.«

Seebergs Puls raste, und er hoffte, dass der Beamte vor Zorn nicht einfach den Hörer auflegte. Für einen kurzen Moment tat sich gar nichts, dann ertönte die Antwort. Sie klang stotternd.

»N-nun, gut. A-aber Sie wissen, dass ich das nicht machen müsste.«

Der Kommissar war heilfroh über diese Worte, und ein wenig tat ihm der Beamte auch leid. Er befolgte nur die Regeln und es war in der Tat äußerst unüblich, einen Gefangenen am Telefon zu befragen.

»Ich weiß es zu schätzen. Also beeilen Sie sich!«

Der Beamte lief mit dem Funktelefon los, ohne ein weiteres Wort mit Seeberg zu wechseln. Während der Kommissar das Klacken der Schuhe durch den Hörer wahrnehmen konnte, überlegte er, was es für Möglichkeiten gab, dass man Petrovs Sperma gefunden hatte. Ihm fiel keine plausible Erklärung dafür ein. Hatte der Mörder ihn doch nur an der Nase herumgeführt, um kurz vor seinem Ableben noch einen letzten großen Auftritt zu haben?

»Herr Kommissar, hören Sie?«

»Ja, ich höre Sie.«

»Ich bin jetzt bei Petrov. Ich reiche Sie weiter.«

»Danke.«

Seeberg konnte hören, wie der Beamte etwas zu dem Gefangenen sagte, dann drang schweres Atmen aus dem Hörer, unrhythmisch und röchelnd.

»Commissario, was verschafft mir die Ehre?«

Auch wenn die Worte erbärmlich und mitleiderregend klangen, so blieb der Kommissar doch hart in seiner Haltung. Mitgefühl konnte er mit dem Mörder ohnehin nicht empfinden.

»Ich habe mir die alten Akten angesehen. Man hat damals neben dem Opfer ein Kondom mit Ihrem Sperma sichergestellt. Außerdem konnte man auch Spuren davon auf dem Körper meiner Tochter feststellen. Wie erklären Sie sich das?«

Petrov lachte auf. Es klang blechern, dann hustete er, bevor er antworten konnte.

»Um ganz ehrlich zu sein, Commissario. Ich habe keinen blassen Schimmer. Ich habe Ihnen schon einmal gesagt, dass ich nicht auf Kinder stehe. Und halten Sie mich nicht für so bescheuert, dass ich erst ein Kondom benutze, um es dann neben der Leiche liegen zu lassen. Dafür bin ich zu intelligent. Außerdem wäre das nicht mein Stil gewesen.«

»Ihr Stil?«

»Ich habe meine Opfer immer ohne Gummis ge-fickt. Schließlich wollte ich sie spüren. Ihre Angst, ihre zitternden Körper.«

Seeberg wurde übel. Er musste sich zusammen-reißen und verdrängte die Bilder in seinem Kopf, so gut es ging.

»Ich verstehe. Sie brauchen das nicht weiter auszu-schmücken, Petrov. Aber wie ist Ihr Sperma dann zum Fundort im Finsterhain gelangt? Menschliche DNA kann man schließlich nicht im Supermarkt kaufen oder einfach so kopieren.«

»Vielleicht hat man einen Fehler bei der Probe ge-macht.«

»Nein, ich kenne die zuständige Ärztin. Sie macht keine Fehler. Und schon gar nicht in diesem Fall. Es war definitiv Ihre DNA. Wie zur Hölle kam Ihr Sperma an die Leiche und in das Kondom?«

»Das müssen Sie herausfinden, ich habe diese Frauen jedenfalls immer ohne Kondom genommen, ich wüsste nicht einmal, wann ich das letzte Mal so ein verfluchtes Kondom benutzt hätte. Das muss …«

Petrov brach mitten im Satz ab.

»Petrov? Sind Sie noch da?«

Anstatt einer Antwort erklang neuerlich Husten, dann röchelte Petrov: »Verdammt nochmal … natür-lich.«

»Was? Haben Sie etwa eine Erklärung dafür?«

»Zum Teufel. Ich hatte tatsächlich ein paar Tage, bevor mich die Bullen festnahmen, Sex. Es kam mir gleich komisch vor, warum die sich gerade zu mir an den Tisch in der Bar gesetzt hat.«

»Von wem sprechen Sie?«

»Von einer hübschen Frau. Jung und mit einer fantastischen Figur. Leider war sie brünett, sonst hätte ich sie vielleicht in meine Galerie aufgenommen.«

Seeberg spürte, wie die Wut in ihm aufstieg.

»Wir haben keine Zeit für Ihre Späßchen. Ich will diesen Scheiß nicht hören, Petrov. Fahren Sie fort.«

»Na ja, Sie wissen doch, wie so was vonstattengeht. Es gibt nicht viel zu erzählen. Sie hat sich zu mir gesetzt und hat geflirtet, was das Zeug hält. Der Rest ging ziemlich schnell. Wir sind zu ihr nach Hause gefahren und hatten Sex. Nichts Besonderes. Sie schien schnell zum Ziel kommen zu wollen und hat mich danach ebenso zügig wieder aus ihrer Wohnung geworfen. Zunächst dachte ich, sie sei eine Professionelle, aber sie wollte keine Kohle.«

»Wo war diese Wohnung?«

»Lassen Sie mich überlegen. Die Petersberger Straße runter, an der Tankstelle vorbei links. Gegenüber von so einem Spielcasino. Kennen Sie das?«

»Das müsste die Heinrichstraße sein. Meinen Sie die Hochhäuser dort?«

»Genau. In einem dieser Häuser wohnte sie. Aber

die Nummer kann ich Ihnen nicht sagen, die weiß ich nicht mehr.«

Dem Kommissar fiel ein, dass er eine Prostituierte kannte, die genau dort ihre Dienste anbot und auf die Petrovs Beschreibung zutreffen könnte. Er hatte sogar ihre Visitenkarte noch irgendwo. Die junge Dame war ihm in guter Erinnerung geblieben, da sie ihm wichtige Auskünfte in einem alten Fall gegeben hatte.

»Und der Name?«

»Da fragen Sie mich was. Lassen Sie mich überlegen. Es war was Außergewöhnliches. Ich glaube irgendwas mit N … Nele … oder … nein … Naomi … nein, das war es auch nicht …«

»Nancy?«

»Zur Hölle, Commissario. Ja, genau. So hieß sie. Sie kennen Sie?«

»Flüchtig.«

Petrov lachte röchelnd auf.

»Aber, Commissario … das hätte ich jetzt nicht von Ihnen gedacht. Sie sind ein Nuttenficker?«

Seeberg ignorierte diese Bemerkung. Seine Gedanken waren bereits enteilt. Langsam passte alles zusammen. Nancy war nicht nur irgendeine Prostituierte. Sie bot ihre Dienste über die Agentur eines guten Bekannten an. Jan-Philip Pfeifer, sein ehemaliger Kollege. Er hatte viele Jahre mit ihm zusammen in einer

Spezialeinheit zusammengearbeitet. Dann war es zu Unregelmäßigkeiten gekommen, und die Einheit war aufgelöst worden. Seeberg kam zu Kohlers Team, und Pfeifer ging zur Spurensicherung. Allerdings hatte Seeberg herausgefunden, dass Pfeifer heimlich nebenbei über seine Frau eine Agentur betrieb, die Damen an solvente Herren vermittelte. Steckte er irgendwie in dieser Sache mit drin? Er musste es herausfinden.

»Ich melde mich wieder bei Ihnen.«

»Okay.«

Noch bevor er das Gespräch beendete, zögerte Seeberg für einen Moment.

»Noch was, Petrov.«

»Ja, Commissario?«

»Ich dachte nie, dass ich das jemals zu Ihnen sagen würde, aber sterben Sie mir nicht weg. Ich brauche Sie noch.«

Er konnte noch das rasselnde Lachen am anderen Ende hören, bevor Petrov auflegte. Der Kommissar sah noch einige Sekunden auf das Telefon in seiner Hand. Er konnte nur beten und hoffen, dass dem Bulgaren noch ein wenig Zeit auf seiner Lebensuhr blieb.

17.

Seeberg fuhr sofort zu der genannten Adresse in die Innenstadt Fuldas. Mittlerweile mischten sich die ersten Schneeflocken in den Regen, der niederging. Es würde nicht mehr lange dauern, und der Winter würde Osthessen wieder mit seiner kalten Faust umschließen. Hier war es im Sommer wie im Winter immer einige Grade kälter als im Rest des Landes, und in den Hochebenen kam es nicht selten zu heftigen Schneefällen, während es anderswo noch milder war. Seebergs Mobiltelefon klingelte.

»Ja, Seeberg.«

»Ich wollte nur sichergehen, dass Sie unseren Termin nicht vergessen.«

Er erkannte die Stimme der Frau.

»Frau Hellmich, wie könnte ich das wohl, wenn Sie mich ständig daran erinnern.«

»Mir bleibt ja wegen Ihrer Dickköpfigkeit und Vergesslichkeit nichts anderes übrig. Sie sollten endlich anfangen, zu verstehen, dass Ihnen diese Termine eine große Chance bieten. Sie müssen sie als Möglichkeit sehen und nicht als Bedrohung.«

Seeberg verdrehte die Augen. Er war froh darüber, dass die Psychologin ihn nicht sehen konnte.

»Ich fahre gerade in einen Tunnel, Frau Hellmich, es könnte sein, dass ich gleich …«

Er drückte die rote Taste des Handys und beendete das Telefonat. Er schmunzelte und bog in die Heinrichstraße ein. Zur Sicherheit glich er noch einmal die Hausnummer auf der Visitenkarte von Nancy ab. Unter der angegebenen Adresse mit der Hausnummer 60 fand der Kommissar tatsächlich die von Petrov beschriebenen Hochhäuser. Er hoffte, dass sie noch immer das Apartment gemietet hatte. Er parkte seinen Wagen vor den Häusern und tippte Nancys Nummer in sein Telefon. Genau in diesem Augenblick donnerte es, und ein heftiger Regenguss ging prasselnd auf seinem Autodach nieder. Während der Scheibenwischer vergeblich versuchte, des Regens Herr zu werden, wartete der Kommissar, dass am anderen Ende abgenommen wurde. Und tatsächlich, nach dreimaligem Läuten ertönte die Stimme der jungen Frau durch den Hörer.

»Ja, hallo?«

»Nancy?«

»Ja.«

»Klaus Seeberg, vielleicht erinnern Sie sich an mich.«

Er konnte hören, wie es am anderen Ende still wurde und Nancy tief einatmete.

»Was wollen Sie, Herr Kommissar? Ich habe nicht viel Zeit. In ein paar Minuten erwarte ich einen Kunden, und ich dachte, die Angelegenheit mit Karstensens wäre für mich ausgestanden.«

»Ist sie auch«, bestätigte er. »Es geht um etwas anderes. Etwas Privates.«

»Sie wollen mich jetzt aber nicht buchen, oder?«

»Himmel nein!« Seeberg lachte auf, wobei er nicht leugnen konnte, dass der Gedanke irgendwie auch verlockend klang. Nancy war hübsch, und wie er schon bei ihrem ersten Aufeinandertreffen festgestellt hatte, war sie eine intelligente und aufgeweckte junge Frau, die genau wusste, was sie tat. Jedoch waren die Emotionen ihr gegenüber eher väterlicher Natur. Der Kommissar vermutete, dass er in ihr wahrscheinlich eine erwachsene Form von Laura erkannte. Spätestens diese Erkenntnis zerstörte jeden Gedanken an Sex. »Ich möchte mich lediglich mit Ihnen unterhalten.«

»Niemand möchte sich mit mir einfach unterhalten. Auch Sie nicht. Also sagen Sie mir, warum und worüber Sie sich mit mir unterhalten wollen.«

»Ich vermute, dass Sie Informationen zum Tod meiner Tochter haben.«

»Zum Tod Ihrer Tochter? Ich wusste nicht einmal, dass Sie ein Kind gehabt haben.«

»Meine Tochter wurde Opfer eines Gewaltverbrechens. Vielleicht erinnern Sie sich an den Serientäter Petrov.«

Natürlich hatte Nancy von Petrov gehört. Jeder hatte von ihm gehört. Er hatte die Region mit seinen

Taten lange Zeit in Angst und Schrecken versetzt. Nach dem Verschwinden der ersten Mädchen war eine Hysterie ausgebrochen, bei der vor allen Dingen junge Frauen sich kaum mehr getraut hatten, allein vor die Tür zu gehen, vor Angst, sie könnten das nächste Opfer des Serientäters sein.

»Und warum sollte gerade ich Informationen zu Ihrer Tochter haben. Ich kannte sie ja nicht einmal.«

»Das erkläre ich Ihnen gerne. Hören Sie, ich stehe direkt vor Ihrem Haus. Es dauert auch nicht lange. Es würde mir wirklich viel bedeuten.«

Seeberg wartete auf eine Antwort.

»Also schön. Zehn Minuten. Kommen Sie herauf. Das Apartment befindet sich im zweiten Stock.«

Seeberg schaltete die Zündung aus. Der Scheibenwischer verharrte in der Mitte der Scheibe, als wäre er dankbar für die Unterbrechung seiner Arbeit gegen den übermächtig erscheinenden Regen. Der Kommissar nahm den Umschlag, in dem er die wichtigsten Sachen des Falls Petrov zusammengetragen hatte, schlug den Kragen seines Mantels auf und lief hinüber zu dem Haus mit der aufgemalten Nummer 60. Nach wenigen Schritten war Seeberg bereits durchnässt und drückte sich in den Hauseingang. Er fand die vergilbte Türklingel mit dem Namen Nancy zwischen vielen anderen Namen, und ihm wurde geöffnet. Er trat hinein und befand, dass es in seinem körperlichen Zustand wohl das Beste sei, den Aufzug zu nehmen, und drückte den Knopf. Während er wartete, schaute er sich um.

In solchen Häusern beschlich den Kommissar stets Unbehagen. Zu oft hatte er in seinem Polizistenleben furchtbare Schicksale hinter den Türen solcher Gebäude erleben müssen. Türen, die auf erschreckende Weise gleichförmig wirkten und hinter denen sich doch immer neue Schicksale verbargen. Der Aufzug stoppte, und die Aufzugstüren quietschten beim Öffnen, als habe man sie die letzten zwanzig Jahre nicht mehr geölt. Er drückte den Knopf für die zweite Etage. Während die Türen hinter ihm wieder ächzend zusammenglitten, überlegte er, welcher Fantasie der Mord an Laura entsprungen war. Wenn Petrov wirklich nichts mit der Sache zu tun hatte und der Tod des Anwalts kein Zufall war, musste etwas ganz anderes hinter der Sache stecken. Und alle Erklärungsmöglichkeiten, die sich ihm anboten, gefielen ihm nicht. War Laura am Ende nicht zufällig in die Hände ihres Mörder geraten, sondern ganz gezielt ausgesucht worden? Wenn ja, warum gerade sie? Und wer zog einen Nutzen aus ihrem Tod? Noch ergab es keinen Sinn. Doch er spürte, dass er auf dem richtigen Weg war.

Die Türen schoben sich wieder auseinander. Nancy erwartete ihn nur in Unterwäsche bekleidet in ihrer Wohnungstür.

»Kommen Sie herein, Herr Kommissar.«

Seeberg war es fast peinlich, die junge Frau nur in Unterwäsche vor sich zu sehen.

»Tut mir leid, wenn ich Sie gerade störe.«

»Wie gesagt, ich habe nicht viel Zeit. Ich erwarte einen Kunden.«

Nancy ging voran. Das Apartment war klein, aber durchaus geschmackvoll eingerichtet. Kein roter Plüsch oder andere übertriebene Accessoires. Es bestärkte Seebergs Meinung über Nancy, dass sie anders war als die Damen, die er aus diesem Gewerbe in seiner Laufbahn kennengelernt hatte. Sie bot dem Kommissar einen Stuhl am Tisch an und nahm gegenüber Platz. Mit geübtem Griff fingerte sie sich eine Zigarette aus dem Päckchen vor ihr und steckte sich dazu einen Kaugummi in den Mund.

»Wollen Sie auch eine?«

»Danke, nein.«

»Kaugummi?«

Auch einen Kaugummi lehnte der Kommissar ab. Er sah sich weiter um.

»Schön haben Sie es hier.«

Nancy lachte auf, während sie eine Rauchsäule aus ihrem Mund blies.

»Das ist nicht Ihr Ernst, oder?« Es war sein Ernst. Und wenn er es mit seiner eigenen Wohnung verglich, wurde ihm immer mehr klar, welch kümmerliches Leben er seit Monaten fristete. »Das ist nur so etwas wie mein Büro. Ich wohne woanders. Außerhalb der Stadt im Grünen. Aber zum Arbeiten genügt das hier völlig. Ich nehme meine Termine ja nicht nur hier wahr.«

»Verstehe.«

Der Kommissar nickte.

»Also, was wollen Sie von mir wissen?« Das Gesicht der jungen Frau wurde mit einem Mal härter. »Sie sagten, dass Ihre Tochter ebenfalls Opfer von dieser Bestie wurde?«

»Ja. Wobei ich mir da momentan nicht mehr so sicher bin. Es gibt da ein paar Ungereimtheiten, die mich beschäftigen.«

Nancy nahm einen neuen Zug aus ihrer Zigarette.

»Sie denken, dieser Typ ist unschuldig?«

»Unschuldig? Nein, er ist sicher alles andere als ein unschuldiger Mensch. Aber vielleicht hat er einen dieser Morde tatsächlich nicht begangen. Sehen Sie, und da kommen nun Sie ins Spiel.«

»Ich?« Um die Mundwinkel spielte ein Lächeln, und der Kommissar musste zugeben, dass sie noch hübscher und attraktiver war, wenn sie lächelte. »Ich wüsste nicht, wie ich Ihnen weiterhelfen kann.«

Der Kommissar nahm den Umschlag hervor und zog ein Foto von Petrov hervor.

»Kennen Sie diesen Mann?«

Obwohl die Zigarette noch nicht ganz abgebrannt war, drückte Nancy sie im Aschenbecher aus und sah sich das Foto genau an. Dann nickte sie knapp.

»Ein Kunde. Ist schon eine Weile her, dass er bei mir war. Aber ja, ich kann mich noch daran erinnern. Es war etwas skurril.«

»Inwiefern?«

»Na ja, es war ein gut dotierter Auftrag, eine Art Rollenspiel. Ich sollte den Mann in einer Bar ansprechen und ihn verführen. Er sollte aber nicht merken, dass das Ganze nur ein Spiel war. Er sollte glauben, dass alles echt und zufällig passiert wäre.«

»Das hatte er mit Ihnen vorher so abgesprochen?«

»Nein, das war ja der Kick dabei. Er wusste nichts davon, da der Auftrag von einem Freund von ihm kam.«

»Ich verstehe nicht.«

»Na ja.« Nancy nahm sich eine neue Zigarette aus dem Päckchen und zündete sie an. Sie flammte kurz auf, dann ließ Nancy erneut eine große Rauchwolke aus ihrem Mund entweichen. »Er wusste wie gesagt nichts von der Sache. Er durfte auf keinen Fall erfahren, dass ich eine Prostituierte bin. Es war ein Geburtstagsgeschenk.«

»Und wer hat Ihnen den Auftrag erteilt?«

»Jan kam zu mir und hat mir davon erzählt.«

»Jan-Philip Pfeifer?«

Nancy nickte. »Er hatte den Auftrag von einem neuen Kunden erhalten, der sogar das Doppelte zahlte. Da habe ich nicht viele Fragen gestellt.«

Pfeifer – Seebergs ehemaliger Kollege. Erst als vor kurzem bei einem anderen Fall herausgekommen war, dass er mit seiner Frau, einer ehemaligen Prostituierten, einen Escortservice betrieb, wurde er aus dem Dienst entlassen.

»Ich weiß, es klingt vielleicht etwas merkwürdig, aber war es vielleicht auch Teil der Absprache, dass Sie das benutzte Kondom aufbewahren sollten?«

Seeberg sah sofort, dass er einen Volltreffer gelandet hatte. Nancy sah ihn aus ihren großen, braunen Augen an, als habe sie einen Wahrsager vor sich sitzen, der ihr soeben über Dinge berichtete, die er nicht wissen konnte.

»Woher wissen Sie das? Und was hat dieser Kerl auf dem Foto mit dem Verschwinden der Mädchen und Ihrer Tochter zu tun?«

Sie kennt ihn nicht, dachte Seeberg. Woher auch? Die Fotos der Presse waren allesamt unkenntlich gemacht worden. Das war eine Anordnung der Staatsanwaltschaft gewesen, die Petrov vor möglichen Übergriffen schützen wollte. Denn selbst im Gefängnis waren Kindermörder auf der untersten Stufe angesiedelt, und nicht selten wurden sie von Mithäftlingen gefoltert oder gar getötet.

»Das ist Petrov.«

Nancy verschluckte sich beinahe an dem Tabakrauch in ihren Lungen.

»Der Serienmörder?«

Seeberg nickte.

»Sie wollen sagen, dass ich mit diesem perversen Menschen allein in einem Raum war und sogar mit ihm Sex hatte?«

Erneut nickte er.

»Sie waren wahrscheinlich nicht in unmittelbarer Gefahr, aber viel entscheidender ist die Tatsache, dass Sie für irgendeine schmutzige Sache genutzt wurden. Wie war das genau mit dem Kondom?«

Nancy war das Entsetzen anzusehen. Sie hatte sich mit einem mehrfachen Mörder eingelassen, ohne zu ahnen, wen sie da mit in das Apartment genommen hatte. Ihre Hände begannen zu zittern, und ihre Stimme klang dünn und verletzlich.

»Na ja, es war so, wie ich es Ihnen gesagt habe. Jan erzählte mir von dem Auftrag. Es sei eine witzige Geburtstagsüberraschung und leicht verdientes Geld. Ich solle das benutzte Kondom aufbewahren und ihm dann geben, sobald der Kunde wieder weg war. Ich habe mir nichts dabei gedacht. Wissen Sie, es gibt die seltsamsten Aufträge. Da ist das eher harmlos gewesen.«

»Letztlich war es das aber wohl doch nicht.«

»Wenn ich Jan in die Finger kriege, bringe ich ihn um. Wie konnte er mich in so eine Situation bringen?«

»Sie werden jetzt gar nichts machen, Nancy. Ich übernehme das. Sie sagen zu niemandem ein Wort. Haben Sie das verstanden?«

»Bin ich in Gefahr? Aber dieser Kerl ist doch im Gefängnis, oder nicht?«

»Doch, das ist er. Und da wird er auch bleiben. Aber wenn Petrov nicht für den Tod an meiner Tochter verantwortlich war, muss es eine andere Person geben, die ihn reingelegt hat. Und falls diese Person mitbekommt, dass wir Fragen stellen, könnte das für Aufsehen sorgen. Und Sie sind eine der wenigen Personen, die eine Aussage zu der Sache machen könnte. Also, zu niemandem ein Wort.«

Die junge Frau war sichtlich nervös geworden. »Okay.«

»Können Sie vielleicht ein paar Tage untertauchen?«

»Ich könnte zu meinen Eltern nach Niedersachsen fahren.«

»Machen Sie das. Ich melde mich bei Ihnen, wenn die Luft wieder rein ist. Und falls irgendwas ist, rufen Sie mich an.« Der Kommissar nahm eine seiner Visitenkarten hervor und reichte sie ihr. »Hier, ich gebe Ihnen meine Karte. Wenn irgendwas ist, sagen Sie mir sofort Bescheid. Verstanden?«

Es klingelte an der Haustür. Doch Nancy saß immer noch kopfschüttelnd an dem Tisch. Ihre Zigarettenasche hatte sich zu einem langen Wurm an der Spitze gebildet, da sie vergessen hatte zu inhalieren. Sie nahm die Visitenkarte des Kommissars und steckte sie sich in den BH.

»Okay, danke.«

Dann stand sie auf und ging zur Haustür.

»Ja? … In den zweiten Stock, bitte.«

Auch der Kommissar stand auf und ging auf Nancy zu.

»Ich gehe dann mal.«

»Ja, das ist wohl besser«, pflichtete sie ihm bei. Doch in ihren Augen stand eine Angst, die ihm sagte, dass sie lieber mit ihm gehen wollte. »Ich mache noch den Kunden, und dann packe ich meine Sachen zusammen.«

»Hätten Sie etwas dagegen, wenn ich Ihre DNA überprüfen würde. Vielleicht finden wir einen Beweis dafür, dass meine Tochter von jemand anderem ermordet wurde.«

»Meinetwegen.« Nancy nickte. »Tut mir wirklich leid für Sie und die Kleine. Wenn ich also helfen kann, sagen Sie mir wie.«

»Zunächst dürfte Ihr Kaugummi genügen.«

»Mein Kaugummi?«

Seeberg nickte und hielt seine Hand vor Nancys

Mund. Sie musste schmunzeln und spuckte den Kaugummi brav in seine Hand. Der Kommissar zog vom Zigarettenpäckchen die Klarsichtummantelung ab und verstaute ihn darin.

»Danke. Ich melde mich bei Ihnen.« Bevor er durch die Tür ging, nahm er ihre Hand und schaute ihr in die Augen. »Keine Angst. Ich lasse es nicht zu, dass Ihnen jemand etwas antut. Ich passe auf Sie auf.«

Nancy konnte nichts antworten und sah Seeberg nach. Ihre Mundwinkel zuckten. Der Kommissar war sich nicht sicher, ob es ein Lächeln oder ein unterdrücktes Weinen andeutete. Dann schob sich die Aufzugstür auf, und ein älterer Herr drängte sich, ohne aufzusehen, an ihm vorbei. Seeberg trat in den Aufzug und konnte noch sehen, wie sich die Apartmenttür hinter den beiden schloss, bevor sich auch die Lifttüren quietschend zusammenschoben und sich der Fahrstuhl in Bewegung setzte.

18.

Noch auf dem Parkplatz vor Nancys Apartment in der Heinrichstraße kramte der Kommissar sein Handy hervor und öffnete den Ordner mit den Fotos, die er in der Asservatenkammer geschossen hatte. Der Kommissar vergrößerte eine der Aufnahmen, die er von den Listen angefertigt hatte, um die Eintragungen darauf besser erkennen zu können. Schon das erste Foto bestätigte seine Vermutung. Nicht nur, dass das Kondom das einzige Beweismittel war, das nicht am Tag des Auffindens der Leiche entdeckt worden war, es war auch das einzige, das von einem Beamten gesichert worden war, der sonst keinerlei Eintragungen in der Liste vorzuweisen hatte. Es schien, als habe dieser Kollege der Spurensicherung nur diesen einen, jedoch alles entscheidenden Fund gemacht. Seeberg kannte den Namen auf der Fundliste überaus gut. Schließlich hatte er jahrelang mit diesem Mann Schulter an Schulter zusammengearbeitet.

Jan-Philip Pfeifer.

Der Kommissar überlegte einen Moment, was er tun sollte. Dann wählte er die Nummer der Rechtsmedizin, doch Sabine Holt war nicht in ihrem Büro. Stattdessen sprang der Anrufbeantworter an, und der Kommissar sprach seine Nachricht auf.

»Sabine, ich bin es nochmal. Klaus. Ich hätte noch eine große Bitte. Könntest du das Kondom nochmal auf DNA-Spuren überprüfen? Allerdings nicht innen, sondern an der Außenhaut. Ich vermute, dass die Spuren nicht mit Lauras DNA übereinstimmen. Ich bringe dir noch eine andere Vergleichsprobe vorbei. Bitte frag nicht nach dem *Warum*. Ich erkläre es dir, sobald ich kann. Ach ja, und … danke.«

Er blickte auf das Handy in seiner Hand. Langsam fügten sich die Puzzleteile zusammen. Es wurde immer wahrscheinlicher, dass Petrov mit seiner Äußerung recht hatte.

»Wenn das alles stimmt, musst du noch ein wenig auf mich warten, Laura«, sprach Seeberg zu sich selbst und steckte das Telefon zurück in seine Manteltasche. Aus der anderen Seite des Mantels zog er das Döschen mit den Schmerztabletten hervor und nahm drei Stück davon. Dann ließ er den Motor an und rollte vom Parkplatz.

Noch immer prasselte der Regen nieder. Doch der Kommissar war so in Gedanken, dass er weder den Regen noch den Mann wahrnahm, der die ganze Zeit über hinter ihm in einem dunklen Wagen gewartet hatte. Seebergs Wagen war noch keine fünf Sekunden vom Parkplatz verschwunden, als der hünenhafte Mann seinem Auto entstieg und ihm nachsah. Er schien zu überlegen, ob er ihm folgen oder zunächst hier seiner Aufgabe nachkommen sollte. Er entschied sich für die zweite Option und ging in aller Seelenruhe durch den Regen zum Haus mit der Nummer 60 hinüber. Gerade als er noch auf dem Klingelschild die Namen studierte, schob sich eine Frau mit Kinderwagen aus dem Eingang. Der Hüne hielt ihr höflich die Tür auf, was die junge Mutter mit einem netten Lächeln quittierte.

»Danke, das ist nett von Ihnen.«

»Gerne«, antwortete Wolf und schlüpfte hinein.

19.

Als er die Wohnung seines ehemaligen Arbeitskollegen betrat, zeigte die goldene Wanduhr kurz vor neun. Doch weniger die Zeit als das edle Gehäuse der Uhr stießen dem Kommissar übel auf. Aber die Uhr war nur der Anfang. Die komplette Einrichtung entsprach überhaupt nicht dem, was ein Polizist der Spurensicherung sich leisten konnte. Man musste nicht groß nachdenken, um zu der Vermutung zu gelangen, dass Jan-Philip Pfeifer den Großteil seines Vermögens durch andere Geschäfte verdient haben musste. Es war das zweite Mal innerhalb kurzer Zeit, dass Seeberg diese Wohnung betrat. Beide Male waren es keine Freundschaftsbesuche gewesen, sondern dienten der Aufklärung eines schweren Verbrechens. Entweder Pfeifer hatte ein außergewöhnliches Händchen für Fettnäpfchen, oder er hatte diesmal wirklich etwas mit dem Fall zu tun. Jan-Philip Pfeifer hatte dem Kommissar wortlos geöffnet und empfing ihn im Hausflur. Es wunderte Seeberg, dass er überhaupt eingelassen wurde. Schließlich hatte ihr letztes Aufeinandertreffen in einer handfesten Prügelei geendet.

»Bist du allein?«

Pfeifer nickte.

»Was willst du, Klaus? Haben wir nicht alles geklärt?«

»Nein, anscheinend nicht. Ich komme gerade von Nancy. Sie hat mir einige interessante Details erzählt.«

»Ach, hat sie das, ja?«

Seeberg spürte den starken Drang, seinem ehemaligen Kollegen erneut an die Gurgel zu gehen. Pfeifer hatte Beweise manipuliert und Nancy in Lebensgefahr gebracht. Vielleicht hatte er sogar etwas mit Lauras Tod zu tun. Doch er zwang sich ruhig zu bleiben. Wenn er Beweise finden wollte, musste er clever und besonnen agieren. Zwei Eigenschaften, die ihm nicht sonderlich lagen.

»Ja, sie hat mir alles erzählt.«

»Du weißt doch längst von meiner Agentur. Genau wie das komplette Polizeipräsidium. Man hat mich rausgeschmissen, hast du das vergessen, Klaus? Und jetzt mach, dass du wieder verschwindest!«

Pfeifer wies ihm die Tür, doch der Kommissar blieb unbeeindruckt stehen.

»Du weißt, wovon ich rede. Das mit deiner Escortagentur wäre früher oder später sowieso aufgeflogen. Du bist ein Bulle, Jan. Was denkst du? Dass du in so einer kleinen Stadt deine Geschäfte ewig geheim halten kannst? Aber deswegen bin ich nicht hier.«

»Nicht?« Pfeifer sah irritiert zum Kommissar. »Weswegen dann?«

»Ich spreche von der Sache mit Laura und den Spuren, die du manipuliert hast. Was ist das für ein dreckiges Spiel, das du da treibst?«

Pfeifer antwortete nicht. Er blieb mit offenem Mund stehen und senkte den Kopf, als habe Seeberg ihn auf frischer Tat ertappt. Dann deutete er mit einer Kopfbewegung an, dass der Kommissar ihm folgen solle.

»Komm rein. Wir setzen uns am besten. Das ist eine lange Geschichte.«

Sie nahmen auf einem mondänen Sofa im Wohnzimmer Platz. Seeberg sah seinen Gegenüber fragend an. Sein Herz pochte, und seine Hüfte schmerzte erneut. Doch das spürte er in diesem Moment nur am Rande. Er wollte Klarheit.

»Also?«

»Was hat Nancy dir erzählt?«

Seeberg hob den Kopf und begann zu berichten, was er an diesem Morgen bereits erfahren hatte.

»Sie sagte, dass sie von dir den Auftrag erhalten hatte, einen Mann zu verführen. Dass das ein Scherz gewesen sei, ein Geburtstagsgeschenk eines Freundes. Nur, dass es sich dabei um einen gesuchten Serienmörder und Vergewaltiger handelte, hast du ihr verschwiegen.«

148

»Du spinnst dir da was zusammen, das ist doch Blödsinn. Es war lediglich ein ganz normaler Auftrag.«

»Erzähl mir keinen Scheiß, Jan. Du lügst. Mach das besser nicht. Ich weiß, dass an der Sache etwas ganz gewaltig stinkt. Verdammt, es geht hier um Laura. Was weißt du über ihren Tod?«

Pfeifer sank in seiner Couch zusammen und legte die Hände vor sein Gesicht.

»Doch, das verstehe ich. Das ist es ja. Genau deshalb ist das Ganze ja überhaupt erst entstanden.«

»Was meinst du damit? Es war also nicht nur ein normaler Auftrag?«

Pfeifer richtete sich wieder auf und versuchte zu lächeln.

»Also gut. Ich fange ganz vorne an. Es war kurz, nachdem Laura verschwunden war. Ein Mann kam zu mir. Von der Staatsanwaltschaft.«

»Wie hieß er?«, unterbrach ihn Seeberg schroff.

»Wie er hieß? Keine Ahnung. Das habe ich mir nicht gemerkt.«

Seeberg schüttelte den Kopf.

»Du weißt nicht mehr, wie er hieß?«

»Nein.«

»Wie sah er denn aus?«

»Groß. Sehr kräftig. Erstaunlich für einen Bürotypen. Ich erinnere mich daran, dass mir seine Hände auffielen. Das waren mächtige Pranken. Ach ja, er hatte so eine wulstige Narbe auf der Stirn. Vielleicht von einem Unfall oder so.«

»Okay, weiter.«

»Er erzählte mir, dass sie den Täter der Mädchen endlich geschnappt hätten.«

»Petrov.«

»Ja. Sie könnten ihm die ersten drei Morde bereits nachweisen. Nur beim vierten Opfer, bei Laura, würden die Beweise nicht ausreichen. Ich fragte ihn, ob sie Laura denn schon gefunden hätten, und er meinte, ja, man habe sie an einem Feldweg gefunden, aber sie sei leider tot.«

»Und das hast du alles geglaubt?«

»Der Typ wusste alles, Klaus. Mehr als wir von der Polizei. Er wusste sogar von unserer gemeinsamen Arbeit, dass ich dich damals in Misskredit gebracht habe und dass ich das nun alles wiedergutmachen könnte.«

»Gutmachen? Wie?«

»Er sprach mich auf den Escortservice an, den ich zusammen mit Malee betreibe. Er meinte, dass ich mir deswegen keine Sorgen mehr machen müsse, wenn ich der Staatsanwaltschaft helfen würde.«

»Du solltest Petrov in eine Falle locken.«

»Genau. Ich sollte meine beste Mitarbeiterin des Escorts auf ihn ansetzen und so die DNA von ihm beschaffen.«

»Und da hast du Nancy mit diesem Monster zusammen in einen Raum gelassen? Der Typ ist ein Serienmörder und Vergewaltiger.«

»Er meinte, dass sie dafür sorgen würden, dass ihr nichts passiere. Der Kerl garantierte es mir. Ich sollte Nancy die Geschichte von dem Geburtstagsgeschenk erzählen. Sie würde eine Stange Geld dafür bekommen, ich wäre meine Sorgen mit dem Escort los und hätte dir und der Allgemeinheit einen Dienst erwiesen. Ich habe ehrlich gesagt nicht lange überlegt. Dieses Schwein durfte doch nicht einfach so davonkommen. Petrov war es, Klaus. Er hat Laura getötet. Es fehlte nur der endgültige Beweis, um das Schwein ein für alle Mal hinter Gitter zu bringen.«

Der Kommissar ersparte sich einen Kommentar.

»Weiter.«

»Nachdem ich die DNA besorgt hatte, habe ich dem Kerl das Kondom übergeben. Am nächsten Tag wurde der Fundort von Laura offiziell bei uns gemeldet. Es war, wie er gesagt hatte, an diesem Feldweg. Ich habe mich dann wie abgesprochen freiwillig für die Spurensicherung gemeldet und dann Petrovs Sperma so platziert, dass es jeder Idiot finden musste.«

»Und du hast dich nie gefragt, warum die Staatsanwaltschaft schon vorher wusste, dass man die Leiche einen Tag vor der Polizei finden würde.«

»Er meinte, das sei aus ermittlungstaktischen Gründen notwendig. Sie beschatteten ihn bereits eine ganze Zeitlang und würden nur auf den richtigen Zeitpunkt warten, um ihn hochzunehmen.«

»Und dieser Kerl. Von der Staatsanwaltschaft. Hast du ihn irgendwann danach nochmal gesehen?«

»Nein.«

»Und das kam dir auch nicht seltsam vor?«

»Ich kenne doch nicht jeden Mitarbeiter von denen.«

»Aber du hast dir seinen Ausweis zeigen lassen.«

»Natürlich. Ich bin kein Anfänger, Klaus. Alles lief einwandfrei.«

»Wie alt schätzt du ihn?

Pfeifer atmete genervt aus. »Was soll das, Klaus? Der Mörder ist gefunden und sitzt ein. Du solltest mir eigentlich dankbar sein. Ohne mich würde der Kerl wahrscheinlich ungestraft für den Mord an Laura davonkommen. Ist es das, was du willst?«

»Ich stelle die Fragen. Also, wie alt war der Mann?«

»So um die fünfzig, würde ich vermuten. Er sprach sehr langsam und ruhig. Unaufgeregt, ja, das trifft es wohl am besten.«

»Und er hat sich danach nicht nochmal bei dir gemeldet?«

Pfeifer schüttelte den Kopf. »Nein, habe ich dir doch schon gesagt. Mensch, Klaus, ich wollte dir damit echt helfen. Das war der endgültige Beweis für

Petrovs Schuld. Das Schwein wäre sonst vielleicht davongekommen. Wir wissen doch, wie das läuft. Irgend so ein geschniegelter Anwalt will sich profilieren und haut den Kerl am Ende noch raus. Wolltest du das?«

»Natürlich nicht. Aber du hast Beweise gefälscht, Jan. Und was noch viel schlimmer ist ... wahrscheinlich hast du dem wahren Mörder mit deinem Handeln geholfen.«

»Was redest du da? Welchem wahren Mörder? Petrov ist der Mörder. Er hat es sogar gestanden.«

»Er hat sein Geständnis widerrufen.«

»Ja, aus Angst. Weil er die Hosen voll hatte, im Knast von den anderen Mithäftlingen ans Messer geliefert zu werden. Das kennen wir doch. Draußen haben sie eine große Schnauze, und im Knast werden sie ganz kleine Lichter.«

»Nein, Jan. So jemand ist Petrov nicht. Der hat keine Angst.«

»Du glaubst ihm? Du denkst, er hat Laura nicht umgebracht?«

Seeberg nickte. »Ja, das glaube ich. Übrigens wart ihr schlampig beim Fälschen eurer Beweise. Petrov hat nämlich nie ein Kondom benutzt. Und auch an den drei anderen Mädchenleichen zeigen sich eindeutige Unterschiede zu Laura.«

Seeberg berichtete Pfeifer von seinen neu gewonnenen Erkenntnissen, dass Petrov seinen Opfern jeweils die linke Brustwarze entfernt hatte, nicht die rechte. Nach einer Weile ergriff Pfeifer erneut das Wort.

»Aber ... aber, das kann Zufall sein. Vielleicht lügt Petrov einfach nur.«

»Nein. Leider nicht.«

»Das kann nicht sein.« Pfeifer stand die Panik in den Augen. »Aber ... dieser Kerl von der Staatsanwaltschaft wusste doch alles von uns. Von dir, von mir, von dem Fall.«

»Du verstehst es immer noch nicht, oder?«

»Nein, du verstehst es nicht, Klaus. Dieser Hüne verfügte auch über Detailwissen von den Morden mit den Mädchen, das nur die Staatsanwaltschaft haben konnte. Er konnte die Informationen nur haben, weil sie Petrov beschatteten. Niemand sonst hätte das wissen können.«

»Oh, vergiss nicht, dass es durchaus noch jemanden gibt, der jedes kleinste Detail über die Morde an den Mädchen und Laura wusste.«

Pfeifer sah ihn überrascht an. »Ach ja? Wer denn noch?«

»Ihr wahrer Mörder.«

20.

Sie hatte ihm alles gesagt.

Alles, was er wissen wollte.

Dennoch war ihr klar, dass er sie nicht verschonen würde.

In dem Moment, als sich dieser riesige Kerl mit der Narbe auf der Stirn an ihr vorbei ins Zimmer gedrängt hatte, war ihr bewusst gewesen, dass das irgendwas mit der Sache zu tun haben musste, wegen der sie der Kommissar besucht hatte. Dabei hatte sie sich das erste Mal seit langer Zeit sicher gefühlt, als ihr der Kommissar gesagt hatte, dass er auf sie aufpassen würde. Sie spürte die Kanten der Visitenkarte, die sie sich in ihren BH gesteckt hatte, auf ihrer Brust. Von wegen *Ich passe auf dich auf.* Wo war er jetzt? Hatte er ihr das nur zu ihrer Beruhigung gesagt, und in Wirklichkeit interessierte sie ihn einen feuchten Dreck?

Natürlich.

Sie war nur eine Hure.

Es war nicht das erste Mal, dass sie auf die Worte eines Mannes hereingefallen war. Wie konnte sie immer nur so naiv sein?

Ängstlich blickte sie zu Boden. Vor dem Bett breitete sich eine große Blutlache über dem Fußboden aus. Nancy hatte keinen Zweifel daran, dass der Freier tot war. Nachdem der Kommissar das Apartment verlassen hatte, war er direkt zu ihr gekommen. Diesen einen wollte sie noch machen, dann hätte sie alles zusammengepackt und wäre untergetaucht. Es hätte schnell gehen sollen. Wie immer. Er war ein Stammkunde, der öfter in seiner Mittagspause vorbeikam und meist nach einer kurzen Nummer verlangte. Gerade als er sich entkleidet und sich bereits auf das Bett gelegt hatte, hatte es nochmals an der Tür geklingelt. Eigentlich öffnete Nancy nie die Tür, wenn ein Kunde bei ihr war. Aber sie glaubte, dass Seeberg noch eine Frage hatte oder sie zu ihrem eigenen Schutz doch direkt mitnehmen wollte. Irgendwie hatte sie darauf gehofft. Sie hätte auch nicht gezögert, ihrem Kunden das Geld zurückzugeben und mit dem Kommissar zu gehen. Sie hatte ihm vertraut. Er war nicht so herablassend wie die anderen Polizisten, die sie kannte. Außerdem fühlte sie sich in seiner Gegenwart sicher und geborgen. Der Kommissar verkörperte sowohl den fürsorglichen Vater, den sie nie hatte, als auch die Art von Mann, für die sie von jeher eine Schwäche hatte und in die sie sich immer zu verlieben drohte. Daher war sie so unachtsam gewesen, die Tür zu öffnen, ohne vorher durch den Spion zu sehen. Als sie die Klinke nach unten gedrückt hatte, war ihr sofort die Tür entgegengeflogen und hatte sie an der Stirn getroffen. Taumelnd war sie in den Flur gestürzt und hatte sich gegen die drohende Ohnmacht gestemmt. Ohne zu zögern, fiel der Eindringling wie ein tollwütiger Hund über sie her.

»Was wollte der Kommissar von dir?«, fragte der Mann, der groß wie ein Baum über ihr thronte. Als sie nur ein jämmerliches Wimmern hervorbrachte, traf sie eine krachende Faust im Gesicht. Sie glaubte, ein Knacken zu hören, als ihre Nase brach und Blut daraus hervorschoss. Die Bilder verschwammen vor ihren Augen, und sie rang nach Luft. Ihr Kunde war durch den Krach aufgeschreckt worden und war ihr zu Hilfe geeilt. Erstaunt schaute er zunächst zu ihr auf den Boden herunter, dann zu dem Kerl.

»Was ist denn hier los?«

Der Freier war trotz seines Alters ein gut trainierter Mann. Nicht so kräftig wie der Eindringling, aber vielleicht, so keimte kurz die Hoffnung in ihr, konnte er ihn überraschen und sich an ihm vorbei ins Freie drängen, um die Polizei zu verständigen. Doch das Gefühl der Hoffnung verging ebenso schnell, wie es gekommen war. Als der Eindringling erkannte, dass sie nicht die Einzigen in der Wohnung waren, zückte er ein Messer und rammte es ihrem Kunden blitzschnell in den Bauch. Mit ganzer Kraft stach er noch zweimal zu. Ihr Freier sackte zusammen, und mit weit aufgerissenen Augen suchte er nach ihrem Blick, um eine Erklärung dafür zu erhalten, was hier mit ihm geschah. Den flehenden Ausdruck in seinen Augen würde sie niemals vergessen können. Dann hatte sich der Eindringling wieder an sie gewandt.

»Also, was wollte der Kommissar von dir?«

Sie erzählte ihm alles. Von dem Zweifel Seebergs an der alleinigen Täterschaft Petrovs und ihrem Auftrag, den sie von Jan-Philip Pfeifer erhalten hatte. Jetzt, während der Freier tot dalag, sah sie ihren Peiniger an und zitterte vor Angst.

Nie zuvor in ihrem Leben war die Zeit so langsam vorangeschritten, und nie zuvor war es um sie herum so still gewesen. Mehr Stille konnte nicht existieren. Sie starrte auf die blutverschmierte Klinge in der Hand des Mannes. Es war alles gesagt, und sie befürchtete, dass es nun lediglich galt, auch noch die Mitwisserin und Zeugin zum Schweigen zu bringen. Sie war intelligent genug, um zu wissen, dass alles Flehen und Bitten keinen Erfolg haben würde.

»Ich wusste es«, sagte sie stattdessen leise. »Ich habe es immer gewusst. Irgendwann würde ich für all das bezahlen müssen.«

»Was meinst du damit?«

Sie deutete auf das zerwühlte Bett und den toten Freier, der blutüberströmt auf dem Boden lag. Sie war trotz ihres Berufs immer eine gläubige Frau gewesen und war sich sicher, nun für ihre Sünden bezahlen zu müssen. Dann sah er sich um und verstand.

»Du bist eben eine Hure.«

»Ja, das bin ich.« Sie lächelte matt. »Wahrscheinlich habe ich genau das verdient. Na, dann los.«

Er wirkte für einen Moment überrascht. Als hätte ihre Aufforderung seine Planung durcheinandergebracht. Doch dann nickte er ihr zu und lächelte sie dabei vielsagend an.

»Ich mache es schnell.«

Nancy raffte sich auf, stellte sich vor ihn in den Raum und schaffte es sogar, sich noch ein abfälliges Lächeln abzuringen.

»Machen Sie schon! Bringen Sie es zu Ende!«

21.

Jan-Philip Pfeifer schien nun erst die ganzen Ausmaße seines Handelns zu begreifen. Kommissar Seeberg glaubte seiner Darstellung, dass er aus Bedrängnis heraus gehandelt hatte. Dass sein ehemaliger Kollege als Mittäter in Frage kam, hielt er für ausgeschlossen. Falls der Kommissar recht behalten sollte und Vollmer als Zeuge beseitigt worden war, befand er sich nun selbst in akuter Lebensgefahr. Schließlich war Pfeifer der Einzige, der den Täter zu Gesicht bekommen hatte und ihn identifizieren konnte. Das Handy des Kommissars klingelte.

»Ja?«

»Reinhard hier. Mensch, Klaus. Wo hast du dich denn da reingeritten?«

Seeberg verstand nicht, worauf sein Kollege anspielte. Noch bevor er antworten konnte, erklärte Kohler: »Komm sofort ins Präsidium.«

»Jetzt mach doch mal langsam. Was ist denn los?«

»Genau das wollen wir gerne von dir wissen. Bornemann ist da, und selbst der Oberstaatsanwalt Pinnow wird gleich kommen. Alle sind stinksauer, Klaus.«

Seeberg überlegte, was die Kollegen herausgefunden haben mochten. Die Sache mit Vollmer? Das könnte er vielleicht noch erklären. Aber Kohler klang ernsthaft besorgt.

»Jetzt sag mir schon, was los ist.«

»Hier drehen gerade alle am Rad. Beate Fiedler, die Sekretärin des toten Anwalts, erinnerst du dich?«

»Ja, zur Hölle, natürlich.«

»Sie hat bei der Durchsicht ihrer Unterlagen festgestellt, dass die Akte Petrov fehlt. Ich hätte mir gleich denken müssen, dass da irgendwas nicht stimmt. Du hast dich so komisch verhalten. Vollmer war der Pflichtverteidiger von Petrov, aber das weißt du sicherlich längst.«

»Ja«, antwortete Seeberg knapp.

»Außerdem hat diese Frau Fiedler ein Phantombild von dem Verdächtigen anfertigen lassen, den Vollmer kurz vor seinem Ableben in seinem Büro empfangen hat. Es wird dich sicher auch nicht überraschen, dass dieses Phantombild mir nicht unbekannt vorkommt. Es ist leider wirklich gut gelungen, Klaus.«

Natürlich, die Sekretärin. Man konnte ihn nun mit dem Mord an Vollmer in Verbindung bringen.

»Das kann ich erklären, Reinhard.«

»Das musst du auch. Das ist aber noch längst nicht alles. Wir sind eben zu einer schwerverletzten Frau zu einem Parkplatz in der Innenstadt gerufen worden. Sie wurde wahrscheinlich aus dem Fenster ihres Apartments gestoßen. Und als ob das nicht genügen würde, befindet sich in ihrer Wohnung auch noch die Leiche eines noch nicht identifizierten Mannes.«

»Und was hat das mit mir zu tun?«, erwiderte Seeberg schroff.

»Die Frau war eine Prostituierte und war fast nackt, als man sie fand. Sie trug lediglich ihre Unterwäsche … und darin hat man deine Visitenkarte gefunden.«

22.

Die Menschentraube auf dem Parkplatz löste sich allmählich auf. Die Polizei und die Rettungskräfte hatten alle Mühe, die Schaulustigen zurückzudrängen. Solch ein Unglück geschah schließlich nicht alle Tage, und schon gingen bei den neugierigen Gaffern wilde Spekulationen um, warum die junge, leicht bekleidete Frau aus dem Fenster gestürzt war. Vermutlich hatte sie sich das Leben nehmen wollen.

Wolfram Abel hatte alles aus sicherer Entfernung beobachtet. Er saß in seinem Transporter und hatte gehofft, herauszufinden, ob diese kleine Schlampe tot war oder den Sprung überlebt hatte. Er versuchte, die Höhe des Stockwerks abzuschätzen.

»Gute acht bis zehn Meter«, dachte er laut. »Ein Mensch kann so einen Sturz überleben. Ja, das wäre durchaus möglich.«

Das plötzliche Klopfen an der Scheibe ließ ihn zusammenzucken. Ein Mann in Uniform blickte ihn an, ein einfacher Streifenpolizist, der über die Straße gekommen war und andeutete, mit ihm sprechen zu wollen. Wolf glaubte nicht, dass man ihm auf die Schliche gekommen war. Er lächelte den Beamten daher höflich an, als er die Scheibe herunterkurbelte.

»Ja, bitte?«

»Sie können hier nicht stehen bleiben. Sie blockieren den Fußweg mit ihrem Transporter.«

»Verstehe. Ich fahre sofort weg. Habe nur ein paar Sachen ausgeliefert.«

Der Beamte schaute mit dienstbeflissenem Blick skeptisch ins Fahrerhaus, als ob etwas seine Aufmerk-

162

samkeit erregt hatte. Der Mann, den er vor sich sah, war stämmig und hatte riesige Hände. Eine Narbe auf der Stirn ließ ihn beinahe furchterregend wirken. Doch der Polizist hatte gelernt, nicht nach dem äußeren Schein zu urteilen. Sein Blick wanderte vom Fahrer weiter zum Beifahrersitz.

»Was haben Sie denn ausgeliefert?«

»Fleisch und Wurstwaren. Alles aus eigener Schlachtung und ganz ökologisch. Ich habe hinten noch ein paar ganz frische Blutwürste. Wollen Sie mal probieren?«

»Nein, danke.« Der Polizist winkte ab.

»Was ist denn dort drüben passiert? Ich habe einen Krankenwagen gesehen.« Wolf deutete über die Straße auf den Parkplatz.

»Wissen wir noch nicht genau. Eine junge Frau ist aus dem zweiten Stock gestürzt.«

»Das ist ja furchtbar. Wie passiert denn so etwas? Ein Selbstmordversuch?«

»Vielleicht«, gab sich der Polizist wortkarg. Wolf erkannte, dass sein Gegenüber log. Der Polizist wusste genauso gut wie er, dass man in der Wohnung der jungen Frau eine männliche Leiche mit mehreren Einstichen vorgefunden hatte. Aber natürlich würde man solche Informationen nicht auf der Straße ausplaudern. Dennoch war sich Wolf sicher, dass die Polizei voreilig Schlüsse ziehen würde. Eine nackte

Frau und ein nackter Mann sprachen für ein Beziehungsdrama. Dann würden die Polizisten nicht lange brauchen, um herauszufinden, dass es sich bei der Frau um eine Prostituierte handelte und der Mann ihr Freier war. Ein Gewaltverbrechen im Rotlichtmilieu war jedoch nicht selten und so würde die Polizei zunächst in dieser Richtung weiterermitteln. Auch wenn die Tatwaffe nicht aufzufinden wäre, würde man an dieser These festhalten. Die Gedanken beruhigten Wolf. Doch etwas anderes war für ihn viel wichtiger. Nämlich die Tatsache, ob die junge Frau noch lebte. »Haben Sie möglicherweise etwas beobachtet?«

»Ich?« Wolf tat überrascht. »Nein! Um Himmels willen! Das hätte mir gerade noch gefehlt. Ich würde wahrscheinlich davon schlecht schlafen und von der Toten träumen. Sie ist doch tot, oder? Also, ich meine, die Frau, die aus dem Fenster gestürzt ist.«

Der Polizist lehnte sich zurück, als wolle er der Frage ausweichen. »Das kann ich Ihnen nicht sagen.«

»Aber solch einen Sturz überlebt man doch wohl kaum.«

»Keine Ahnung.« Der Polizist winkte ihn von dem Fußweg herunter. »Und jetzt fahren Sie bitte weiter.«

Wolf nickte und grüßte mit der typischen Geste eines Soldaten, indem er die Hand salutierend an die Stirn legte.

»Bin ja schon weg. Dann noch einen schönen Tag.«

Wolf atmete tief durch, als er sich wieder in den fließenden Verkehr eingefädelt hatte. Zum Glück hatte er das blutverschmierte Messer unter seinem Sitz verstaut. So hatte der Polizist weder das Jagdmesser noch die abgetrennte Zunge des Freiers bemerken können. Die Blutspuren auf der Ladefläche hätte der Polizist vermutlich für Tierblut gehalten. Einige der Blutspritzer stammten von dem Mädchen, das er damals ermordet hatte. Er hatte sie getötet, ihr die Brustwarze herausgeschnitten und sie anschließend mit dem Transporter an dem besprochenen Platz auf der Wiese abgelegt. Die Blutspuren auf der Ladefläche hatte er belassen, wie es ein Maler mit Farbresten in seinem Atelier tat. Doch ermahnte er sich, in Zukunft aufmerksamer zu sein.

Der Transporter quälte sich weiter durch den Nachmittagsverkehr und rollte langsam die Petersberger Straße hinauf, hinaus aus der Stadt. Die Häuser und Gebäude wurden weniger, bis sie ganz verschwanden und durch Bäume und Felder ersetzt wurden. Wolf blickte angestrengt auf die regennasse Fahrbahn, die sich durch die karge Landschaft schlängelte. Er hatte noch nie versagt. Immer wieder ließ er sich das Geschehen durch den Kopf gehen. Er konnte immer noch nicht glauben, was passiert war. Nachdem er den Freier erledigt und die Nutte ihm alles erzählt hatte, was er wissen wollte, hatte er einen Fehler begangen. Er war sich seiner Sache zu sicher gewesen. Und als die Nutte plötzlich keine Angst mehr zeigte und ihn sogar aufgefordert hatte, es zu Ende zu bringen, war er für einen Augenblick aus dem Konzept geraten. Der Moment, den er am meisten liebte, der Moment der Kontrolle und der Macht war mit einem Mal ausgelöscht worden. Daher war er für einige Sekunden unaufmerksam gewesen. Die Hure hatte diesen Moment genutzt, um die zwei, drei Schritte zum Fenster zu laufen. So schnell, wie sie auf den Sims geklettert war, hatte er ihr nicht folgen können. Sie hatte ihn nur angesehen, fast triumphierend, bevor sie in die Tiefe gesprungen war. Für einen kurzen Moment empfand er gar Bewunderung für die Raffinesse und Konsequenz der jungen Frau. Diese wandelte sich nun aber in Jagdgier. Sie hatte ihn hereingelegt und seinen Plan durchkreuzt. Doch das Schlimmste an allem war die quälende Frage: Hatte sie überlebt?

Wolf nahm sein Telefon und ließ sich mit dem Herz-Jesu-Krankenhaus verbinden. Eine Frauenstimme meldete sich.

»Herz-Jesu-Krankenhaus.«

»Guten Tag, mein Name ist Schmidt. Ich bin für die Hausverwaltung in der Heinrichstraße zuständig. Dort hat sich heute ein schlimmer Unfall ereignet, bei dem eine unserer Mieterinnen, eine junge Frau, aus

166

dem Fenster gestürzt ist. Sie müsste bei Ihnen eingeliefert worden sein.«

»Was wollen Sie genau von mir wissen?«

»Auch wenn es unpassend erscheint. Aber der Vermieter muss umgehend wissen, ob die Dame überlebt hat. Sie verstehen schon ... Die Versicherungen
wollen bei solchen Unfällen umgehend in Kenntnis
gesetzt werden.«

Die Frau lachte verständnisvoll auf.

»Ja, das kennen wir hier auch. Die Versicherungen
scheren sich oft ziemlich wenig um die Gesundheit,
sondern nur um die Prämien, nicht wahr?«

»Sie sagen es. Also, ist die Dame bei Ihnen eingeliefert worden und wenn ja, wie geht es ihr?«

»Tut mir leid. Ich darf Ihnen keine Auskunft über
unsere Patienten geben, aber ich schau mal nach, ob
wir so einen Unfall aufgenommen haben.«

»Das wäre sehr nett.«

Er konnte die Tasten eines Computers klacken
hören, und es dauerte nicht lange, bis sich die Dame
wieder am Telefon zurückmeldete.

»Hören Sie? Ich habe hier keinen Eintrag. Vielleicht ist die Patientin auch ins Städtische Klinikum
gebracht worden. Versuchen Sie es doch mal dort.«

»Das werde ich machen. Haben Sie vielen Dank.«

Erneut wählte er die Auskunft an und ließ sich mit
den Städtischen Kliniken verbinden. Auch hier er-

klärte er der Dame am Empfang seine missliche Lage. Sie schien keinen Verdacht zu schöpfen und erteilte bereitwillig Auskunft.

»Ja, wir haben die junge Frau bei uns aufgenommen.«

»Also hat sie überlebt?«

»Ja, sie liegt schwerverletzt auf der Intensivstation.«

»Herzlichen Dank.«

Wolfram Abel legte zufrieden das Telefon auf den Beifahrersitz und lachte das erste Mal an diesem Tag.

»Es ist noch nicht vorbei, du kleine Hure. Ich werde dich finden und mir besonders viel Zeit für dich nehmen.«

Sein Weg führte hinaus auf die Landstraße. Das Wetter wurde immer schlechter, je weiter er nach Osten in die Rhön fuhr. Ab und an tauchten aus dem Regenschleier entgegenkommende Fahrzeuge auf und blendeten ihn mit den Scheinwerfern. Die Scheinwerfer erinnerten ihn an die Suchscheinwerfer der Grenzer, die ihn einst verfolgt hatten. Plötzlich hatte er das Gefühl, dass in den Fahrzeugen die Grenzer saßen und noch immer nach ihm suchten. Er trat das Gaspedal durch und beschleunigte. Mit einem prüfenden Blick in den Rückspiegel kontrollierte er, ob die Grenzpolizei ihn verfolgte, dann schüttelte er den Kopf über die Unsinnigkeit dieses Gedankens. Ein schriller Ton riss ihn aus seinen Gedanken. Er zuckte zusammen. Es brauchte einige Sekunden, bis er verstand, dass es sein eigenes Telefon war. Im Display leuchtete eine Nummer auf, die er gut kannte. Es würde nicht einfach sein, zu erklären, warum die Hure ihm entkommen war.

Er räusperte sich und nahm das Gespräch an.

23.

Irgendwie hatte er geahnt, dass es so weit kommen würde. Seeberg hatte sich nach dem Anruf Kohlers auf den Weg ins Präsidium gemacht. Viel mehr als seine eigene Misere machte ihm der Gedanke zu schaffen, dass Nancy in der Klinik um ihr Leben kämpfte. Kurz nachdem er sie verlassen hatte, musste der Täter in ihr Apartment eingedrungen sein. Dass die Tat so unmittelbar nach seinem Besuch geschehen war, ließ die Vermutung zu, dass er verfolgt worden war. Vielleicht hatte er den Täter sogar noch zu seinem zweiten Zeugen, zu Pfeifer, geführt.

Nach dem Telefonat mit Kohler hatte er Pfeifer sofort davon berichtet, dass Nancy mit lebensgefährlichen Verletzungen ins Krankenhaus eingeliefert worden war und die Polizei ein männliches Opfer in ihrem Apartment aufgefunden hatte. Man hatte das Opfer anhand seines Ausweises identifizieren können und festgestellt, dass es sich dabei wahrscheinlich um einen Freier des Mädchens gehandelt hatte. Einen weiteren Zusammenhang konnte man bislang nicht feststellen. Da man aber keine Tatwaffe vorfinden konnte, ging man von einer dritten Person aus, die sowohl den Freier umgebracht, als auch Nancy aus dem Fenster gestoßen hatte.

Der Kommissar empfahl Pfeifer, mit Malee unterzutauchen. Der Mörder versuchte offenbar nach und nach, alle Mitwisser zum Schweigen zu bringen. Und Pfeifer konnte der Nächste auf dieser Liste sein, da er ihn identifizieren konnte. Sein ehemaliger Kollege versprach ihm, sich so schnell wie möglich aus dem Staub zu machen und ins Ausland zu reisen.

Seeberg fuhr noch bei Sabine Holt in der Rechtsmedizin vorbei, um ihr den Kaugummi von Nancy zukommen lassen. Sie war allerdings mit einem anderen Fall beschäftigt, aber es war ihm nicht unangenehm gewesen, sie nicht persönlich anzutreffen, sondern einem ihrer Kollegen den Kaugummi zu übergeben. Dann endlich war er weiter ins Polizeipräsidium gefahren, um sich dem Gespräch zu stellen. Er würde unangenehme Fragen beantworten müssen. Schon als der Kommissar ins Gebäude eintrat, spürte er die Blicke der anderen. Einige tuschelten, sobald er an ihnen vorbeigegangen war. Andere schüttelten ungläubig den Kopf und drehten sich ab.

Was geht denn hier vor?, fragte sich Seeberg. Der Kommissar bog in den Gang, an dessen Ende sich das Büro Kohlers befand. Einige Meter davor hielt er inne, als ihn ein Schwindelanfall erfasste. Er stützte sich mit einer Hand an der Wand ab. Als sich sein Blickfeld wieder schärfte, erkannte er, wie seine Hände zitterten. Prüfend schaute er sich um, doch niemand hatte von seinem kleinen Anfall Notiz genommen.

»Atmen, ganz ruhig atmen«, rief er sich laut ins Gedächtnis und klopfte seine Manteltasche nach den Medikamenten ab. »Verdammt.« Er erinnerte sich daran, sie zuletzt am Morgen im Bad eingenommen zu haben. Dort musste er sie vergessen haben. Doch es half nichts. Er musste ins Büro und sich den Kollegen stellen. Es würde schwer genug werden, sie davon zu unterrichten, dass er ihnen etwas verschwiegen hatte. Dass der Polizeivizepräsident seinen Alleingang als willkommene Gelegenheit sehen würde, ihn endgültig aus dem Dienst zu entfernen, war Seeberg klar. Josef Bornemann und ihn verband eine tiefe gegenseitige Abneigung. Ihm war bewusst, dass die nächsten fünfzehn Minuten über seine weitere Karriere entscheiden würden. Und genau das war seine Trumpfkarte. Er hing nicht mehr an diesem Beruf, und alles, was er tat, tat er aus der Überzeugung, bald Laura nachzufolgen.

Der Polizeivizepräsident Josef Bornemann starrte in die Runde der versammelten Männer. Niemand traute sich, nach der Erklärung des Kommissars als Erster etwas zu sagen. Der Kommissar hatte die Anwesenden in Kenntnis gesetzt, dass Petrov ihn auf Unregelmäßigkeiten bei dem Mord an Laura aufmerksam gemacht hatte. Dass er deswegen den Anwalt Vollmer aufgesucht habe, um den Dingen auf den Grund zu gehen, und dass er nun tatsächlich davon überzeugt sei, einer großen Sache auf der Spur zu sein. Zuletzt hatte Seeberg von seinem Besuch bei Nancy berichtet und deren Auftrag, die DNA Petrovs zu sichern. Er konnte es auch nicht unterlassen, Pfeifers Namen ins Spiel zu bringen und ihn als wichtigen Zeugen zu benennen.

»Das ist also der Grund für Ihr unverantwortliches Handeln?«, erklärte Bornemann schließlich mit düsterer Miene. »Die Aussage eines verurteilten Schwerverbrechers wie Petrov? Haben Sie die geringste Vorstellung davon, in welche Lage Sie sich und die ganze Polizei gebracht haben? Sollen die Leute denken, dass wir ein Haufen von Idioten sind, die ihre eigene Arbeit anzweifeln? Wir haben den Serientäter damals geschnappt. Er hat gestanden und ist für seine Taten von einem ordentlichen Gericht dafür verurteilt worden. Und jetzt kommen Sie auf diese Schnapsidee, dass es da noch jemanden gibt. Den großen Unbekannten.«

Seeberg hatte geahnt, dass die Anzugsfraktion, bestehend aus dem Vizepräsidenten und dem Oberstaatsanwalt, versuchen würde, ihm einen Strick zu drehen. Er hatte die zwei noch nie leiden können. Beide waren ihm auf ihre ganz individuelle Art unsympathisch. Das beruhte allerdings auch auf Gegenseitigkeit. Sowohl der Oberstaatsanwalt Pinnow als auch Bornemann würden alles tun, um ihm ein Disziplinarverfahren an den Hals zu hängen. Ein weiterer Versuch, ihn zum wiederholten Mal aus dem Polizeidienst zu drängen.

»Ich habe es doch versucht, Ihnen das Ganze zu erklären ... es gibt schlüssige Hinweise darauf, dass ...«

»Da gibt es nichts zu erklären, Seeberg.« Mit puterrotem Kopf funkelte Bornemann ihn an. »Der Fall ist rechtskräftig abgeschlossen. Ich möchte von dem ganzen Schwachsinn nichts mehr hören.«

Seeberg war überrascht, dass er so ruhig bleiben konnte, und zuckte mit den Schultern.

»Wenn Sie meinen«, antwortete er, »aber wie erklären Sie sich den Mord an dem Anwalt und den versuchten Mord an der jungen Frau heute Vormittag? Nicht zu vergessen den Mann, der im Apartment der Frau aufgefunden wurde.«

»Das will ich Ihnen sagen«, unterbrach Roland Pinnow. Er drehte sich zum Polizeivizepräsidenten um. »Zunächst sollten Sie sich erst einmal beruhigen,

Bornemann. Sie dürfen nicht außer Acht lassen, dass Herr Seeberg einen Verlust zu beklagen hatte. Dadurch ist er einer permanenten Stresssituation ausgesetzt, die wir uns alle nicht im Entferntesten vorstellen können. Würden Sie nicht auch alles daransetzen, jeden Zweifel auszuräumen, wenn es um den Tod Ihres Kindes gehen würde?«

Bornemann lehnte sich in seinem Stuhl zurück und nickte.

»Natürlich. Aber immer im Rahmen des Gesetzes.«

»Soweit ich mich erinnere, ist Herr Seeberg wieder als voll dienstfähig erklärt worden, und war es nicht so, dass Sie selbst, mein lieber Bornemann, ihn persönlich darum gebeten hatten, wieder seiner Arbeit nachzugehen?«, wollte Pinnow wissen.

»Aber doch nicht …«

»Und wenn ich mich weiter richtig erinnere, hat er gerade erst dazu beigetragen, eine andere Mordserie aufzuklären.«

Nun wusste Bornemann offensichtlich nichts zu erwidern. Denn tatsächlich war es so gewesen. Weil man in den Ermittlungen eines Falls festgesteckt hatte, hatte man Seeberg vorzeitig aus seiner Freistellung zurück in den Dienst berufen, da dieser sich am besten mit diesem Fall ausgekannt hatte. Wenn man dem Kommissar also einen Vorwurf bezüglich seiner Tauglichkeit machte, kritisierte man damit auch indirekt Bornemann. Doch obwohl Pinnow den Kommissar in Schutz nahm, traute Seeberg ihm nicht.

»Wie sollen wir nun weiter vorgehen?«, fragte Seeberg in die Runde, noch immer in der Hoffnung, dass man ihm Glauben schenke.

»Du musst sofort aus der Schusslinie«, erklärte Reinhard Kohler.

»Ja«, bestätigte Bornemann. »Umgehend, bevor noch mehr Unheil geschieht.«

»Aber weshalb? Ich habe lediglich ein paar Fragen gestellt. Sonst nichts. Warum sollte ich also aus der Schusslinie? Und was ist mit dem eigentlichen Mörder? Sollen wir ihn einfach unbehelligt lassen?«

»Ich habe Ihnen doch gerade erklärt, dass es keine Ermittlungen zu dem abgeschlossenen Fall geben wird. Falls Sie es vergessen haben. Wir haben bereits einen Mörder, und der sitzt im Gefängnis.«

»Aber der kann nicht für die aktuellen Geschehnisse verantwortlich sein. Dafür hat er doch wohl ein handfestes Alibi.«

Pinnow klatschte in die Hände. »Und das ist genau Ihr Problem, verehrter Herr Seeberg.«

»Wie meinen Sie das? Wegen der Visitenkarte, die man bei Nancy gefunden hat? Das habe ich Ihnen erklärt. Sie sollte mich anrufen, falls sie bedroht würde.«

»Richtig«, bekräftigte der Staatsanwalt. »Ich befürchte, Sie verstehen immer noch nicht, in welch bedrohliche Lage Sie sich da hineinmanövriert haben.«

Seeberg zuckte mit den Schultern. »Wie meinen Sie das?«

»Schauen wir doch mal, wie sich das Ganze für einen Außenstehenden darstellen lassen könnte und was die Presse daraus machen wird, Herr Seeberg. Einverstanden?«

Der Kommissar verschränkte die Arme und schnaubte dabei fast ein wenig amüsiert. Er verlor langsam seine Geduld.

»Bitte, ich werde Ihnen zuhören.«

»Herzlichen Dank, Herr Seeberg.« Pinnow spitzte die Lippen, dann begann er mit seiner Erklärung. »Ein, Sie verzeihen mir, psychisch labiler Kommissar ermittelt auf eigene Faust im Fall seiner verstorbenen Tochter. Er hat ihren Tod nicht verkraftet und sinnt auf Rache, da er mit dem, seines Erachtens, zu milden Urteil nicht einverstanden ist. Er dreht durch, verübt daraufhin Selbstjustiz und tötet in seinem verwirrten Zustand den Anwalt des Mörders, der den Mörder vor einer längeren Strafe bewahrte. Dann besucht er eine Prostituierte. Sie ist aber nicht allein, sondern hat bereits Besuch von einem anderen Freier. Er kommt mit dieser Zurückweisung nicht zurecht und tötet die beiden wie im Rausch. Klingt für mich plausibel.«

»Aber Herr Pinnow«, warf Kohler ein. »Das geht doch jetzt wirklich zu weit. Sie können Seeberg doch nicht ernsthaft unterstellen, ein Mörder zu sein.«

»Warten Sie. Ich bin noch nicht fertig. Schauen wir uns die Sachlage an. Das Motiv ist Rache. Dann haben wir das Phantombild und die Aussage der Sekretärin. Ich bin mir übrigens ziemlich sicher, Herr Seeberg, dass diese Frau Sie bei einer Gegenüberstellung identifizieren wird. Man wird Sie erkennungsdienstlich überprüfen und Ihre Fingerabdrücke sowohl im Büro als auch im Apartment der Prostituierten finden. Glauben Sie mir, meine Herren, selbst ein mittelmäßig begabter Anwalt wird Ihnen daraus einen Strick drehen.«

In diesem Moment donnerte es, und ein Blitz erhellte das Büro.

»Er hat recht, Seeberg.« Bornemann rückte seine Brille zurecht. »Sie werden nun umgehend Ihre Marke abgeben und sich zur Verfügung halten. Falls sich die Anschuldigungen verdichten, werden wir nicht drum herumkommen, gegen Sie ein Ermittlungsverfahren einzuleiten.«

Der junge Ammer war so entsetzt, dass er für einen Moment seine Schüchternheit und Unterwürfigkeit gegenüber Vorgesetzten vergaß.

»Aber … das können Sie doch nicht machen. Was ist, wenn Seeberg recht hat?«

»Halten Sie die Klappe, Ammer. Dazu ist genug gesagt worden«, fuhr Bornemann ihm über den Mund. »Bis dahin werden wir das Ganze unter größtmöglichen Vorkehrungen geheim halten. Es darf nichts nach außen dringen. Verstanden?«

Alle nickten der Reihe nach. Auch wenn Kohler und Ammer davon überzeugt waren, dass Seeberg nichts mit den Anschuldigungen zu tun hatte, stimmten sie ebenfalls der Ausführung des Vizepräsidenten zu. Es war das Beste, um Seeberg aus der Schusslinie der Medien herauszuhalten. Wenn diese davon Wind bekämen, wäre der Polizeiskandal endgültig perfekt. Kohler trat zu Seeberg und streckte ihm die leere Hand entgegen.

»Klaus, zu deinem eigenen Schutz. Gib mir deine Waffe!«

Jetzt verstand der Kommissar das seltsame Verhalten der Kollegen. Die Nachricht hatte sich wohl bereits in der gesamten Belegschaft herumgesprochen. Man hielt ihn für verrückt. Man unterstellte ihm, dass er durchgedreht sei und womöglich Selbstjustiz verübt habe. Seeberg holte tief Luft und blickte in die Runde. Ammer schaute aus dem Fenster. Es donnerte wieder, ein dunkles Wolkenband schob sich schwerfällig über das Präsidium.

Der Kommissar wusste, dass er nun etwas zu den Vorwürfen sagen sollte, doch es gab nichts mehr, was er zu seiner Verteidigung hervorbringen konnte. Diesmal schien es ihm wirklich an den Kragen zu gehen. Hier ging es nicht mehr nur um ein Disziplinarverfahren wegen Missachtung von Dienstvorschriften. Hier ging es um seine Haut. Ohne es zu bemerken, hatte er sich selbst zu einem Verdächtigen in einem Mordfall gemacht. Nein, mehr als das. Er war in den beiden Fällen sogar der Hauptverdächtige. Wenn man nun auch noch die Querverbindung zwischen Petrov und Nancy finden würde, wäre die Beweiskette kaum zu durchbrechen. Er würde wegen zweifachen Mordes angeklagt werden. Und falls Nancy nicht überleben würde, um durch ihre Aussage den Kommissar zu entlasten, oder Pfeifer zu den Anschuldigungen schwieg, um sich nicht selbst zu belasten, würde er ins Gefängnis wandern, ohne dass ihm auch nur irgendjemand glauben würde.

Er legte seine Marke und Dienstwaffe in die Hand Kohlers und verließ das Büro, ohne ein weiteres Wort zu verlieren.

24.

Lauras Grab war schlicht und einfach gehalten. So wie es ihr gefallen hätte. Die Marmorplatte gab lediglich Auskunft über ihren Namen und ihr Alter. Klaus Seeberg kam immer hierher, wenn er nicht mehr weiterwusste. Und heute war so etwas wie der Feiertag der Ratlosigkeit.

Doch in Lauras Nähe fiel einiges der Anspannung von ihm ab, und er fühlte sich für kurze Zeit nicht ganz so allein. Es dämmerte bereits, als er am Grab innehielt. Als Erstes entsorgte er den alten, verdorrten Blumenstrauß und legte einen neuen, den er zuvor an einer Tankstelle gekauft hatte, auf der Marmorplatte ab.

»Hi, Süße. Ich habe dir ein paar frische Blumen mitgebracht. Ich hoffe, du magst sie.«

Meistens unterhielt er sich mit Laura. Das war nichts Neues. Dennoch überlegte er für einen Moment, ob er vielleicht wirklich verrückt geworden war. Dass er wirklich dieser verhaltensgestörte Vater war, den Pinnow beschrieben hatte. Der Mann, der verzweifelt versuchte, Licht in eine Dunkelheit zu bringen, die längst hell erleuchtet war. Denn im Grunde hatten Bornemann und Pinnow recht. Es war längst ein Täter gefunden, der sogar gestanden hatte. Nur weil er in Lauras Fall nun seine Unschuld bekundete, hieß das noch lange nicht, dass er die Wahrheit sagte. Petrov war ein Mörder. Daran gab es keinerlei Zweifel. Aber war er tatsächlich nicht der Mörder von Laura? Seeberg setzte sich auf die Marmorplatte und redete weiter.

»Weißt du, ich versuche wirklich alles, damit das

Schwein gefunden wird, das dir das angetan hat. Ja, ich weiß, dass Petrov dafür schon verurteilt wurde. Aber wenn es doch nur einen kleinen Zweifel gibt, dann muss ich dem doch nachgehen, oder? Ich könnte nicht mit diesen Zweifeln von der Welt gehen. Allein der Gedanke daran, dass derjenige, der dich mir weggenommen hat, noch frei herumläuft, macht mich wahnsinnig. Also, was, wenn Petrov die Wahrheit sagt? Und glaube mir, der Anwalt ist mit Sicherheit nicht einem Verrückten zum Opfer gefallen. Ich bin doch nicht geistesgestört, oder?«

Er lachte auf.

»Aber viel schlimmer ist der Gedanke, dass er es doch war. Was, wenn er derjenige ist, der dich von mir weggerissen hat und sich nur einen makabren Scherz erlaubt? Verdammt, Laura, was soll ich nur machen?«

Er überlegte, alles auf sich beruhen zu lassen. Die Situation war für ihn äußerst brisant geworden. Er war plötzlich selbst ins Fadenkreuz der Ermittlungen geraten.

»Ich sollte die Finger von der Sache lassen, ich weiß. Bornemann, der alte Mistkerl, hat mich von dem Fall abgezogen. Ja, ich weiß schon, was du denkst ... ich war ja auch wirklich unvorsichtig, und jetzt stehe ich plötzlich mit dem Rücken zur Wand. Natürlich wäre es jetzt am leichtesten, den Schwanz einzuziehen und zu versuchen, sauber aus der Nummer herauszukommen. Aber du kennst mich, Süße. Ich kann das nicht. Schon gar nicht, wenn es hier um dich geht. Irgendwas stimmt nicht an der Sache. Ich muss einfach weitermachen und wenn ich dabei selbst untergehe.«

Er sah auf. Für einen Moment glaubte er, im Dämmerlicht jemanden hinter einem der Gräber zu sehen. Doch alles, was er sah, waren unscharfe Schatten. Die Häuser und Bäume in der unmittelbaren Umgebung verloren langsam ihre Konturen. Es wurde bereits wieder dunkel. Dabei war es heute nicht einmal wirklich hell geworden. Seeberg hasste die Nacht. Sie brachte wenig Schlaf und zu viele Gedanken, die sich nur im Schutz der Dunkelheit hervortrauten und dann nicht mehr von ihm abließen, bis der Morgen graute. Er wünschte sich die Zeit zurück, in der die morgendliche Routine ihn noch in Beschlag genommen hatte. Das hastige Frühstück mit einer Tasse Kaffee und einem Glas Orangensaft für Laura. Die genervte Stimme seiner Tochter, wenn er an die Badezimmertür klopfte und sie darauf hinwies, dass der Schulbus nicht auf sie warten würde. Er wischte sich die Gedanken mit einem Seufzer aus dem Kopf. Er fühlte die Müdigkeit, die in jedem seiner Glieder nach Schlaf schrie. Als Antwort darauf nahm er zwei Tabletten, die er sich kurz zuvor in einer Apotheke besorgt hatte, und schluckte sie herunter. Er stand auf und spürte, wie seine Wunde brannte. Mit einer Hand fasste er unter seinen Pullover und tastete die wulstige Narbe ab. Sie war groß und schmerzte. Genau wie seine Erinnerungen an das alte Leben.

In diesem Moment wurde ihm klar, dass er wieder einmal auf sich allein gestellt war. Doch er würde diesen einen Kampf noch zu Ende kämpfen.

Für Laura.

Für sich.

Für das alte Leben.

Und für eine bessere Zukunft, in der es ein Monster weniger geben sollte.

»Es wird Zeit für mich, Süße. Ich muss gehen.«

Zum Abschluss winkte er ihr noch einmal und ging den Weg zurück, den er gekommen war. Er tat jeden Schritt bedächtig und langsam. Die Gedanken, was er nun als Nächstes tun könnte, zogen ebenso langsam an ihm vorbei. Er war nicht mehr im Polizeidienst. Das würde alles erschweren. Als er an seinem Wagen angekommen war, ließ er den Motor an und rollte noch immer in Gedanken versunken zur Ausfahrt.

Im Fahrzeug schräg gegenüber klickte eine Kamera, die jeden Schritt des Kommissars festgehalten hatte.

25.

Am Morgen des nächsten Tages schreckte ihn der schrille Ton des Telefons aus dem Schlaf. Seeberg fluchte, tastete schlaftrunken neben sich und fühlte den Hörer des Telefons. Mit einem Räuspern meldete er sich. Seine Stimme klang dabei genauso genervt, wie er sich fühlte.

»Ja?«

Der Kommissar wusste, dass ein Anruf meist nur schlechte Neuigkeiten brachte. Wer sollte ihm auch schon schöne Worte übermitteln?

Er lebte allein.

Keine Ehefrau.

Keine Kinder.

Keine Freunde.

Selbst Affären waren ihm zuwider. Somit gab es auch keine Anrufe von einer Frau, die sich für die letzte Nacht bedanken wollte oder auf einen Kaffee vorbeischauen würde. Die einzigen Anrufe, die er erhielt, kamen aus dem Präsidium, die ihn zu einem neuen Leichenfundort zitierten oder ihn zum Rapport ins Büro des Chefs einbestellten. Allerdings war er ja seit gestern suspendiert. Es musste sich also um jemand anderes handeln.

»Klaus?«, fragte die Stimme aus dem Hörer.

»Wer soll denn sonst dran sein?«

»Hier ist Reinhard. Sag mal, schläfst du noch?«

»Was dagegen?«

»Nein, tut dir vielleicht mal ganz gut. Aber du solltest trotzdem aufstehen. Es kommt Bewegung in die Sache. Ich wollte dich jedenfalls auf dem laufenden Stand der Ermittlungen halten. Auch wenn du …« Kohler zögerte.

»Was willst du, Reinhard?«

»Es gibt Neuigkeiten, die dir nicht gefallen werden. Die Luft wird verdammt dünn, Klaus.«

»Von was sprichst du?«

»Hast du heute noch keine Zeitung gelesen?«

»Nein, habe ich nicht.« Seeberg strich sich über die müden Augen und drehte sich auf den Rücken. »Ich bin seit zehn Sekunden wach. Wie viel Uhr haben wir eigentlich?«

»Gleich zehn Uhr.«

Das überraschte Seeberg nun doch. Er erinnerte sich, dass er gegen elf Uhr abends ins Bett gegangen war. Hatte er wirklich elf Stunden geschlafen? Er griff zur Uhr neben sich. Tatsächlich. Er hatte dank einiger Schlafmittel seit Wochen das erste Mal wieder durchgeschlafen.

»Okay, Reinhard. Ich bin suspendiert. Also, was soll der Stress? Ich weiß, dass ich in der Scheiße sitze.«

»Allerdings. Und ab heute noch ein wenig tiefer.«

Seeberg setzte sich langsam auf und blinzelte gegen

das Tageslicht, das durch die Jalousie ins Schlafzimmer hereinkroch.

»Sag mir endlich, was los ist!«

»Ich bin im Büro. Alles ist hier in heller Aufregung. Vielleicht wäre es hilfreich, wenn du mal in die Zeitung schauen würdest. Und zwar sofort.«

Klaus Seeberg legte auf und zog sich rasch etwas über. Nur zehn Minuten später stand er unrasiert und nur mit seinem Mantel über die Schlafsachen gezogen am Kiosk, der sich nur ein paar Meter entfernt von seiner Wohnung befand. Er nahm sich eine Tageszeitung vom Stapel und fischte ein wenig Kleingeld aus seinem Geldbeutel.

»Stimmt so.«

Kaum aus dem Kiosk, schlug er die Titelseite auf. Sofort blieb er wie angewurzelt stehen. Das große Foto auf Seite eins erklärte Kohlers seltsames Verhalten und dessen morgendlichen Anruf. Das Bild zeigte den Kommissar beim gestrigen Besuch an Lauras Grab. Darunter die erschütternde Headline und eine Bildunterschrift:

Übte Kommissar der Fuldaer Polizei Selbstjustiz? Ist dieser Mann nicht nur ein trauernder Vater, sondern auch ein eiskalter Mörder?

Wie unsere Zeitung exklusiv erfahren hat, gibt es nun einen Hauptverdächtigen für den Mord an dem stadt-

186

bekannten Anwalt Vollmer sowie den versuchten Mord an einer Prostituierten, die noch immer im Koma in den Städtischen Kliniken liegt. Der Mann, den man im Apartment der Prostituierten auffand, erlag ebenfalls seinen schweren Stichverletzungen. Angeblich hat ihm der Täter gar die Zunge herausgeschnitten. All diese Taten stehen allem Anschein nach in unmittelbarem Zusammenhang mit dem Tod der Tochter des Kommissars, die vor einiger Zeit selbst Opfer des Serientäters Hristo Petrov wurde (unsere Zeitung berichtete). Wie uns aus dem Umfeld der Polizei mitgeteilt wurde, besteht dringender Tatverdacht gegen den Beamten Klaus S. Man vermutet, dass es sich bei den Taten um einen Racheakt des Beamten handeln könnte. Die Polizei Fulda verweigert bislang eine Stellungnahme zu dem Thema mit Verweis auf die laufenden Ermittlungen.

Seeberg schüttelte ungläubig den Kopf. Hatten sie nicht beschlossen, alles zunächst stillschweigend zu behandeln? Irgendjemand hatte es ausgeplaudert. Aber wer? Leider gab es genug Möglichkeiten, da das Netz des Polizeipräsidiums großmaschig war und leicht Informationen nach außen dringen konnten. Was aber noch viel schlimmer war, war die Tatsache, dass die Presse nun gnadenlos im Dreck wühlen würde. Das bedeutete, dass er nirgendwo mehr hingehen und Fragen stellen konnte, ohne dass man in ihm einen Mörder vermutete. Die Schlinge um seinen Hals hatte sich nun noch enger gezogen. Er musste reagieren. Und zwar schnell.

Er schloss für einen Moment die Augen. Dieser Alptraum schien kein Ende zu nehmen. Er überlegte, was nun zu tun war. Er beschloss, umgehend Pfeifer anzurufen und ihn um seine schriftliche Aussage zu bitten, bevor der untertauchen würde. Sein ehemaliger Kollege war momentan der Einzige, der ihn in dieser Angelegenheit entlasten konnte. Wenn Pfeifer zugab, von dem Mann mit der Narbe unter Druck gesetzt worden zu sein und die DNA-Spuren gefälscht zu haben, würde ihn das entlasten. Er klappte die Zeitung zu und ging zurück in seine Wohnung. Ihm war klar, dass er nie die Ungereimtheiten um Laura entflechten könnte, wenn er selbst unter Mordverdacht stand. Bei dem Gedanken daran beschleunigte er seinen Schritt noch mehr. Er hatte keine Zeit mehr zu verlieren.

Erneut klickte aus einem Fahrzeug heraus die Kamera eines Reporters, als Seeberg mit der Zeitung unter dem Arm in seine Wohnung verschwand.

26.

Auch beim vierten Versuch meldete sich Pfeifer nicht unter seiner Telefonnummer. Wahrscheinlich war er schon untergetaucht, wie es Seeberg ihm empfohlen hatte. Er konnte es ihm nicht verdenken. Schließlich stand er auf der Liste des Täters ganz oben. Der Kommissar überlegte, was er nun noch tun könnte. Um sich ganz auf den Fall zu konzentrieren, hatte er die Klingel ausgestellt und den Stecker des Telefons gezogen. Fragen von der Presse oder Neugierigen konnte er nun am allerwenigsten gebrauchen. Außerdem hatte er die Rollläden gegen neugierige Blicke heruntergelassen. Er ging in seinem Wohnzimmer auf und ab, schaltete den Fernseher auf lautlos und versuchte, die Zusammenhänge zu finden, Fehler zu entdecken, eine Spur aufzunehmen. Zu diesem Zweck hatte er im kahlen Wohnzimmer auf DIN-A-4-Zetteln die einzelnen Personen und ihre Rolle in dem Fall aufgezeichnet und quer über dem Boden verteilt. Vergeblich versuchte er, herauszufinden, wer welche Rolle einnahm und was das alles zu bedeuten hatte. Er musste dringend Beweise für seine Unschuld finden.

»Du bist ein gottverdammter Bulle. verhalte dich gefälligst auch so«, forderte er sich selbst mehr Disziplin und weniger Emotionalität ab. Akribisch machte er sich daran, die Verbindungen zu den einzelnen Personen herzustellen. Einiges wusste er bereits, andere Dinge konnte er sich zusammenreimen. Doch es blieben die zentralen Fragen:

1. Wer hatte einen Vorteil aus dem Tod von Laura gezogen?

2. Warum hatte man einen so großen Aufwand betrieben, um Petrov das Ganze in die Schuhe zu schieben?

3. Wer verbarg sich hinter dem angeblichen Mitarbeiter der Staatsanwaltschaft?

Seeberg hatte keinen Zweifel daran, dass dieser einen erheblichen Anteil an den Morden an Vollmer, dem Freier und an dem Überfall auf Nancy hatte. Wer war dieser geheimnisvolle Mann mit der Narbe? Er hätte Pfeifer wenigstens eine Phantomzeichnung anfertigen lassen sollen. Die Zeit war nun ein wichtiger Faktor in diesem Spiel geworden. Nicht nur wegen Petrovs Lebensuhr, die langsam ablief. Wenn er nicht schnell Ergebnisse vorweisen konnte, würde er tatsächlich angeklagt werden.

Doch noch gab es drei Personen, die ihn entlasten konnten: Nancy, Petrov und Pfeifer. Eine Prostituierte, die im Krankenhaus um ihr Leben kämpfte, ein Mörder, der mit Krebs im Endstadium auf seinen Tod wartete, und ein Kollege, der Beweise gefälscht hatte. Nicht die stärksten Zeugen, um ihn zu entlasten. Sein Handy klingelte, und er ärgerte sich darüber, nicht auch dieses Telefon ausgeschaltet zu haben.

»Nicht jetzt«, fluchte er, inmitten der Zettel kniend. Er fuhr herum und versuchte zu orten, woher das Klingeln kam. Weder in seiner Hose noch auf dem Boden konnte er es ausmachen. »Mensch, leck mich doch am Arsch«, schrie er, als er das Handy unter dem Profilzettel von Frank Vollmer fand und den grünen Hörer drückte, um das Gespräch anzunehmen.

»Meinen Sie mich?«

»Was?« Er verstand zunächst nicht, erkannte dann im Display, dass es Ammer war, der ihn aus dem Büro anrief. »Nein, ich habe nur was gesucht und laut gedacht.«

»Aha. Na ja, jedenfalls dachte ich mir, dass Sie das wissen sollten. Auch wenn Sie gerade vom Dienst suspendiert sind. Ich glaube übrigens nicht, dass Sie was mit den Morden zu tun haben.«

»Danke, Ammer. Aber falls Sie mir raten wollen, einen Blick in die Zeitung zu werfen, so muss ich Sie enttäuschen. Das hat Kohler bereits übernommen.«

»Nein, das ist es nicht. Petrov ist tot. Er ist gestern Nacht auf der Krankenstation verstorben.«

Die Welt schien sich gegen ihn verschworen zu haben. »Scheiße«, entfuhr es dem Kommissar. »Das hat mir gerade noch gefehlt. Dieser Drecksack schleicht sich einfach so davon.«

»Was machen Sie jetzt? Kann ich Ihnen irgendwie helfen?«

»Nein, ich muss jetzt einfach schauen, dass ich Pfeifer finde.«

Seeberg fuhr sich durch den mittlerweile dichten Bart an seinem Kinn. Sein Blick fiel dabei eher beiläufig zum Fernseher, doch die Eilmeldung, die am unteren Rand eingeblendet wurde, traf ihn wie ein Faustschlag.

EILMELDUNG: ZWEI TOTE AM FULDAER HAUPTBAHNHOF. UNBEKANNTER SCHNEIDET EHEMALIGEM POLIZISTEN UND DESSEN FRAU DIE KEHLE DURCH. TÄTER FLÜCHTIG.

Seeberg blickte starr auf den Bildschirm. Er bezweifelte nicht, dass der Mörder von Vollmer wieder zugeschlagen hatte und Pfeifer und dessen Frau getötet hatte. Man würde ihn befragen, wo er zum Tatzeitpunkt war. Er würde keine Zeugen nennen können. Er war am Vortag am Friedhof bei Laura, danach hatte er sich mit einer Handvoll Schlaftabletten betäubt.

»Herr Kommissar ... sind Sie noch da?«

Die Stimme Ammers drang von weit her zu ihm. Seeberg wollte sie weder hören noch darauf antworten. Stattdessen senkte er seinen Arm, schaltete das Telefon aus und ließ sich auf die ausgebreiteten Zettel sinken. Sein Kampf war fast aussichtslos geworden.

27.

Er lag in seinem Bett.

Wie lange, wusste er nicht mehr.

Stunden?

Tage?

Er hatte das Gefühl für die Zeit völlig verloren. Die Jalousien waren in der gesamten Wohnung heruntergelassen. Seine Wohnung war völlig abgedunkelt und wirkte eher wie eine Gruft. Sein Handy hatte irgendwann ein paar Mal geklingelt, bis der Akku den Geist aufgegeben hatte. Seither war alles stumm in der Wohnung. Die Zeit schien stehengeblieben zu sein.

Betäubt.

Ohnmächtig.

Gefühllos.

Erstickt.

Tot.

Er hatte keine Kraft mehr in seinen Knochen. Alles schmerzte, und um ihn herum war nur noch schwarze Leere. Der Mörder seiner Tochter lief frei herum, und er selbst würde bald für mindestens zwei Morde ins

Gefängnis gehen müssen, die er nicht begangen hatte. Doch wen interessierte das? Er setzte sich auf und verharrte so einige Momente auf der Bettkante. Dann stand er auf und begann ziellos in seiner Wohnung umherzuwandern. Die Gedanken tanzten in seinem Hirn, und er versuchte sie zum Schweigen zu bringen. Doch alles, was er tat, brachte keinen Erfolg. Zunächst versuchte er es mit Alkohol, doch soviel er auch in sich hineinschüttete, die Stimmen in seinem Kopf wurden nicht leiser. Menschen waren gestorben. Und zwar einzig weil er begonnen hatte, Fragen zu stellen. Näher an den wahren Täter war er dadurch jedoch auch nicht gekommen.

Er lief weiter wie ein Tier in seinem Käfig umher. Die leeren Flaschen, die überall verteilt herumstanden, klirrten, als er sie versehentlich mit den Füßen umtrat. Im Kinderzimmer ließ er sich neben dem Türrahmen nieder, auf dem er die Markierungen von Lauras Körpergröße angestrichen hatte. Sein Körper fühlte sich steif und schwer an, als habe man ihn mit Blei ausgegossen. Er vergrub seinen Kopf in seinen Händen und beschloss, dass wohl nun der Zeitpunkt gekommen war, um nach Hause zu gehen. Zu Laura. Er ging ins Bad und trug alles zusammen, was er noch an Medikamenten finden konnte. In dem Rest einer halb ausgetrunkenen Bierflasche löste er die Medikamente auf und ging zurück in das Schlafzimmer. Auf der Bettkante sitzend lächelte er in schwacher Vorfreude auf dumpfes Vergessen. Er schaute auf das Bier in seiner Hand und schwenkte den Inhalt.

»So einfach geht das also. Na dann.«

Alles war still, als er den Flaschenhals ansetzte und den Rest des Biers in einem Zug herunterspülte. Sollten sie doch alle glauben, dass er der Täter war, das wäre im Himmel egal. Oder wo auch immer er landen würde. Hauptsache, Laura wartete dort auf ihn. Er schmunzelte bei dem Gedanken daran und überlegte, wie sich der Tod wohl anfühlen würde. Noch spürte er keine Wirkung. Er legte sich zurück und streckte die Glieder von sich. Sein Atem klang ganz ruhig. Nach einigen Minuten spürte er Müdigkeit. Seine Augenlider wogen schwer, und seine Muskeln entspannten sich. Langsam entglitt ihm die Kontrolle über seinen Geist, doch es fühlte sich überhaupt nicht schlimm an. Ganz im Gegenteil.

Doch etwas störte.

Er glaubte Stimmen zu hören.

Das waren wohl die nächsten Anzeichen.

Halluzinationen.

Stimmen bis hin zum endgültigen Ende.

»Klaus?«

Sein Inneres schrie, dass man ihn in Ruhe lassen solle, doch seine Stimmbänder schafften es nicht mehr, den Ruf zu transportieren. Er glitt weiter ab.

»Klaus!«

Die störende Stimme klang nun sogar noch näher und beinahe hysterisch.

»Klaus, wach auf. Scheiße, holen Sie einen Krankenwagen. Machen Sie schon!«

28.

Blinzelnd öffnete er seine Augen und versuchte sich zu orientieren. Er hatte sich seinen Tod anders vorgestellt. Erst langsam gewann sein Hirn wieder Kontrolle über seine Gedanken, und ihm wurde klar, dass er lebte. Sein Schädel hämmerte, und sein Hals fühlte sich trocken und kratzig an. Er spürte seine ziehende Wunde in der Hüfte und versuchte sich aufzurichten. Er war irgendwo in einem Krankenhaus.

»Sie müssen sich gedulden. Es wird ein paar Tage dauern, bis Sie wieder fit sind.«

Erst jetzt bemerkte er, dass er nicht allein im Zimmer war. Eine Frau saß auf einem Stuhl in der Ecke des Zimmers.

»Frau Hellmich?«

»Ja. Sie können es mir in die Schuhe schieben, dass Ihr kleiner Versuch misslungen ist.«

»Aber, warum … warum gerade …?«

»Warum gerade ich Sie gefunden habe?«, fiel ihm

die Psychologin ins Wort. »Ich habe Ihnen ja immer gesagt, dass unsere Gesprächstermine Ihr Leben retten können.«

»Wie meinen Sie das?«

Die Psychologin rückte ihren Stuhl näher zu ihm an das Krankenbett.

»Sie haben unseren gemeinsamen Termin verpasst. Also habe ich versucht, Sie anzurufen. Aber weder unter Ihrer Mobilnummer noch unter Ihrer Büronummer waren Sie zu erreichen. Allerdings habe ich ein interessantes Gespräch mit Ihrem Kollegen Ammer geführt. Er erzählte mir davon, dass er vor einigen Tagen ein etwas seltsames Telefonat mit Ihnen hatte.«

Seeberg erinnerte sich an das Gespräch mit Ammer. Er hatte aber kein Gefühl dafür, wann das war. Jedoch erinnerte er sich an die Eilmeldung, die über das Fernsehen gekommen kam.

»Vor einigen Tagen? Wie lange ist das her?«

»Ziemlich genau zehn Tage. Also bin ich zu Ihrem Vermieter, und wir sind gemeinsam in Ihre Wohnung gegangen.«

»Sie waren in meiner Wohnung?«

»Ja, ich hatte eine unschöne Vorahnung. Also bin ich zu Ihnen nach Hause. Übrigens alles recht überschaubar in Ihrer Wohnung.«

»Mir genügt es.«

Franziska Hellmich schüttelte den Kopf. »Selbst

ein Mönch in einem tibetischen Tempel hat mehr Gegenstände in seinem Zimmer als Sie.«

Seeberg musste lächeln. »Geben Sie mir bitte etwas Wasser. Ich habe Durst.«

Hellmich stand von ihrem Stuhl auf, goss ihm ein Glas ein und reichte es ihm.

»Wir mussten Ihren Magen auspumpen. Daher haben Sie so einen trockenen Hals und Schluckbeschwerden. Aber das gibt sich wieder.«

Seeberg nahm das Glas entgegen und war erschrocken, wie stark er zitterte.

»Kommt das Zittern auch vom Auspumpen meines Magens?«

»Nein«, antwortete sie, »das sind die Entzugserscheinungen.«

»Entzugserscheinungen? Ich bin doch kein Junkie.«

»In gewisser Weise sind Sie genau das, Herr Seeberg. Die Ärzte haben bestätigt, dass Sie schwer tablettenabhängig sind. Wir haben einiges zu besprechen.«

Zunächst wollt er aus einem Reflex heraus protestieren. Doch er zog es dann vor zu schweigen und trank das Glas mit einem Zug aus. Das Wasser tat gut. Er ließ sich zurück in sein Bett sinken und schaute zur Decke hinauf.

»Wann beginnt mein Prozess?«

»Ihr Prozess?«

»Sie wissen schon, wegen den Morden.«

»Ach, das wissen Sie ja noch gar nicht. Es wird keine Anklage gegen Sie erhoben.«

»Was, aber warum …?«

In diesem Moment schwang die Tür auf, und die beiden Kollegen Kohler und Ammer kamen herein.

»Na, das passt ja wie aufs Stichwort«, erklärte die Psychologin und stand von ihrem Stuhl auf. Sie nahm sich ihre Tasche und ihren Mantel und warf dem Kommissar zum Abschied einen kurzen Blick zu. »Ich denke, Ihre Kollegen können Ihnen mehr dazu sagen. Wir sehen uns bald wieder. Bis dann.«

Franziska Hellmich verließ das Zimmer, und die drei Männer waren allein. Sein alter Weggefährte Kohler rückte sich den Stuhl zurecht und nahm vor Seeberg Platz.

»Mensch, Klaus, da hast du uns aber einen schönen Schrecken eingejagt. Was hast du dir denn dabei gedacht?«

Seeberg ging nicht darauf ein.

»Hellmich meinte eben, dass keine Anklage gegen mich erhoben wird. Warum nicht? Meine Entlastungszeugen sind doch alle tot oder liegen im Koma.« Ein Gedanke durchzuckte ihn. »Oder ist Nancy mittlerweile auch tot?«

»Nein«, beruhigte Kohler, »sie liegt noch immer im Koma. Die Ärzte kämpfen weiter um sie.«

»Warum werde ich dann nicht angeklagt?«

»Ammer und ich haben nochmal alle Bewohner des Hauses in der Heinrichstraße befragt. Eine junge Mutter konnte sich daran erinnern, einen kräftig gebauten Mann gesehen zu haben, den sie nicht kannte und der zur Tatzeit ins Haus ging. Nach der Beschreibung könnte es der Mann gewesen sein, von dem du berichtet hast.«

»Der Kerl mit der Narbe?«

Kohler nickte. »Wir fahnden nun offiziell nach diesem Typ.«

»Mensch, wie kann ich euch jemals dafür danken?«

Ammer rückte näher und beugte sich zu ihm. »Alle haben versucht, Sie aus der Sache rauszuhauen. Denn nur die Aussage dieser Frau hätte wohl noch nicht genügt, um Sie von der Anklagebank zu bekommen. Die Kollegin Holt hat dann den entscheidenden Fund gemacht.«

»Sabine.« Seeberg schlug sich mit der Hand vor die Stirn. Das hatte er tatsächlich beinahe vergessen. »Natürlich die DNA-Probe.«

»Genau«, bestätigte Ammer. »Sie wissen da wahrscheinlich besser Bescheid als wir. Aber als Frau Holt Sie nicht erreichen konnte, rief sie uns an und teilte uns mit, dass sie die Probe untersucht hätte, die Sie ihr hinterlassen haben. Wir hatten natürlich erst mal überhaupt keine Ahnung.«

»Es war eine DNA-Probe von Nancy.«

»Ja, das haben wir uns dann auch zusammengereimt. Jedenfalls haben wir das dann Bornemann vorgelegt.«

Seeberg musste schlucken. »Okay, das erklärt vielleicht, dass meine Vermutung bezüglich eines zweiten Täters stimmt. Aber die Sache mit Pfeifer? Ich habe kein Alibi für die Tatzeit.«

Kohler lächelte ihn an. »Tja, wie soll ich es sagen? Manchmal liegen Freud und Leid verdammt nah zusammen.«

»Wie meinst du das?«

»Du hast sehr wohl ein Alibi. Ein Reporter von der Zeitung hat dich die ganze Zeit beschattet. Als er von der Sache mit dir Wind bekommen hatte, hoffte er auf einen Schnappschuss. Dieser Journalist hat dir vorm Polizeipräsidium aufgelauert, ist dir dann zum Friedhof gefolgt und hat die ganze Nacht vor deinem Haus darauf gewartet, dass du wieder herauskommst. Er hat bezeugt, dass du dir am Morgen eine Zeitung im Kiosk bei dir um die Ecke gekauft hast und dann wieder in deine Wohnung gegangen bist. Dort bist du geblieben, bis Franziska Hellmich dich aufgefunden hat. Aus der Nummer bist du also raus.«

»Und was gibt es für Details zur Sache mit Pfeifer?«

Ammer schreckte zurück, und auch Kohlers Gesichtszüge verzerrten sich.

»Das war definitiv unser Täter. In einem Parkhaus am Hauptbahnhof hat er Pfeifer und seiner Frau die Kehle durchgeschnitten. Dann hat er ihnen die Zunge herausgetrennt und mitgenommen. Es handelt sich eindeutig um dieselbe Tatwaffe wie bei Vollmer und dem Typ aus Nancys Apartment. Pfeifer und Malee hatten keine Chance.«

Seeberg konnte sich nicht darüber freuen, dass nun nach einem anderen Täter gefahndet wurde. Auch wenn er und Pfeifer seit langer Zeit nicht mehr miteinander geredet hatten, war er ein Kollege gewesen. Jahrelang hatten sie Seite an Seite gearbeitet. Und auch wenn Pfeifer Fehler begangen hatte, waren er und seine Frau keine schlechten Menschen gewesen.

Kohler erhob sich von dem Stuhl und stellte ihn zurück an den kleinen Tisch. »So, und jetzt lassen wird dich mal ein wenig zur Ruhe kommen. Wir haben dir ein paar Zeitschriften mitgebracht.«

Ammer legte einen Stoß Magazine auf den Nachttisch. Der Kommissar bedankte sich und war sich sicher, dass er sie niemals anrühren würde.

»Wir sind echt froh, dass Sie wieder auf dem Damm sind, Herr Seeberg. Und dass die Anschuldigungen gegen Sie fallengelassen wurden.«

»Danke, Ammer. Sagen Sie, hat man mein Handy mit hergebracht?«

Ammer zuckte mit den Schultern. »Keine Ahnung. Frau Hellmich hatte einige Sachen aus Ihrer Wohnung herbringen lassen. Liegt alles im Schrank. Vielleicht ist das Telefon dabei.«

»Du solltest dich jetzt besser etwas ausruhen, Klaus«, meinte Kohler.

»Ja, schon gut. Verschwindet endlich, oder habt ihr nichts Besseres zu tun?«

»Wir sind ja schon weg.«

»Noch eine Sache«, rief Seeberg ihnen zu. »Bin ich wieder im Dienst? Ich meine, die Anklage wird nicht erhoben. Was spricht gegen die Aufhebung der Suspendierung?«

»Du bist krankgeschrieben«, antwortete Kohler. »Ich kann dich nicht in den Dienst nehmen und dich mit einer geladenen Waffe herumlaufen lassen. Nicht, nachdem du dir mit Tabletten das Leben nehmen wolltest. Hellmich wird dich gründlich durchchecken, und erst dann wird sich entscheiden, ob und wann du wieder dienstfähig bist.«

»Aber ich muss weitermachen. Komm, ich brauche wenigstens meine Marke. Du kennst mich, Reinhard, ich kann nicht einfach herumliegen.«

»Das wirst du aber noch eine Zeitlang müssen. Vertreib dir mit Lesen die Zeit.« Kohler deutete auf die Illustrierten. Dann verließen er und Ammer das Zimmer.

Seeberg war allein. Er wunderte sich, dass Kohler ihm solche Magazine mitgebracht hatte. Er musste doch wissen, dass er sie niemals lesen würde. Der Kommissar griff zu dem Stapel und fühlte einen harten Gegenstand. Zwischen zwei Zeitschriften fand er seine Dienstmarke. Zufrieden lächelte er und stand auf, doch sogleich erfasste ihn ein leichter Schwindel.

»Langsam, Klaus.« Er ging zum Schrank hinüber. Neben einiger Kleidung lag auch das Handy in dem Schrank. Mit Aufladegerät.

»Frau Doktor, auf Sie ist eben Verlass«, schmunzelte er und schloss sein Mobiltelefon ans Stromnetz an. Sofort erschien die Meldung, dass er drei Nachrichten auf seiner Mailbox habe. Die erste war von Franziska Hellmich, die ihn an den verpassten Termin erinnerte. Die zweite war eine Nachricht von Sabine Holt.

»Hallo, Klaus. Also, ich habe die Außenhaut des Kondoms mit der DNA deiner Tochter abgeglichen. Du hattest recht, es ist nicht die von Laura. Das Kondom wurde demnach also anderweitig benutzt. Wir konnten die DNA aus dem Kaugummi sichern, und diese stimmt tatsächlich mit der Außenhaut des Kondoms überein. Ich weiß nicht, was du damit jetzt anfangen kannst, aber ich hoffe, das lässt dich nun endlich zur Ruhe kommen. Ich versuche es jetzt noch mal auf der Büronummer. Ciao.«

Ein Signalton deutete das Ende der Aufnahme an. Der Kommissar wollte das Telefon schon beiseitelegen, als er sich daran erinnerte, dass es ja noch eine dritte Nachricht gab. Er betätigte den Abspielcode. Bei dem Abspielen der Nachricht lief ihm ein eiskalter Schauer über den Rücken.

Eine Nachricht aus dem Jenseits.

29.

Alles war bislang nach Plan gelaufen. Zwar hatte es kurzzeitig für Aufregung gesorgt, als plötzlich dieser Kommissar aufgetaucht war und unangenehme Fragen stellte. Doch durch das unkontrollierte Herumschnüffeln des Kommissars hatte sich die Lage nun sogar noch verbessert, und der Beamte war schließlich selbst zur Zielscheibe der Ermittlungen geworden. Dass die Ermittler immer noch in absoluter Dunkelheit tappten, amüsierte Wolf. Als er die Nachricht erhielt, dass Kommissar Seeberg einen Selbstmordversuch unternommen hatte, war Ruhe eingekehrt. Doch er wusste, dass noch eine Person übrig war, die ihm gefährlich werden konnte. Nachdem er den Polizisten und dessen Frau aus dem Weg geschafft hatte, blieb noch die kleine Hure. Sie stellte zwar momentan keine Gefahr dar, aber falls sie aus dem Koma erwachen würde, könnte sie ihn identifizieren. Er musste ihr früher oder später einen Besuch abstatten und seine Jagd beenden. Und vielleicht sollte er dafür nicht erst warten, bis sie aus ihrem Koma erwacht war.

»Commissario«, hallte die Stimme Petrovs schwach und dennoch bedrohlich durch den Hörer. »Wie schade, dass ich Sie nicht persönlich erreiche, aber es passt irgendwie zu unserem recht kühlen Verhältnis, nicht wahr?« Petrov lachte röchelnd auf. Er schien sich zusammenreißen zu müssen, um überhaupt zusammenhängende Sätze sprechen zu können. »Hören Sie, es tut mir leid, aber Sie müssen das Ganze wohl allein zu Ende bringen. Meine Kräfte verlassen mich. Ich spüre, dass es nicht mehr lange mit mir geht. Allerdings will ich Ihnen noch etwas sagen. Natürlich haben Sie alles Recht dazu, mich zu hassen. In Ihren Augen bin ich ein Monster. Aber Ihre kleine Tochter habe ich nicht in meine Sammlung aufgenommen. Ich denke, das haben Sie mittlerweile auch selbst herausgefunden.« Eine Hustenattacke unterbrach Petrov. »Aber deswegen rufe ich nicht an. Mir ist vielmehr noch eine Sache aufgefallen, die Ihnen vielleicht weiterhelfen könnte. Vollmer hat es mir mal gesagt, als dieser Wichtigtuer mich in der U-Haft besuchte. Er meinte eher beiläufig, dass *sie* dafür sorgen würden, dass ich nur mit einer überschaubaren Strafe zu rechnen hätte. Dabei betonte er das Wort *sie* so, dass ich glaube, dass dort irgendwas Größeres dahintersteckt. Es geht hier um einflussreiche Personen, Commissario. Passen Sie auf sich auf und sehen Sie zu, dass Sie den Kerl finden, der meine Sammlung beschmutzt hat. Leben Sie wohl.«

Ein Signalton beendete die Nachricht.

Seeberg steckte sein Handy weg und machte sich umgehend daran, seine Sachen zusammenzusuchen. Irgendwo dort draußen lief ein wahnsinniger Mörder herum, der vielleicht schon auf der Suche nach seinem nächsten Opfer war. Und Seeberg wusste genau, wer das sein würde.

30.

Zu seiner großen Erleichterung begegnete ihm niemand auf dem Krankenhausgang. Prüfend blickte er in alle Richtungen, doch keine Menschenseele war zu sehen. Er konnte es kaum fassen, aber das Krankenzimmer war weder durch einen Beamten gesichert, noch hatte man andere Sicherheitsvorkehrungen getroffen, um die einzig verbliebene Zeugin zu schützen. Er hatte am Empfang einfach nach dem Zimmer fragen können, wo Nancy lag, und man hatte ihm Auskunft darüber gegeben. Vorsichtig öffnete er die Tür und schlüpfte in ihr Zimmer. Der Raum wurde lediglich durch das fahle Licht der Straßenlaternen erhellt. Seeberg wandte sich zum Krankenbett und blieb stehen. Außer einem Pflaster auf der Stirn sah man Nancy nicht die schweren Verletzungen an, die sie durch den Sturz erlitten hatte. Langsam ging er die wenigen Meter zum Bett hinüber und setzte sich an ihr Bett.

»Ich bin da«, sagte er lediglich und spürte, wie sein Herz zu rasen begann. Nancy schien zu schlafen. Sie sah schön aus. Fast wie gemalt. Er streckte seine Hände aus. Der Drang, sie zu berühren, war groß, doch schreckte er zurück, kurz bevor seine Finger über ihren Handrücken strichen. Nancy rührte sich nicht. Nur die Maschine, die die Atmung sicherstellte, pumpte in regelmäßigen Schüben Sauerstoff in die Lungen der jungen Frau. Überall aus ihrem Körper schlängelten sich Kanülen und Schläuche. Das Szenario erinnerte ihn an das Märchen von Schneewittchen, die so wunderschön und doch dem Leben entrückt ihr Dasein in einem Glassarg fristen musste.

Die Bilder kamen ohne Vorwarnung, und er schreckte zurück. Bilder von blutverschmierten Leichen brachen plötzlich über ihn herein, alles Körper, die seine Augen in den vergangenen Jahren erblickt hatten. Er schüttelte sich, um wieder einen klaren Kopf zu bekommen. Und tatsächlich verschwanden sie ebenso schnell, wie sie gekommen waren. Dann griff er in seine Innentasche und ertastete den Gegenstand. Er wusste, dass er nicht viel Zeit hatte, bis jemand zur Tür hereinkommen würde. Langsam beugte er sich zu ihr.

Genau in diesem Moment schwang die Tür auf. Licht fiel in den abgedunkelten Raum. Eine Silhouette zeichnete sich im grellen Licht ab. Eine Krankenschwester. Sie stand im Raum und starrte ihn ungläubig an, wie er gebeugt über Nancy stand. Dann trat sie mutig näher.

»Was zur Hölle machen Sie da?«

Er hatte die Krankenschwester nicht kommen hören. Noch immer stand sie vor ihm und würde vermutlich gleich den Sicherheitsdienst verständigen, wenn er sich nicht erklären konnte.

»Ich wollte sie nur besuchen und schauen, dass es ihr an nichts fehlt.«

»Und wer sind Sie?«

Der Kommissar richtete sich auf. »Mein Name ist Klaus Seeberg. Ich bin Kommissar der Polizei Fulda.«

»Polizei? Und was machen Sie hier?«

»Ich wollte nur eine Freundin besuchen.«

»Eine Freundin? Aha.«

»Ja, eine Freundin. Sie ist die Hauptzeugin in einem

wichtigen Fall. Ich möchte, dass es ihr an nichts fehlt. Verstehen wir uns?«

»Natürlich«, erwiderte die Krankenschwester. »Wir behandeln hier alle gleich«, fügte sie hinzu und verschwand im Bad.

Seeberg widmete sich wieder Nancy und setzte sich nun neben sie. Er griff erneut in seine Tasche und holte den Gegenstand hervor, den er für sie mitgebracht hatte.

Den grünen Lieblingsschal Lauras.

Er erinnerte sich an die Bilder, wie Laura ihn immer wieder um ihren Hals getragen hatte. Egal, ob die Sommerhitze über der Stadt lag oder ein Herbststurm in den Bäumen rauschte. Auch am Tag ihres Verschwindens hatte Laura den Schal getragen. Man hatte ihn neben ihr im Gras gefunden. Es war der einzige Gegenstand, den Seeberg von der Spurensicherung zurückbekommen hatte.

»Hier, er hat mir auch immer viel Kraft gegeben.« Sanft legte er den Schal in Nancys Hände. »Halte durch, Nancy. Wir kriegen den Kerl, der dir das angetan hat.«

Seeberg überlegte, ob er wirklich zu Nancy sprach oder ein Versprechen wiederholte, das er einst seiner Tochter am Grab gegeben hatte. Würde diese Jagd jemals ein Ende nehmen? Er stand auf und ging zum Fenster hinüber. Er schaute über die Lichter der

Stadt, die wie kleine, helle Kieselsteine in einem dunklen Flussbett schimmerten.

»Irgendwo da draußen steckst du«, flüsterte er leise. »Ich kriege dich. Ich werde mir jedes kleinste Detail nochmal ansehen, bis ich einen Hinweis finde. Und dann komme ich zu dir.«

Er wollte sogleich mit der Arbeit beginnen. Die Daten zu Vollmers Tod durcharbeiten und alle Unterlagen zu dem Mord an Pfeifer durchgehen. Schließlich war dieser Mord in aller Öffentlichkeit verübt worden. Er sah auf die Uhr und entschied, dass es noch nicht zu spät für einen Anruf war. Also nahm er sein Telefon hervor und wählte die Nummer von Ammer.

»Keine Handys hier drin«, deutete die Krankenschwester auf das Telefon.

»Sorry, es ist wichtig.«

Die Krankenschwester schüttelte genervt den Kopf. Ammer meldete sich am anderen Ende der Leitung.

»Herr Kommissar.«

»Sagen Sie, Ammer, wo genau wurden Pfeifer und seine Frau ermordet?«

Die Krankenschwester richtete sich überrascht auf.

»In einem hinteren Teil des Parkhauses am Bahnhof. Ich kann es Ihnen zeigen.«

»Gut. Geben Sie mir zwanzig Minuten. Ich warte dann vor dem Haupteingang des Klinikums auf Sie.«

»Okay, mache ich. Aber dürfen Sie denn schon wieder raus?«

Seeberg schmunzelte. »Ich bin gerade entlassen worden.«

31.

Der Kommissar sah sich um. Auch die Reihe der Straßenlaternen vermochte nicht die Dunkelheit zu bezwingen und zeichnete lediglich eine bizarre Form heller und dunkler Streifen auf den Asphalt. Erste Schneeflocken fielen, doch auch bei guter Sicht waren die Parkplätze des Parkhauses von außen nicht einsehbar, und es wunderte ihn nicht, dass niemand Notiz von der Tat genommen hatte. Wie ein dunkler Schlund verschluckte die Einfahrt alle einfahrenden Autos. Der eigentliche Tatort befand sich im hinteren Teil der Tiefgarage.

Ammer setzte den Kommissar darüber in Kenntnis, was man bisher über den Tathergang wusste. Pfeifer und seine Frau Malee hatten ihren PKW vor einer Betonwand geparkt, um mit dem ICE anschließend nach Frankfurt zu fahren. Man hatte in ihrem Wagen sowohl die Bahntickets als auch zwei One-Way-Flugtickets nach Thailand gefunden. Der Mörder hatte den beiden aufgelauert und sie mit einem sehr scharfen Messer attackiert. Man ging davon aus, dass es sich um die Tatwaffe handelte, die schon bei Vollmer eingesetzt worden war. Pfeifer und seine Frau hatten keine Chance gehabt zu entkommen. Der Täter hatte ihnen mit exakt ausgeführten Schnitten die Kehlen durchtrennt. Das Ganze hatte laut Rechtsmedizin keine Minute gedauert.

Die beiden Beamten verließen das Parkhaus und traten ins Freie. Seeberg schaute sich erneut um. Gegenüber der Ausfahrt befand sich ein Büro- und Geschäftsgebäude. Da die Tat aber an einem Sonntag geschehen war, würde sich dort niemand aufgehalten haben. Nur das Restaurant von McDonald's, das im selben Gebäude untergebracht war, öffnete auch an Sonntagen. Leider lag der Eingang zu dem Fast-Food-Lokal einige Meter weiter entfernt, so dass Nachfragen auch hier zwecklos erschienen.

»Und sonst gab es keine Zeugen?«, fragte Kommissar Seeberg.

»Nein, nichts. Es war ein Sonntag, das Wetter war grauenhaft. An solchen Tagen bummeln nur wenige Leute durch die Stadt.«

»Aber irgendjemand muss doch was gesehen haben. Was ist mit den Bussen?« Seeberg deutete oberhalb der Einfahrt auf die dortige Plattform, auf der die Stadtbusse an- und abfuhren. »Vielleicht hat jemand dort oben gestanden und zufällig runtergeschaut, während er auf seinen Bus wartete.«

Ammer schüttelte den Kopf. »Wir haben Flugblätter verteilt und Plakate an die Bussteige gehängt. Aber niemand hat auch nur das Geringste gesehen. Hier ist leider tote Hose an Sonntagen. Wir sind halt in Fulda und nicht in Frankfurt.«

»Sie sind nicht von hier, nicht wahr?«

»Nein«, erklärte Ammer. »Ich komme ursprünglich aus Wiesbaden und bin jetzt seit fast einem Jahr hier.«

Der junge Beamte rieb sich die Hände und blies hinein, um sie zu wärmen. Der aufkommende Wind ließ die gefühlte Temperatur immer weiter sinken. Seeberg musterte ihn und gab ihm einen Klaps auf die Schulter.

»Kommen Sie.«

»Wo wollen Sie hin?«

»Folgen Sie mir einfach. Bevor Sie sich noch den Tod holen.«

Seeberg ging voran, Ammer folgte ihm. Am Fast-Food-Restaurant vorbei liefen sie weiter über den Bahnhofsvorplatz und stoppten vor einer Currywurstbude.

»Hier, mein lieber Ammer, bekommen wir nicht nur einen heißen Kaffee, sondern auch die beste Currywurst der ganzen Stadt.«

Seeberg lächelte und öffnete seinem jungen Kollegen die Tür. Sie waren die einzigen Gäste. Nur eine der Angestellten stand hinter dem Verkaufstresen. Sie hob kurz den Kopf, als die beiden eintraten, dann schrubbte sie weiter an einem Edelstahlbecken.

»Wir machen gleich zu.«

»Können wir noch zwei Currywürste und zwei Kaffee bekommen?«

Die Verkäuferin blickte auf.

»Nur noch mit Brötchen, die Fritteuse ist schon aus.«

»Das genügt uns. Danke.«

Sie ließen sich in der kleinen Eckbank neben dem Eingang nieder und legten ihre Jacken neben sich auf einen Stuhl.

»Und Sie sind sich sicher, dass man einmal hier gegessen haben muss?«

»Absolut. Der etwas raue Umgang gehört hier sozusagen zum guten Ton.« Der Kommissar lächelte. »Es ist wie mit einer schönen Frau. Man darf ihr nicht zu viel Aufmerksamkeit schenken, sonst wird sie arrogant und läuft einem irgendwann davon.«

Ammer grinste. »Davonlaufen wäre jetzt aber vielleicht gar nicht so schlecht.«

»Ganz ruhig, junger Mann. Sie sind noch nicht lange in Fulda. Es wird Zeit, dass Sie sich mal mit der Seele der Menschen hier anfreunden. Dann können Sie sie auch besser verstehen.«

»Tatsächlich? Und wie stellt sich diese Seele dar?«

»Man sagt den Menschen hier gerne nach, dass sie engstirnig und etwas schroff wären.«

»Ach, und das sind sie nicht?«

Seeberg lächelte. »Doch.«

»Aber?«

»Nichts aber. Schroff ist doch schön. Viel besser als angepasst und langweilig.«

Ammer nickte. »Stimmt.«

Die Bedienung stellte die Bestellung auf den Tresen und nickte ihnen zu. »Kaffee und Currywurst.«

Seeberg stand auf und holte alles zu ihnen an den Tisch. Der Kaffee war heiß und die Currywurst perfekt wie immer.

»Ist echt lecker. Wäre ich nie drauf gekommen«, meinte Ammer nach dem ersten Bissen.

»Ja, man muss die Augen eben immer aufhalten. Das ist halt nicht so eine durchorganisierte Burgerfabrik wie dort drüben.« Der Kommissar deutete auf das hell erleuchtete McDonald's von gegenüber. »Dort ist doch alles top durchrationalisiert und jeder Schritt überwacht.«

»Da haben Sie recht, Herr Kommissar. Ich habe neulich erst einen Bericht im Fernsehen gesehen, bei dem gezeigt wurde, mit wie vielen Kameras so ein Fast-Food-Restaurant überwacht wird. Alles wegen der Sicherheit, meinten die Verantwortlichen, aber in Wirklichkeit überwachen die doch die Mitarbeiter.«

»Wahrscheinlich«, pflichtete Seeberg bei. »In solchen Unternehmen wird jeder kleinste Schritt überwacht, und niemand kann …« Er hielt inne.

»Ist was, Herr Kommissar?«

»Scheiße«, rutschte es Seeberg heraus, »Na klar.«

»Was meinen Sie?«

Doch anstatt eine Antwort zu geben, war der Kommissar bereits von seinem Sitz aufgesprungen und zur Tür hinaus in die Kälte geeilt. Ammer stürzte hinterher, und die Bedienung warf ihnen einen überraschten Blick zu.

»He, erst mal zahlen, Freundchen.«

Ammer nahm den Mantel des Kommissars und schlüpfte in seinen eigenen. Dann legte er einen Zehn-Euro-Schein auf den Tresen und lief dem Kommissar hinterher. Er holte ihn in Höhe des Fast-Food-Restaurants ein. Seeberg stand im Schneetreiben mit zusammengekniffenen Augen vor dem Gebäude und deutete zur Lieferanteneinfahrt.

»Alles okay bei Ihnen, Herr Kommissar?«

»Sehen Sie! Genau dort über der Einfahrt.«

Ammer schaute in die Richtung, in die der Kommissar zeigte. Und dann sah er, was Seeberg meinte. Eine Kamera, die über der Einfahrt positioniert war und die eingehenden Lieferanten überprüfte.

Seeberg wandte sich zu Ammer. »Wurde das schon überprüft?«

Ammer schüttelte den Kopf. »Nicht, dass ich wüsste.«

»Überprüfen Sie, ob man was auf den Bändern entdecken kann.«

»Ich werde mich gleich drum kümmern.«

Seeberg schnappte sich den Mantel aus Ammers Hand, schlüpfte hinein und stapfte los in Richtung ihres Autos.

»Und noch was, Herr Kommissar.«

»Was denn noch?«, drehte sich Seeberg genervt zu seinem jungen Kollegen.

»Schön, dass Sie wieder da sind. Ich hatte keine Sekunde daran gezweifelt, dass Sie unschuldig sind.«

»Danke.«

Noch in derselben Nacht hatte Ammer die Bänder besorgt. Seeberg wollte keine Zeit verlieren und umgehend mit der Sichtung der Aufnahmen beginnen. Mit zwei großen Tassen schwarzem Kaffee bewaffnet, saßen die beiden Beamten vor einem Bildschirm.

»Nach was sollen wir denn genau schauen?«

»Keine Ahnung«, antwortete Seeberg. »Zunächst einmal sollten wir hoffen, dass man den Ausschnitt der Einfahrt erkennen kann. Es war Sonntag, und viele Leute können es nicht gewesen sein, die dort zur Tatzeit rein und raus gefahren sind. Wenn unser Mann mit dem Wagen gekommen oder zu Fuß zum

Haupteingang hereinspaziert ist, haben wir eine gute Chance.«

Die Qualität der Aufnahmen war schlecht. Aber immerhin war die Ausfahrt am äußersten Rand des Bildschirms zu erkennen. Sie spulten vor, bis der Wagen von Pfeifer und seiner Frau in die Tiefgarage einfuhr. Zunächst passierte nichts weiter. Ein halbes Dutzend Wagen fuhr hinein. Nach fast fünf Minuten sah man eine Frau aus der Tiefgarage stürmen und um Hilfe schreien. Ammer tippte mit dem Zeigefinger auf den Bildschirm.

»Das ist die Frau, die den Mord gemeldet hat. Wir haben sie überprüft. Sie ist sauber.«

Kurz hinter ihr verließen drei Fahrzeuge die Tiefgarage. Eine schwarze Limousine, ein aufgemotzter Golf, dessen Insassen man zwar nicht erkennen konnte, aber die heruntergelassenen Scheiben verrieten, dass es eine Gruppe Jugendlicher war, die sich bei dem Fast-Food-Restaurant eingedeckt hatte. Als Letztes folgte ein Transporter, der langsam aus der Einfahrt rollte. Kurze Zeit später traf bereits der Rettungswagen ein, und Polizei sicherte den Tatort ab. Das war es. Mehr war nicht zu erkennen. Keines der Fahrzeuge hatte den Tatort mit quietschenden Reifen verlassen.

»Vielleicht ist unser Täter ja zu Fuß gekommen oder hat auf der Rückseite der Tiefgarage geparkt.

Dann hätte er über die Treppen ins Innere gelangen können, ohne dass ihn jemand gesehen hat.«

»Ja, kann sein.« Der Kommissar war enttäuscht. Er hatte sich mehr erhofft. »Lassen Sie die Kennzeichen der Fahrzeuge überprüfen. Wir gehen jeden einzelnen Halter durch.«

32.

Sie hatten die Arbeit aufgeteilt. Ammer kümmerte sich um die Fahrzeuge, die in die Tiefgarage hineingefahren waren, und Seeberg übernahm die drei Autos, die sie verlassen hatten. Vorab hatten sie ergebnislos die Fahrzeuge mit aktuellen Suchmeldungen gestohlener Fahrzeuge abgeglichen. Einige Polizisten wurden darüber hinaus damit beauftragt, erneut Zeugen zu befragen, ob sie zu den Tatzeiten vor der Kanzlei Vollmers oder vor Nancys Apartment eines der Fahrzeuge gesehen hatten. Bislang ohne Erfolg. Auch die ersten Überprüfungen der Fahrzeughalter waren ernüchternd. Bei dem aufgemotzten Golf handelte es sich um das Fahrzeug eines Jugendlichen, der sich mit seinen Freunden bei McDonald's aufgehalten hatte. Weder er noch seine Freunde hatten etwas gehört oder gesehen. Die jungen Leute hatten die Musik im Auto voll aufgedreht. Sie hatten noch nicht einmal die schreiende

Frau bemerkt, die vor der Tiefgarage um Hilfe gerufen hatte. Auch die Tatsache, dass ein Mord stattgefunden hatte, war ihnen bislang unbekannt gewesen.

Nun galt es den zweiten Namen auf der Liste zu überprüfen. Ein Mann namens Karl Walser. Seeberg klingelte an der Haustür eines gepflegten Reihenhauses im Stadtteil Neuenberg. Nach kurzem Warten wurde ihm geöffnet. Eine Frau mit Kurzhaarfrisur, die um die sechzig war, sah ihn fragend an.

»Ja?«

»Guten Tag. Mein Name ist Seeberg von der Kriminalpolizei Fulda. Sind Sie Frau Walser, die Ehefrau von Karl Walser?«

»Himmel, ist irgendwas mit ihm passiert?«

»Nein. Es geht nur um ein paar Fragen«, beruhigte Seeberg sie. »Dürfte ich vielleicht hereinkommen?«

»Aber ja, bitte.«

Frau Walser ging voran. Einige Schritte dahinter folgte ihr der Kommissar ins Haus. Es war mit erstaunlich edlem Interieur ausgestattet. Einige Gegenstände zeigten afrikanischen Kolonialstil und schienen teuer gewesen zu sein. Ein ausgestopfter Büffelkopf hing an der Wand, daneben ein aufwendig gestalteter Wandteppich mit Abbildungen der *big five*, der fünf großen Tiere Afrikas. Elefant, Nashorn, Büffel, Löwe und Leopard. Frau Walser bot ihm einen Platz im Wohnzimmer und einen frisch gebrühten Kaffee an. Er nahm dankend an. Der erste Schluck Kaffee breitete sich wohltuend in seinem Körper aus und weckte die Lebensgeister.

»Schön haben Sie es hier.«

»Danke. Mein Mann und ich waren im Schuldienst tätig. Irgendwann wurde es uns hier in Deutschland zu langweilig, und wir gingen an eine deutsche Schule in Namibia.«

»Daher die ganzen Sachen hier.«

»Ja, wir haben uns in dieses Land verliebt. Waren Sie schon einmal in Afrika?«

»Nein, leider nicht.«

»Ein faszinierender Kontinent.«

Klaus Seeberg nahm einen weiteren Schluck Kaffees. »Ist ihr Mann Jäger?«

»Großwild. Damit hat er aber erst in Windhoek angefangen. Kollegen von der dortigen Schule haben ihn am Wochenende öfters mitgenommen, und er hat Spaß daran gefunden. Aber seit wir wieder hier sind, geht das natürlich nicht mehr. Rehe und Füchse sind nicht so sein Ding.«

»Verstehe.«

Einige Fotos an der Wand zeigten Herrn Walser auf der Jagd im Busch und in der Steppe Namibias. Er war ein schmächtiger Mann Mitte sechzig, mit kreisrunder Brille. Er hielt auf einem der Fotos den Kopf eines Leoparden in der linken Hand, in der rechten hatte er ein Jagdmesser. Vollmer war mit einer solchen scharfen Klinge ermordet worden.

»Wo ist Ihr Mann, Frau Walser?«

»Beim Arzt. Er hatte vor zwei Wochen einen Bandscheibenvorfall und bekommt regelmäßig Spritzen gegen die Schmerzen.«

»Wissen Sie, ob Ihr Mann letzte Woche Sonntag am Fuldaer Bahnhof war?«

»Letzte Woche Sonntag?« Sie wiederholte die Frage und überlegte. »Aber ja, natürlich. Ich war sogar dabei. Wir haben unsere älteste Tochter zum Zug gebracht. Ihr Flieger ging am gleichen Abend.«

»Flieger wohin?«

»Nach Namibia.«

»Sie lebt immer noch in Windhoek?«

Frau Walser lächelte und nahm einen Schluck Kaffee aus ihrer Tasse.

»Sie wissen ja, wie das ist. Da lernt das Kind einen Mann kennen, und schon sind alle Planungen über den Haufen geworfen. Aber was will man machen? Sie ist alt genug und muss selber wissen, was sie will. Haben Sie Kinder, Herr Kommissar?«

»Ja«, antwortete er automatisch. Dann fiel ihm auf, dass es eine Lüge war. »Eine Tochter.«

»Dann wissen Sie ja, wie das ist.«

Nein, er wusste es ganz und gar nicht. Er hätte alles dafür gegeben, um das Gefühl kennenzulernen, dass seine Tochter irgendwann einen Mann mit nach Hause brachte.

»Ja«, bestätigte er stattdessen, »ich weiß, was Sie meinen.«

»Na ja, jedenfalls nahm sie den Zug zum Flughafen in Frankfurt. Von dort aus ist sie dann weiter nach Windhoek geflogen. Hat sie Schwierigkeiten?«

»Was?«

Der Kommissar war immer noch in Gedanken versunken.

»Meine Tochter? Hat sie irgendwelche Schwierigkeiten mit der Polizei?«

»Nein. Mein Besuch hat auch nichts mit Ihrer Tochter zu tun. Es geht einzig um die Zeit, die Sie am Bahnhof waren. Sie wissen, dass zu der Zeit, in der Sie Ihre Tochter zum Bahnhof gebracht haben, dort ein Mord verübt wurde?«

Frau Walser stellte ihre Tasse zurück auf den Tisch. »Ja. Wir haben es aber erst am nächsten Tag aus der Zeitung erfahren. Eine furchtbare Sache.«

»Ist Ihnen vielleicht irgendetwas aufgefallen, als Sie Ihre Tochter abgesetzt haben? Haben Sie eine seltsame Beobachtung in der Tiefgarage gemacht oder Personen bemerkt, die sich auffällig verhielten?«

Frau Walser schien wirklich bemüht zu sein, dem Kommissar zu helfen, und blickte konzentriert. Doch nach kurzem Überlegen schüttelte sie den Kopf.

»Leider nein. Wir haben wirklich nur kurz unsere Tochter am Bahnhof abgesetzt und sind dann direkt zum Auto zurückgegangen und nach Hause gefahren.«

»Sie haben also auch niemanden gesehen, der sich auf dem Parkdeck aufhielt und verdächtig benahm?«

Wieder schüttelte Frau Walser ihren Kopf. »Es war ziemlich düster an dem Tag, und in der Tiefgarage ist es sowieso immer viel zu dunkel. Das habe ich schon oft bemängelt. Aber auf den normalen Bürger hört ja niemand.«

Seeberg lächelte verständnisvoll, nahm einen letzten Schluck Kaffee und stellte die leere Tasse auf den Tisch vor sich. Dann stand er auf und reichte Frau Walser die Hand.

»Herzlichen Dank für Ihre Zeit und den Kaffee, Frau Walser. Vielleicht wird sich nochmal ein Kollege bei Ihnen und Ihrem Mann melden, um das Ganze schriftlich festzuhalten.«

Der Kommissar verließ das Haus und stellte seinen Kragen gegen eine kühle Böe auf. Es war zwar kaum vorstellbar, doch das Wetter schien sogar noch schlechter zu werden. Er stieg in sein Fahrzeug und legte eine Akte mit Notizen neben sich auf den Beifahrersitz. Den Namen Walser strich er von seiner Liste. Der Mann auf den Fotos im Wohnzimmer, Herr Walser, war zu alt und schwächlich, um eine junge Frau wie Nancy aus dem Fenster zu werfen oder um gegen einen Mann wie Pfeifer zu bestehen.

Die Liste mit den Fahrzeughaltern hatte nur noch einen letzten Namen. Der Kommissar hatte ihn sich bis zum Schluss aufgehoben, da die Adresse am weitesten entfernt von der Stadt lag. Er hatte den Ort schon einmal irgendwo gehört, wusste aber nicht mehr, bei welcher Gelegenheit. Er griff in sein Handschuhfach, nahm eine Straßenkarte hervor und suchte den Ort darauf. Nach intensivem Suchen fand er ihn schließlich am äußersten Rand der Karte.

Kaltengrund.

Das Dörfchen bestand allem Anschein nach aus einigen wenigen Höfen. Es lag am Rand der hessischen Rhön. Kommissar Seeberg legte die Karte zur Seite und startete den Wagen. Er betätigte den Scheibenwischer und stöhnte bei dem Gedanken an die lange Fahrt durch das Mittelgebirge.

»Na, Herr Abel, dann mache ich mich mal auf den Weg zu Ihnen.«

33.

Kommissar Seeberg steuerte seinen Wagen in Richtung Osten, von wo aus sich die massive Schlechtwetterfront breitmachte. Für einen Moment überlegte er, ob er die Fahrt nicht verschieben sollte. Doch im Radio sprachen sie davon, dass sich diese Front in den nächsten Tagen erst richtig ausbreiten würde. Der Wetterfachmann im Radio informierte, dass sich ein skandinavisches Tiefdruckgebiet ungewohnten Ausmaßes mit arktischer Kälte ausbreite und Massen von Schnee mit sich bringen werde. Auch wenn die Rhön in Sachen Schlechtwetter schon einiges gewohnt war und mit unumstößlicher Gesetzmäßigkeit beißende Winde, Schnee und Eiseskälte zur Winterzeit brachte, so schien das, was nun auf die Region zurollte, von einem anderen Ausmaß zu sein. Wenn er also etwas herausfinden wollte, musste er heute noch hinausfahren, zumal dieser Herr Abel anscheinend auch nicht über einen Telefonanschluss verfügte. Das war zwar ungewöhnlich, aber nicht selten, da es noch einige Höfe in der Rhön gab, die abgeschnitten von der Außenwelt lebten.

Seeberg bog auf die Landesstraße 3174 und wählte Ammers Nummer.

»Hier ist Seeberg. Haben Sie etwas herausgefunden?«

»Nein, leider nichts. Ich bin gerade fertig geworden, aber alle ermittelten Fahrzeughalter kommen nicht als Täter in Frage. Und bei Ihnen?«

»Leider genauso ernüchternd. Ich bin gerade auf dem Weg zum Halter des Transporters, klingt aber auch nicht wirklich vielversprechend. Wahrscheinlich ein Bauer, der etwas ausgeliefert hat. Schauen Sie doch bitte trotzdem nochmal die Aufnahmen an. Wir müssen irgendwas übersehen haben.«

»Aber was? Wir haben doch alles schon durchgeschaut.«

»Keine Ahnung. Es gibt immer einen Hinweis. Schließlich macht jeder Täter irgendwann einen Fehler. Und unser Mann hat sicher nicht damit gerechnet, dass die Überwachungskamera der Warenannahme von McDonald's ihm zum Verhängnis werden könnte.«

»Also gut. Ich mache mich gleich nochmal an die Arbeit.»

Der Kommissar beendete das Gespräch. Das bedrückende Gefühl, dass ihm etwas entgangen sein könnte, schnürte ihm den Hals zu. Er musste den Mörder einfach finden. Für Pfeifer, für Nancy und nicht zuletzt auch für Laura und seinen eigenen Seelenfrieden.

Der Regen hatte sich zunächst in Schneeregen, dann in dichten Schneefall verwandelt. Seeberg musste extrem langsam über die einzelnen Dörfer fahren, bis er schließlich nach über eineinhalb Stunden Fahrt Tann erreichte. Von dort aus führte ihn eine kaum ausgebaute Straße in das kleine Dorf Kaltengrund.

Irgendwo dort musste die angegebene Adresse zu finden sein. Zu seiner Überraschung war das Dorf noch einmal gute zwanzig Minuten entfernt. Als er endlich einen dichten Wald hinter sich gelassen hatte, tauchte das Dorf schließlich in einer Senke vor ihm auf. Er passierte das Ortsschild, auf dem die einzelnen Buchstaben schon verblasst waren. Langsam rollte er mit dem Wagen hinunter nach Kaltengrund und schaute sich um. Keine fünfzehn Gebäude lagen dicht aneinandergereiht und trotzten dem Wetter. Das einzig größere Gebäude war ein Sägewerk, das seine besten Tage jedoch auch schon lange hinter sich hatte. Obwohl es erst später Nachmittag war, setzte bereits die Dämmerung ein. Kaltengrund wirkte ausgestorben. Niemand war auf der Straße, und nur in einem einzigen der Gebäude brannte Licht. Der Kommissar hielt vor dem Haus und beschloss zu fragen. Irgendjemand würde ihm sicher helfen können und eine Auskunft erteilen, wo er die Abels finden würde. Er stieg aus dem Wagen und ging zum Eingang des Hauses hinüber, aus dem das Licht schwach durch ein Fenster auf die Straße fiel. An der Tür war weder ein Namensschild noch eine Klingel zu erkennen, also klopfte er. Durch das schummrige Glas der Haustür konnte er sehen, wie Licht eingeschaltet wurde und sich eine Gestalt näherte. Dann wurde die Tür geöffnet, jedoch gerade mal einen Spaltbreit, und das furchige Gesicht einer alten Frau schaute ihn griesgrämig an.

»Entschuldigen Sie die Störung, aber ich suche jemanden. Vielleicht könnten Sie mir behilflich sein.«

»Zu wem wollen Sie?«, fragte die Frau mit kratziger Stimme.

»Ich suche einen gewissen Herrn Abel. Er müsste hier in Kaltengrund wohnen.«

»Den Abel suchen Sie?«

Das Aussprechen des Namens zeichnete die erste Reaktion in das Gesicht der alten Frau. Es glich mehr einer verblassten Erinnerung, die wieder Besitz von ihr zu ergreifen schien, als einer bewussten Reaktion. Doch der Name sagte ihr definitiv etwas.

»Sie kennen ihn also?«

»Ja, den kenne ich wohl. Zumindest weiß ich, wo die Abels wohnen.« Die Augen der alten Frau blieben starr auf den Kommissar gerichtet. »Aber da sind Sie hier falsch. Die wohnen außerhalb.«

»In welche Richtung muss ich fahren? Ich kenne mich hier nicht aus.«

Die Frau zögerte. Dann wurde ein knochiger Finger durch den Spalt gesteckt, der zurück in Richtung des Waldstücks deutete, aus dem er gekommen war.

»Dort hinauf müssen Sie.«

»Zurück in den Wald?«

»Nicht ganz. Vor dem Hain führt ein Weg ab. Den

müssen Sie weiter. Immer weiter, bis es irgendwann nicht mehr weitergeht. Dann müssten Sie eigentlich zum Abelshof kommen.«

»Müssten?«

Die Frau lachte auf und gab den Blick auf ihr zahnloses Gebiss preis. »Die Abels lassen sich nicht bei uns im Dorf blicken. Ich habe sie seit Jahren nicht mehr gesehen.«

Plötzlich meldete sich eine tiefe Männerstimme aus dem Inneren des Hauses. »Sei nicht so geschwätzig, Marga. Das geht niemanden etwas an.«

Die Frau sah erschrocken über ihre Schulter. Dann drehte sie sich wieder zu Seeberg und schlug ihm vor der Nase die Tür zu. Er konnte noch hören, wie der Mann hinter der Tür näher kam und etwas Unverständliches in Mundart murmelte. Er verstand es nicht, doch klang es wenig freundlich. Dann war es wieder still und das Licht im Haus wurde wieder gelöscht.

»Seltsame Leute!« Der Kommissar schüttelte den Kopf und ging zurück zu seinem Wagen. Er folgte der Beschreibung der Frau und fand den Feldweg, der vorbei am Wald immer weiter hinaufführte. Er war unbefestigt, und der Schnee machte es schwer, dem Weg überhaupt zu folgen. Einige der Bäume streckten im Scheinwerferlicht ihre Äste wie knöcherne Arme über den Weg und schienen ihn festhalten zu wollen. Schließlich bog die schmale Straße ab und wurde noch holpriger und unwegsamer. Der Wagen setzte immer wieder hart auf. Seeberg kroch im Schneckentempo voran, doch dann tauchte, zwischen einigen Tannen gelegen, wie aus dem Nichts ein Bauernhof auf. Der Kommissar traute seinen Augen nicht. Er hatte es für unmöglich gehalten, dass solch ein Gebäude noch mitten in Deutschland existieren würde.

Ein uralter Dreiseitenhof.

Vergessen von der Zivilisation.

Der Hof wirkte auf ihn wie ein Relikt aus längst vergangenen Zeiten. Dunkles Holz sollte das Mauerwerk schützen, doch zeigten sich in der Fassade große, ungeschützte Flecken, wo der Putz abgebröckelt war.

Seeberg lenkte den Wagen direkt vor das Gebäude. Zwischen zwei Tannen stand der weiße Transporter. Also war sein Weg hier heraus nicht umsonst gewesen. Er hielt einige Meter entfernt und ging die letzten Meter zu Fuß. Die Luft roch sauber und nach frisch gefallenem Schnee. Er sah sich nach einem Lebenszeichen um. Doch außer dem weißen Transporter gab es dafür keine Anzeichen, dass hier jemand lebte. Die rustikale Haustür war aus einem schweren Holz gefertigt. Nach einer Klingel hielt er daher erst gar nicht Ausschau, sondern klopfte und wartete dann. Doch niemand öffnete. Seeberg trat einige Schritte zurück, um zu schauen, ob sich im Haus etwas rührte. Aber niemand war zu sehen. Wieder klopfte er.

»Hallo, Herr Abel. Mein Name ist Seeberg. Ich komme von der Kriminalpolizei Fulda. Ich habe ein paar Fragen an Sie.«

Kein Laut war zu hören.

Seeberg ging ein Stück um das Haus herum. Als er einen unbedachten Schritt auf dem Schnee tat, rutschte er aus und stürzte.

»Verdammt«, entfuhr es ihm. Nachdem er sich wieder aufgerichtet hatte, klopfte er sich den Schnee von der Hose. Seine Hand war aufgeschürft und blutete. Er band sich ein Taschentuch um die kleine Wunde und ging näher zum Haus. Er trat vor eines der Fenster und schaute angestrengt hinein. Seine Stirn berührte die alte Glasscheibe. Er erkannte einen Tisch und rustikale Stühle. Kochtöpfe hingen an der Wand über dem Herd. Die Küche wirkte zwar alt, aber aufgeräumt und ordentlich. Verlassen war der Hof jedenfalls nicht. Irgendwo musste also jemand zu finden sein.

»Herr Abel?«, rief er erneut. »Hallo.«

Als er sich gerade wieder abdrehen wollte, stand plötzlich ein Mann vor ihm am Küchenfenster und sah ihn durchdringend an. Vor Schreck wich der

Kommissar zurück und hob aus Reflex abwehrend seine Arme.

»Herr Abel?« Der Kommissar sprach mit zitternder Stimme. »Sie sind doch Herr Abel, nicht wahr?«

34.

Wo zum Teufel steckst du?, grübelte Ammer, während er auf den Bildschirm starrte. Zusammen mit Kohler schaute er sich ein ums andere Mal das Video der Überwachungskamera an. Bei jedem neuerlichen Abspielen wurde er aber nur noch unruhiger, da nichts zu erkennen war, was sie nicht schon wussten. Seine Unruhe manifestierte sich darin, dass er nervös mit den Fingerspitzen auf der Tischplatte klopfte. Kohler strafte ihn mit genervtem Blick, doch der junge Beamte bekam davon nichts mit. Zu sehr klangen ihm die Worte des Kommissars in den Ohren.

»Wir müssen irgendwas übersehen haben.«

Seeberg schien sich ganz sicher gewesen zu sein. Doch was sollten diese Aufnahmen noch hergeben?

»Komm schon, zeig dich«, flüsterte Ammer vor sich hin.

»Haben Sie was gesagt, Ammer?«

»Ach, nichts.« Ammer gähnte und streckte seine müden Knochen. »Lassen Sie uns das Band nochmal

234

zurückspulen. Bis zu dem Moment, als unsere Zeugin aus der Tiefgarage tritt.«

»Meinetwegen. Aber hören Sie endlich auf, die Tischplatte mit Ihren Fingern zu malträtieren.«

Wieder liefen dieselben Bilder über den Bildschirm. Die Frau, die Pfeifer entdeckt hatte, rannte hysterisch schreiend auf die Straße. Es dauerte ein paar Momente, bis die ersten Passanten herbeieilten. Derweil fuhren die bekannten Autos aus der Tiefgarage. Die Limousine, der Golf und der Lieferwagen. Nichts sonst.

Die Tür schwang auf, und ein Beamter trat ein. In der Hand hielt er die Liste der Fotos von den verdächtigen Fahrzeugen.

»Ich habe von einem Kollegen gehört, dass ihr nach Informationen zu diesen Fahrzeugen sucht, ist das richtig?«

»Ja«, antwortete Kohler. »Haben Sie jemanden gefunden, der was zu den Autos sagen konnte?«

»Nein, das nicht. Ich selbst habe aber eine Beobachtung gemacht.«

Ammer und Kohler wechselten einen Blick.

»Kurz nachdem die Sache mit der Prostituierten war, ist mir ein Transporter aufgefallen. Er stand auf dem Gehweg. Ich habe den Fahrer angewiesen, dort wegzufahren.«

»So ein Transporter wie dieser hier?«

Ammer tippte auf den Bildschirm.

»Ja, genauso einer war das. Ein komischer Typ saß da drin. Ein Riesenkerl.«

»Ein Riesenkerl?« Kohler war nun aufgestanden. »Sie haben mit ihm gesprochen?«

»Ja. Er sagte, dass er Fleisch und Wurstwaren ausliefern würde.«

»Hatte er vielleicht eine auffällige Narbe auf der Stirn?«

»Ja, genau. Eine Narbe. Der Kerl konnte einem schon irgendwie Angst machen. War ansonsten aber ganz höflich. Ich habe seine Papiere kontrolliert und ihn dann weiterfahren lassen. Aber den Namen habe ich trotzdem notiert.«

Der Polizist hielt den beiden einen Zettel entgegen. Der Name passte zu dem Halter des Fahrzeugs auf dem Überwachungsvideo. Und nicht nur das.

»Das ist unser Mann. Das ist er …« Ammer hielt inne. Ein Schauer lief ihm über den Rücken.

»Was haben Sie, Ammer?«

Doch der junge Kollege griff nur schnell nach seinem Handy und wählte die Nummer Seebergs. Es läutete einige Male, bevor die Mailbox ansprang. Ammer hinterließ dem Kommissar eine Nachricht. Dann legte er das Telefon zur Seite und schlug mit der Faust wütend auf den Tisch.

»Schöne Scheiße.«

»Nun sagen Sie doch schon, was in Sie gefahren ist, Ammer.«

»Seeberg ist auf dem Weg zu ihm ... zu unserem Täter. Er ist wahrscheinlich sogar schon längst da. Der Kerl wird keine Sekunde zögern und Seeberg töten.«

»Verdammt, wir müssen sofort jemanden zu Seeberg rausschicken.«

»Das wird nichts bringen. Bei dem Wetter braucht der bestimmt zwei bis drei Stunden, bis er dort oben ist. Dann ist es aber vielleicht schon zu spät.«

35.

Der alte Mann hatte Seeberg angedeutet, zur Haustür zu kommen. Einige Sekunden später öffnete sich die Tür. Ein Augenpaar betrachtete den Kommissar misstrauisch. Der Greis war um die achtzig, von normaler Statur und hatte schneeweißes, dichtes Haar. Auch wenn er sehr rüstig wirkte – in das Täterprofil passte er sicherlich nicht.

»Was wollen Sie?«

»Ich möchte mit Herrn Abel sprechen. Sind Sie das?«

»Wer will das wissen?«

»Mein Name ist Klaus Seeberg von der Kriminalpolizei Fulda. Darf ich vielleicht hereinkommen?«

Anstatt einer Antwort ließ der Mann die Tür offen stehen und ging ins Innere des Hauses. Der Kommissar folgte ihm. Bei jedem Schritt knarrten die Dielen unter dem Gewicht der beiden Männer. Das Haus musste über hundert Jahre alt sein. Seeberg zog unwillkürlich den Kopf ein, weil die Decke so niedrig war. Als er in die Stube kam, sah er den alten Mann vor dem Kaminofen knien und ein Holzscheit in die Glut legen.

»Gemütlich haben Sie es hier, Herr Abel.«

Er trat näher zu dem Greis und legte seinen Mantel über einen der alten Bauernstühle.

»Ich mag es nicht, mich zu wiederholen, Herr Kommissar. Also sagen Sie mir, was Sie von mir wollen.«

»Ja, natürlich. Gehört das Fahrzeug, das dort draußen unter den Tannen steht, Ihnen?«

»Ja, das ist mein Transporter. Was ist mit dem Wagen?«

»Wir haben ihn auf einem Überwachungsvideo entdeckt. Und nun überprüfen wir alle Fahrzeuge, die darauf zu erkennen sind.«

»Überwachungsvideo? Warum?«

»Vor einigen Tagen hat sich ein Mord in Fulda zugetragen, und wir suchen nach dem Täter.«

Der Greis lachte auf. »Und da denken Sie, dass ich etwas damit zu tun habe?«

»Das sage ich nicht. Aber wir müssen allen Spuren

nachgehen. Die anderen Halter mussten uns ebenfalls Auskunft erteilen. Für was benötigen Sie den Transporter?«

»Wir schlachten selbst und verkaufen unsere Wurst und unser Fleisch auf Wochenmärkten und an Metzgereien.«

»Verstehe. Und waren Sie auch letzte Woche Sonntag mit dem Transporter unterwegs in der Stadt?«

»Wird wohl so gewesen sein.«

Eine seltsame Aussage, dachte der Kommissar und sah sich weiter um. Ein Foto an der Wand erregte seine Aufmerksamkeit. Es mochte über dreißig Jahre alt sein und aus den Achtzigern stammen. Dennoch erkannte er den alten Abel wieder. Dessen Gesichtszüge waren trotz der Jahre dieselben geblieben. Neben ihm standen eine Frau und ein Junge, der trotz seines jungen Alters den Eltern schon bis zur Schulter reichte. Er trug einen Verband um den Kopf und blickte genauso freudlos in die Kamera wie seine Eltern.

»Ihre Familie?«

Abel nickte. »Ist schon etwas her. Mein Sohn und meine Frau.«

Bevor der Kommissar nachfragen konnte, hörte er, wie ein Auto gestartet wurde. Er trat ans Fenster und sah, wie der weiße Transporter vom Hof rollte.

»Sie benutzen den Transporter also nicht alleine.«

Der Greis stand auf und ging zu einer Kanne, die auf einem Stövchen stand.

»Eine Tasse Tee, Herr Kommissar?«

»Gerne.«

Der alte Abel goss dem Kommissar und sich selbst eine Tasse heißen Tee ein und stellte sie vor Seeberg auf den Tisch. Dann nahm er auf dem Stuhl gegenüber Platz.

»Bitte.«

»Danke. Also, was ist mit dem Transporter? Wer ist damit gerade vom Hof gefahren?«

»Meine Magd. Sie wohnt unten im Dorf und kommt tagsüber mit dem Wagen rauf. Ich brauche ihn nicht oft. Nur um die Waren auszuliefern.«

»Und sie kann über den Transporter frei verfügen?«

»Ja.«

»Wo fährt sie um diese Uhrzeit hin?«

»Ach, sie fährt nur morgens hier herauf und abends wieder zurück ins Dorf. Ich fahre nur noch, wenn es sein muss. Ich kann nicht mehr so wie früher. Den Schwindel treibt's mir dann ins Hirn, wissen Sie?«

»Natürlich.« Seeberg nickte. »Und Ihr Sohn oder Ihre Frau benutzen den Transporter nie?«

»Mein Sohn?« Abel sah auf das Foto an der Wand. »Wolfram lebt nicht mehr hier. Der Bub ist schon früh aus dem Haus gewesen. Er wohnt im Ausland.

240

Ich habe schon seit Monaten nichts mehr von ihm gehört.«

»Das tut mir leid.«

»Jeder muss sein eigenes Leben leben und sein Schicksal tragen.«

»Und Ihre Magd verleiht den Transporter auch nicht an andere Personen, die vielleicht an jenem Sonntag zufällig mit dem Transporter unterwegs waren?«

Der alte Mann schüttelte sein weißes Haupt. »Sie fährt damit nur vom Dorf hier herauf auf den Hof. Wir haben nur das eine Fahrzeug. Anders kommt man hier nicht vom Hof weg.«

»Sie leben hier recht abgeschieden, Herr Abel.«

»Ich mag es. Die Leute mit ihrem Geschwätz brauche ich nicht. Alles neidische Leut, die einem nicht den Dreck unter den Fingernägeln gönnen.«

Seeberg dachte an die alte Frau unten im Dorf. »Verstehe. Könnte ich vielleicht mit Ihrer Frau sprechen?«

Abel sah den Kommissar stumm an. Dann stand er wortlos auf, winkte Seeberg zu sich und ging durch die Stube voran ins Nebenzimmer.

»Kommen Sie! Ich will Ihnen etwas zeigen.«

Seeberg betrat einige Schritte hinter dem Greis das Zimmer. Ein mächtiges Geweih war über der Tür angebracht. Abel trat vor das Fenster und deutete hinaus in die Dunkelheit.

»Dort draußen, da ist sie.«

Seeberg sah hinaus, konnte aber nichts außer schwarzer Nacht erkennen.

»Was meinen Sie?«

»Städter«, schimpfte Abel und zündete eine Öllaterne an. »Kommen Sie mit.«

Seeberg folgte dem Greis hinaus in die Nacht. Er war erstaunt, wie schnell der Mann sich in der Dunkelheit zurechtfand. Sie hielten vor einem Strauch und mehreren Bäumen inne. Abel schwenkte die Laterne in die Richtung des Buschs, und jetzt erkannte der Kommissar den massiven Stein, der dort auf einem zugeschneiten Erdhügel thronte. Das, was sich hier vor ihm befand, war ein Grab.

»Meine Frau ist vor über zehn Jahren gestorben. Eine schreckliche Krankheit hat sie dahingerafft. Hat lange gelitten. Es war besser so.«

»Und Sie haben sie einfach hier vergraben?«

»Sollte ich sie im Bett liegen lassen?«

»Nein. Aber es ist verboten, Leichen einfach so im Garten zu bestatten. Auch wenn es Ihre Frau war, das geht nicht.«

»Wen stört das?«

»Darum geht es nicht, es ist Gesetz.«

»Hier oben gibt es kein Gesetz. Auf dem Abelshof haben wir unsere eigenen Gesetze.«

Sie gingen zurück ins Haus. Der Kommissar klopfte sich den Schnee von der Kleidung.

»Es wird nun besser sein, wenn Sie gehen, Herr Kommissar. Es sieht nach einer kalten Nacht mit Sturm und viel Schnee aus. Wenn Sie noch zurück nach Fulda wollen, sollten Sie sich jetzt auf den Weg machen.«

»Ja, das denke ich auch.«

Abel begleitete den Kommissar noch vor die Tür. Seeberg glaubte, den Schnee riechen zu können.

»Leben Sie wohl, Herr Kommissar. Es tut mir leid, dass ich Ihnen nicht weiterhelfen konnte.«

»Dennoch danke für die Zeit, Herr Abel.«

Seeberg stakste im Dunkel über die schneebedeckte Zufahrt zu seinem Wagen. Mittlerweile lag eine mehrere Zentimeter dicke Schneeschicht darauf. Ein seltsamer Kerl, dieser Abel, dachte er, während er den Schnee von seiner Windschutzscheibe wischte. Begräbt seine Frau im Garten seines eigenen Grundstücks. Doch als Täter kam dieser alte, gebrechliche Mann nicht in Frage. Er ließ den Motor an und war beruhigt, dass der Wagen beim ersten Versuch ansprang. Die Sicht war unverändert schlecht, und er folgte den Spuren im Schnee, die der Transporter gezogen hatte. Seine Gedanken kreisten um den Greis. Trotz seiner kauzigen Art war er ihm nicht unsympathisch gewesen. Ein Eigenbrötler, der die Menschen scheute. Eine weitere Parallele zu seinem eigenen Leben. Er war noch immer in Gedanken und erstaunt über die Tatsache, dass dieser Abel seine Frau im eigenen Garten vergraben hatte und anscheinend niemand dagegen vorgegangen war. Er überlegte, ob er es melden solle. Auf der anderen Seite tat der Mann damit niemandem weh. Wahrscheinlich war ihm seine Frau hier oben in der Einöde der einzige Halt gewesen. Sie ihm nun wegzunehmen fühlte sich falsch an. Er lenkte den Wagen stumm über den schmalen Weg zurück zur Waldlichtung und von dort aus rechts zurück auf die Landstraße.

Die Gedanken an Abels verstorbene Ehefrau lenkten ihn so sehr ab, dass er nicht bemerkte, dass die Spuren, die der Transporter in den Schnee gewalzt hatte, nicht, wie von dem Alten behauptet, nach links ins Dorf zurück führten, sondern nach rechts.

In Richtung der Stadt.

In Richtung der letzten Zeugin.

In Richtung Nancy.

36.

Gerade als das fremde Auto auf den Hof gefahren kam, hatte Wolf die Nachricht erhalten. Nancy war aus ihrem Koma erwacht. Die kleine Hure hatte tatsächlich überlebt. Als es dann an der Tür geklopft hatte und sich der Besuch als Kommissar Seeberg ankündigte, hatte er nicht gezögert und war sofort aufgebrochen. Er wusste, dass nun die alles entscheidende Jagd bevorstand. Als er die Treppen hinabgestiegen war, war er seinem Vater im Flur begegnet. Sie schauten sich für einen Moment an, sagten zunächst nichts, bis der Vater ihn an der Schulter packte und zum Hinterausgang schob.

»Ich habe ein halbes Leben darauf gewartet, dass ich es endlich wiedergutmachen kann. Jetzt ist es so weit. Wir sind quitt. Und jetzt geh!«

Wolf gehorchte. Er nahm die Autoschlüssel und wartete, bis der Vater den Besuch an der Haustür einließ. Er lauschte noch einen kurzen Moment, dann schlich er hinaus ins Dunkel und fuhr vom Hof, ohne sich noch einmal umzudrehen. Er fuhr so schnell, wie es mit dem alten Transporter auf dem rutschigen Untergrund möglich war. Zunächst schaute er sich ein-, zweimal um, ob der Kommissar ihm folgte, doch niemand tauchte im Rückspiegel auf. Wolf versuchte, sich auf seine Aufgabe zu konzentrieren. Vermutlich würde man Nancy zunächst noch schonen und sie nicht direkt nach dem Tatvorgang befragen. Das würde man frühestens morgen früh in Betracht ziehen. Er hatte also noch diese eine Nacht.

Sein Körper schüttete gewaltige Mengen Adrenalin aus und er konnte es kaum abwarten, den schönen Körper der jungen Frau aufzuschneiden. Beim Gedanken an das Gefühl, wie die Klinge des Jagdmessers den leichten Widerstand des Fleisches mit etwas Druck überwand und langsam tiefer vordrang, erregte ihn. Für einen Moment schien ihm die Luft wegzubleiben. Wolf wischte sich trotz der Kälte Schweiß von der Stirn, und er musste sich zusammenreißen, um auf die Straße zu achten. Das Gefühl der Jagd war so stark in ihm, dass er an nichts anderes mehr denken konnte. Plötzlich starrten ihn zwei leuchtende Augen vor ihm an. Mit einer reflexartigen Bewegung riss er das Lenkrad herum und wich aus. Er vernahm einen dumpfen Schlag am Fahrzeugunterboden. Das Fahrzeug begann zu schlingern, und für einen Moment drohte er von der Straße zu rutschen. Doch im letzten Moment fing er den Wagen ab und brachte ihn zum Stehen. Wolf atmete tief durch und zog die Handbremse. Weder vor ihm noch hinter ihm waren weitere Fahrzeuge zu erkennen. Er stieg aus und ging um das Fahrzeug herum. Ein Fuchs lag dort und zuckte im Todeskampf. Sein geschulter Blick verriet ihm, dass das Tier sich bei dem Unfall wohl die Beine gebrochen hatte und nicht mehr aufstehen konnte. Für einen Moment überlegte er, das Messer zu holen, doch das wollte er für Nancy aufheben und es nicht vorher beschmutzen. Also kniete er sich zu dem Tier, packte es am Schädel und drehte dem Tier den Hals um, bis ein Knacken ertönte, und warf den toten Fuchs in den Straßengraben. Im Anschluss nahm er ein wenig Schnee in die Hände und rieb sich damit die blutigen Hände ab. Dann gab er Gas und fuhr weiter in Richtung Fuldaer Klinikum.

37.

Im Licht der Scheinwerfer tanzten die Schneeflocken und verlangten seine volle Aufmerksamkeit. Auf einem halb eingeschneiten Straßenschild erkannte Seeberg, dass es bis Fulda noch mehr als dreißig Kilometer waren. Bei gutem Wetter war das schon eine ermüdende Fahrt, bei diesen Bedingungen eine Tortur. Der Schneefall wurde immer stärker. Er hatte keine Lust, die Nacht im Wagen am Straßenrand verbringen zu müssen. Doch die schlechten Sichtverhältnisse ließen ein schnelleres Vorankommen nicht zu. Mit jedem Kilometer kamen ihm immer weniger Fahrzeuge entgegen. Die meisten Leute waren vernünftig und blieben zuhause.

Plötzlich tauchte eine Frauengestalt im Scheinwerferlicht auf. Seeberg riss das Lenkrad herum und stieg sofort heftig in die Bremsen. Nach kurzem Schlingern gelang es ihm, den Wagen zu stoppen und kurz vor der Frau zum Stehen zu bringen. Die stand neben ihrem Golf, der anscheinend von der Fahrbahn abgekommen war, und winkte dem Kommissar zu. Die Frau war noch relativ jung, er schätzte sie auf Anfang dreißig. Sie trug modische Kleidung und versuchte mit ihren Händen ihre dunkelblonden Haare zu bändigen, die im Wind wild durcheinanderwirbelten. Er schnallte sich los und stieg aus.

»Sagen Sie, sind Sie verrückt geworden? Ich hätte Sie beinahe glatt überfahren.«

»Entschuldigen Sie. Aber Sie sind das erste Fahrzeug, das seit einer halben Stunde vorbeigekommen ist. Und wenn ich Pech habe, sind Sie auch das letzte.«

»Was zur Hölle machen Sie hier?«

»Ich bin von der Straße abgekommen und in den Graben gerutscht. Allein schaffe ich es da nicht mehr heraus.«

»Warum bleiben Sie nicht zuhause bei so einem Wetter?«

»Ich musste dringend etwas aus der Apotheke holen. Der Sturm hat mich überrascht. Ich dachte, ich schaffe es noch, bevor es richtig losgeht.«

»Wo müssen Sie denn hin?«

»Nicht weit.« Die Frau deutete in die Richtung, aus der er gekommen war. »Nach Kaltengrund.«

Seeberg musterte die junge Frau ein weiteres Mal. Sie glich den Personen des Dorfs, die er bisher kennengelernt hatte, nicht im Geringsten. Dass diese Frau dort lebte, wunderte ihn.

»Kaltengrund? Da komme ich gerade her.«

»Tatsächlich? Sie leben dort aber nicht, oder? Sonst würde ich Sie kennen.«

»Ich hatte dort … beruflich zu tun.«

»Aha.« Nun musterte die Frau den Kommissar. Was auch immer sein Beruf war, es hatte definitiv nichts mit Landwirtschaft zu tun. »Also, wie sieht es aus? Helfen Sie mir? Ich habe ein Abschleppseil im Kofferraum. Damit sollten Sie mich aus dem Graben ziehen können.«

Seeberg zuckte die Schultern. Was blieb ihm schon anderes übrig?

»Ja, natürlich.«

Die junge Frau band das Abschleppseil an einen Haken ihrer Stoßstange und reichte dem Kommissar das andere Ende. Nachdem er es vertäut hatte, stieg er wieder in seinen Wagen und gab Gas. Zunächst tat sich wenig, und die Frau riet ihm, langsamer anzufahren. Seeberg war davon genervt und antwortete, dass es nicht das erste Mal sei, dass er jemanden aus dem Graben ziehen würde. Beim vierten Versuch löste sich schließlich das Fahrzeug aus dem Graben und die Räder griffen in den Schnee und zogen es zurück auf die Fahrbahn. Bei laufendem Motor bedankte die Frau sich bei Seeberg, der bereits eine Seite des Seils gelöst hatte und nun vor ihrem Wagen kniete.

»Sie haben was gut bei mir.«

»Ist schon gut. Gern geschehen«, antwortete Seeberg. Er band das Seil los und reichte es der jungen Frau. »Sagen Sie, kennen Sie den Abelshof?«

Sie lachte. »Ja, den Hof kennt doch jeder.«

»Tatsächlich? Wieso?«

»Weil die Abels seltsam sind. Den Alten hat man seit Jahren nicht mehr gesehen, und der Sohn ist auch irgendwie merkwürdig.«

»Sie kennen ihn?«

»Kennen ist zu viel gesagt. Er beliefert jedes Wochenende die Märkte und Metzgereien in der Gegend. Da sieht man ihn ab und an.«

»Der Sohn? Ich dachte, der lebt im Ausland und die Magd würde diese Fahrten machen.«

»Welche Magd?«

»Jemand aus dem Dorf. Sie hilft dem Alten.«

»Die Abels würden lieber einen Pakt mit dem Teufel schließen, als jemanden auf den Hof zu lassen. Außerdem würde bei ihnen auch keiner freiwillig arbeiten. Eine Magd gibt es dort ganz sicher nicht. Und der Sohn war definitiv noch nie im Ausland.«

»Sind Sie ganz sicher?«

Die Frau lachte laut auf. »Für Wolfram ist es ja schon Ausland, wenn er mal aus dem Dorf hinaus in eine andere Gemeinde muss. Nein, der Wolfram lebt seit Jahr und Tag mit seinem Vater oben auf dem Hof.«

»Der Sohn. Natürlich.«

Dem Kommissar wurde schlagartig klar, dass der Alte ihn angelogen hatte. Alles ergab nun einen Sinn. Warum war er nur so blind gewesen. Selbst das Familienfoto hatte ihn nicht stutzig werden lassen. Der Junge, der viel zu groß und kräftig für sein Alter gewesen war. Dann der Kopfverband, wahrscheinlich hatte er von dieser Verletzung die Narbe auf der Stirn. Alles, was er zur Lösung benötigt hatte, war auf diesem Bild zu erkennen gewesen. Mit Schrecken erinnerte sich Seeberg daran, wie der Wagen direkt vor ihm vom Hof gerollt war. Der alte Mann hatte seinen Sohn geschützt und Seeberg mit seiner rührseligen Erzählung über seine verstorbene Frau in die Irre geführt. Während er mit dem Vater Tee getrunken hatte, war der Mörder seiner Tochter in aller Seelenruhe vom Hof gefahren. Wahrscheinlich war er schon über alle Berge. Er biss sich auf die Lippe, um den Ärger über die eigene Unaufmerksamkeit herunterzuschlucken.

»So gerne ich noch mit Ihnen weiterreden würde, ich glaube, wir sollten uns beeilen.« Die junge Frau deutete in den dunklen Himmel hinauf. »Das scheint noch lange nicht alles gewesen zu sein. Wo müssen Sie noch hin?«

»Nach Fulda.«

»Oh, wirklich? Vielleicht sollten Sie die Nacht über

lieber bei uns im Dorf bleiben. Ich könnte Ihnen ein Zimmer herrichten.«

Der Kommissar winkte dankend ab. »Das ist nett von Ihnen. Aber ich muss weiter.«

Sie verabschiedeten sich. Die roten Schlusslichter des Golfs verschwanden im Rückspiegel. Seeberg kramte sein Handy hervor. Dabei erkannte er, dass im Display eine Nachricht für ihn blinkte. Die Nummer des Büros war dort angeführt. Der Kommissar wählte seine Mailbox an und hörte die Nachricht von Ammer ab. Was er da hörte, konnte er kaum glauben. Er drückte die Rückruftaste.

»Seeberg? Gott sei Dank, Sie leben«, rief Ammer erleichtert.

»Ja, natürlich.«

»Abel, der Kerl mit dem Lieferwagen, er ist der Mörder.«

Seeberg kniff die Augen zusammen. »Ja, ich weiß.«

»Sie wissen es?«

»Ja, verdammt, aber leider zu spät. Der Kerl ist wahrscheinlich schon über alle Berge. Wie sind Sie darauf gekommen, Ammer?«

»Ein Streifenpolizist konnte sich an den weißen Transporter am Tatort erinnern.«

»Vor der Tiefgarage am Bahnhof?«

»Nein. Vor dem Haus von der Prostituierten in der Innenstadt. Kurz nach der Tat hat der Kollege dort einen weißen Transporter kontrolliert, weil der auf dem Gehweg parkte. Und jetzt raten Sie mal, wie er den Fahrer beschrieben hat.«

»Ich kann es mir denken.«

»Als großen, kräftigen Mann mit einer Narbe auf der Stirn. Irgendwie kam ihm der Kerl verdächtig vor. Er hat sich sogar den Namen notiert. Wolfram Abel.« Ammer zögerte einen Moment. »Es gibt aber auch gute Neuigkeiten.«

»Ach ja? Welche?«

»Nancy ist vor ein paar Stunden aus dem Koma erwacht.«

Das war in der Tat eine gute Nachricht.

»Was? Aber das ist ja großartig. Wie geht es ihr?«

»Die Ärzte haben bislang keine bleibenden Schäden feststellen können. Aber es wird noch dauern, bis wir sie vernehmen können. Sie ist noch sehr schwach.«

»Habt ihr die Wache eingeteilt?«

»Ja. Sie wird rund um die Uhr von einem Beamten bewacht.«

Für einen Moment überlegte Seeberg, zurück zu dem alten Abel zu fahren. Allerdings würde der ihm sicher nicht verraten, wohin sein Sohn geflohen war. Er entschloss sich stattdessen, zu Nancy zu fahren.

»Ich werde Nancy besuchen. Das bin ich ihr schuldig, nachdem ich sie mit in die Sache reingezogen habe. Geben Sie eine Fahndung nach dem Transporter und Abel heraus.«

»Mach ich. Was tun wir, wenn er mitbekommt, dass Nancy aus dem Koma aufgewacht ist. Dann ist sie doch in größter Gefahr.«

»Aus diesem Grund müssen wir es unter allen Umständen geheimhalten. Keiner darf davon Wind bekommen. Wenigstens so lange, bis sie ihre Aussage gemacht hat. Das sollte zu schaffen sein. Solange Abel glaubt, dass sie im Koma liegt, hat sie nichts zu befürchten.«

38.

Langsam zeichnete sich die kubische Form des Klinikums im Mondschein vor ihm ab. Der schnörkellose Bau strahlte selbst im Dunklen noch den uninspirierten Charme der siebziger Jahre aus. Er tastete auf dem Beifahrersitz nach dem Hirschgriff des Messers und versteckte es unter seinem Mantel. Der Parkplatz vor dem Krankenhaus war beinahe menschenleer.

Er schlurfte in Richtung Haupteingang und schaute sich nach Polizisten oder anderem Wachpersonal um. Doch nichts und niemand erweckte seine Aufmerksamkeit. Zunächst glaubte er an eine Falle, doch dann wurde ihm bewusst, dass hier niemand etwas von seiner Ankunft ahnte.

»Sie wissen nichts. Der Bulle hat nichts herausgefunden«, freute er sich über die Unwissenheit der Polizei. Wolfram Abel schlenderte wie selbstverständlich durch die Eingangshalle hinüber zu den Aufzügen. Zu dieser Zeit waren nur wenige in Gebrauch, und er musste nicht lange warten, bis ein Lift hielt und er hineinsteigen konnte. Er drückte den Knopf für die siebte Etage. Seinen Informationen nach lag die Hure dort in einem Einzelzimmer. Noch im Aufzug überlegte er, ob man ihn im Stockwerk vielleicht doch mit einer Polizeieinheit in Empfang nehmen würde. Als sich die Lifttüren auseinanderschoben, schaute er daher vorsichtig um die Ecke. Doch auch hier waren weder Uniformierte noch irgendwelche anderen Personen zu sehen. Nur am Ende des Gangs verriet ein Beamter, der auf einem Stuhl im Gang saß, in welchem Zimmer sich Nancy befinden musste.

Eine einzige Wache, dachte er und freute sich darüber, wie leicht man es ihm machte. Er ging in die andere Richtung des Gangs und stoppte vor dem Raum, in dem eine Nachtschwester hinter einem Stoß Akten ihrer Schicht nachging. Er musste sie irgendwie dazu bringen, die Wache von dem Zimmer abzulenken. Er klopfte an die Scheibe. Die junge Frau sah ihn und nickte ihm mit routinierter Höflichkeit zu.

»Ja, bitte?«

»Entschuldigen Sie, Schwester. Meine Tochter von 7112 bräuchte dringend Hilfe. Wenn Sie vielleicht mal kommen und nach ihr schauen könnten. Irgendwas stimmt nicht mit ihr.«

»Ihre Tochter?« Die Krankenschwester stand auf und trat auf Wolf zu. Sie kannte die Patientinnen, die auf ihrer Station lagen. »Meinen Sie Frau Lehmann?«

»Genau. Das ist meine Tochter.«

»Die Besuchszeiten sind aber eigentlich schon lange vorbei, Herr Lehmann.«

»Sie wissen doch, wie das ist als Vater. Da hat man nie Ruhe, wenn die eigene Tochter im Krankenhaus liegt. Fragen Sie mal Ihren Vater.«

Wolf lachte auf, und die Schwester stimmte mit ein.

»Da haben Sie recht. Mein Vater würde mir auch ständig auf die Nerven gehen. Ich muss nur fragen, weil wir gerade eine erhöhte Sicherheitsstufe hier auf der Station haben.«

Die Nachtschwester deutete mit einem Nicken in den Gang in die Richtung des Polizisten. Wolf tat überrascht und stellte sich dumm.

»Oh, das klingt aber spannend. Liegt irgendeine Prominente hier auf der Station?«

»Nein, es geht wohl um irgendeinen Personenschutz. Mir sagen die doch auch nichts.« Die Schwester nahm die Karte von Frau Lehmann hervor und stand von ihrem Schreibtisch auf. »Na ja, dann wollen wir mal nach Ihrer Tochter sehen, nicht wahr?«

»Ja, wenn Sie mitkommen würden, wäre ich Ihnen sehr dankbar. Ich war gerade in der Nähe und wollte ihr nur was vorbeibringen. Ein paar Zeitschriften zum Blättern.«

Die Schwester ließ ihre Unterlagen vor sich auf den Schreibtisch sinken und sah ihn ungläubig an.

»Ein paar Zeitschriften?«

»Ja, sie liest doch so gerne.«

»Aber sie ist doch an ihren Augen operiert worden.«

Wolfram Abels Gesichtszüge wechselten von einer Sekunde auf die andere. Das freundliche Lächeln erkaltete, und ein eisiges Grinsen spielte um seine Mundwinkel.

»Ach, was Sie nicht sagen.«

Ängstlich sah die Schwester Abel in die Augen und griff zum Telefon.

»Ich rufe doch mal besser den Wachdienst. Bitte warten Sie einen Moment.«

Er kümmerte sich nicht um die Worte der jungen Frau, deren Stimme zu zittern begann. Stattdessen nahm er seinen Mantel zur Seite. Während er mit der einen Hand den Anruf beendete, zückte er mit der anderen das blitzende Jagdmesser.

Alles geschah binnen weniger Sekunden und war schnell vorbei.

39.

Seeberg wollte trotz der späten Stunde nicht mit leeren Händen kommen. Also hatte er ein paar Münzen in einen Blumenautomat einer Gärtnerei unweit des Klinikums geworfen, um einen Strauß Tulpen herauszuziehen. Laura hatte Tulpen gemocht, und er hoffte, dass sie auch Nancy gefallen würden.

Der Kommissar überquerte die Straße und ging die wenigen Schritte hinüber zum Krankenhaus. Er war bereits fast auf der Höhe des Hintereingangs. Es war kein offizieller Eingang, doch gab es auf dieser Seite der Klinik bessere Parkmöglichkeiten, und so schlich er sich von hier aus in das Krankenhaus. Er kannte die Wege im Hause sehr gut. Meist betrat er die Klinik sogar über diesen Eingang, der durch die Pathologie zu den Aufzügen führte. Die Schneeflocken fielen immer dichter, und er blinzelte gegen die einzelnen Flocken. Seeberg verspürte seit langer Zeit wieder eine gewisse Euphorie. Der Gedanke, dass Nancy den Angriff überlebt hatte, erfüllte ihn mit Freude und Hoffnung. Sein Telefon klingelte. Ammers Mobilnummer blinkte auf dem Display.

»Ja, Ammer, was gibt's?«

»Herr Kommissar, wo sind Sie?«

»Wo ich bin?« Seeberg drehte sich im Schneefall einmal um die eigene Achse. »Ich bin gerade auf dem Weg zu Nancy. Das habe ich doch gesagt. Warum?«

»Bleiben Sie, wo Sie sind. Die Verstärkung müsste jeden Moment vor Ort sein.«

»Verstärkung? Was ist los, Ammer?«

»Wir haben, wie von Ihnen angeordnet, eine Suchmeldung für den Transporter rausgegeben.«

»Ja und?«

»Die Kollegen haben den Transporter gefunden.«

Seeberg hielt vor der Eingangstür inne. »Wo befindet er sich?«

»Der Transporter steht auf dem Parkplatz direkt vor dem Klinikum. Der Mörder ist auf dem Weg zu Nancy.«

»Aber wie kann das sein? Woher kann er wissen, dass sie aus dem Koma erwacht ist?«

»Keine Ahnung, aber er weiß es anscheinend.«

Seeberg ließ den Strauß Blumen und das Handy aus seinen Händen in den Schnee fallen und blickte zum siebten Stock hinauf. Dann riss er die Tür auf und lief so schnell er konnte ins Gebäude.

40.

Mit einem Satz war Wolf neben der Krankenschwester. Er packte sie und griff mit einer fließenden Bewegung nach dem Messer. Noch bevor die junge Frau verstand, was mit ihr geschah, hatte sie die scharfe Klinge an ihrer Kehle.

»Hören Sie, ich sage es nur einmal. Sie werden nun den Hörer des Telefons in die Hand nehmen. Dann stellen Sie sich in den Gang und winken den Polizisten, der dort vorn sitzt, zu sich. Er soll hierherkommen. Sagen Sie ihm, dass Kommissar Seeberg ihn sprechen möchte. Es ist dringend. Haben Sie das verstanden?«

Die junge Frau nickte. Die Klinge wanderte von ihrem pulsierenden Hals tiefer über ihre Brust bis zu ihrer Hüfte.

»Wenn Sie auch nur den Anschein erwecken, ihn zu warnen oder sonst einen Blödsinn zu versuchen, schlitze ich Sie auf. Und das wollen Sie doch nicht, oder?«

Sie schüttelte entschieden den Kopf. Dann drückte Wolf sie mit dem Oberkörper in den Flur. Mit einer Hand hielt er sie jedoch fest und drückte ihr die Klinge in den Rücken.

»Hallo.«

Der Polizist drehte sich zu ihr.

»Hier ist ein Kommissar Seeberg für Sie am Apparat. Er sagt, es sei dringend.«

»Der Kommissar?«

Die Krankenschwester nickte, und der Polizist stand von seinem Stuhl auf.

»Was will er denn?«

»Keine Ahnung. Hat er nicht gesagt.«

»Der Kerl hat Nerven. Mitten in der Nacht.«

Der Polizist streckte sich und kam den Gang hinunter. Die nächtlichen Wachen waren eintönig und langweilig. Die einzige Bedrohung, der man meist begegnete, war die Müdigkeit. Gegen sie hatte er sich mit schwarzem Kaffee und einigen Zeitschriften gewappnet. Als er nur noch wenige Meter entfernt von der Stationswache der Nachtschwester entfernt war, verschwand die Schwester in ihrem Büro. Er trat ein und schaute sich um, doch die Schwester war nirgends zu sehen. Nur der Hörer lag noch neben dem Telefon. Er nahm den Hörer an sein Ohr und räusperte sich.

»Herr Kommissar?« Doch nur das Freizeichen ertönte aus der Muschel. »Hallo?« Er legte das Telefon zurück und wollte nach der Schwester rufen, als er einen stechenden Schmerz in seiner Hüfte spürte. Er wirbelte herum und erkannte den kräftigen Kerl, der vor ein paar Minuten mit dem Aufzug in die Station gekommen war. In der Hand hielt er ein langes Messer, von dessen Spitze Blut tropfte. Dann sah er an sich hinab und erkannte, dass es sein eigenes Blut war.

41.

Klaus Seeberg trommelte gegen die Tür des Fahrstuhls. Der Lift glitt viel zu langsam Stockwerk für Stockwerk weiter hinauf. Nach einer gefühlten Ewigkeit schoben sich die Türen auseinander und gaben den Weg in den siebten Stock frei. Er stürzte hinaus, orientierte sich kurz und blickte den Gang hinunter.

Niemand war zu sehen.

Seeberg fühlte sich wie auf dem Präsentierteller. Abel konnte ihn von überall sehen, wenn er den Gang hinunterging. Aber er musste dieses Risiko eingehen. Als er näher kam, fiel ihm der verwaiste Stuhl vor Nancys Zimmer auf. Die Wache war nicht an ihrem Platz. Er hielt inne und sah sich abermals um. Hinter jeder Ecke konnte Abel lauern.

Vor dem Schwesternzimmer machte er eine grausige Entdeckung. Der Boden war blutüberströmt, und die Hosenbeine einer Polizistenuniform ragten in den Flur. Instinktiv griff Seeberg nach seiner Waffe, doch seine Hand glitt ins Leere. Schmerzlich fiel ihm ein, dass er seine Dienstpistole abgegeben hatte. Vorsichtig schlich er näher an die Leiche heran. Er verharrte einen Moment und lauschte, ob er irgendeinen Laut wahrnehmen konnte, doch alles war totenstill.

»Ganz ruhig«, sprach er sich selbst Mut zu. Er beugte sich vor und ließ einen ersten Blick in das Zimmer fallen. Neben der Leiche des Polizisten erkannte er eine zweite Blutlache. Sie hatte sich unter der Tür der Toilette gebildet.

Seeberg griff sich die Waffe des toten Polizisten und eilte so lautlos wie möglich zu Nancys Zimmer. Er überlegte. Die Verstärkung musste jeden Moment eintreffen, doch jede Sekunde, die verstrich, konnte den Tod der jungen Frau bedeuten. Die Tür war nur angelehnt, er drückte sie vorsichtig weiter auf. Dann holte er tief Luft, stieß die Tür auf und sprang geduckt hinein. Der Lauf seiner Pistole zielte in alle Richtungen. Hektisch versuchte er irgendwas zu erkennen, doch seine Augen gewöhnten sich nur langsam an die Dunkelheit, die im Zimmer herrschte.

Die Tür ließ sich leise öffnen, er schlüpfte geduckt hinein. Er hoffte, dass die Frau schlief, und lehnte die Tür nur an, damit sie nicht geweckt wurde. Es funktionierte alles perfekt. Nur unter seiner Gummisohle knirschte der Linoleumboden bei jedem Schritt, den er näher kam, doch Nancy schien nichts zu merken. Es waren höchstens noch zwei Meter bis zum

Bett. Er konnte die Umrisse ihres Körpers erkennen. Die langen braunen Haare traten kontrastreich aus dem weißen Kissen hervor. Seine Muskeln spannten sich. Er kam immer näher heran. Dann war sie in Griffweite. Wie er vermutet hatte, schlief sie.

Wolf fasste die Haare, die wie ein Fächer über das Kissen ausgebreitet lagen. Sie waren samtweich und würden einen Ehrenplatz in seiner Trophäensammlung erhalten. All die Jahre hatte er immer irgendwas von seinen Opfern für sich behalten.

Seine Hand fuhr in seinen Mantel. Er spürte den Hirschknauf des Jagdmessers. Der raue Griff ließ ihn sofort ruhiger atmen. Er verlieh ihm ein vertrautes Gefühl von Sicherheit. Er hatte alles unter Kontrolle. Aber die Jagd machte keinen Spaß, wenn das Gejagte im Schlaf erlegt wurde. Er wollte ihr in die Augen schauen, wenn der kalte Stahl in sie eindrang. Diesmal würde sie ihn nicht verunsichern oder gar flüchten, er würde jede Sekunde auskosten. Blitzschnell drückte er ihr eine Hand über Mund und Nase, so dass sie nicht schreien konnte, wenn sie erwachte. Nancy riss die Augen auf, und er erkannte das blanke Entsetzen in ihnen, das er sich gewünscht hatte.

»Du dachtest, du könntest mir entkommen, was? Nein, meine Kleine, niemand entkommt mir, niemand.«

Er spürte, wie ihr Körper unter seiner Hand zitterte. Sie stemmte sich mit all ihren verbliebenen Kräften gegen ihr Schicksal, doch sie hatte keine Chance gegen Wolf. Er zog die Klinge und spielte damit vor ihren Augen.

»Siehst du das? Schau es dir genau an! Damit werde ich dich nun erst skalpieren und dir deinen schönen Hals durchschneiden.«

Sein Atem und sein Lachen waren überall auf ihrem Gesicht. Sie klammerte sich mit ihren Fingern in einem grünen Schal fest, der in ihrem Bett lag. Sie wusste nicht, wie er dorthingelangt war, doch er war momentan das Einzige, das ihr noch Halt gab. Dann packte er ihre Haare und setzte die Klinge an ihrem Scheitel an, als es mit einem Mal plötzlich heller im Raum wurde.

Immer mehr Fahrzeuge hielten vor dem Klinikum und versperrten alle Zufahrtswege. Christoph Ammer konnte den weißen Transporter sehen, der von einer Einheit umstellt worden war, und parkte seinen eigenen Wagen knapp daneben. Neben ihm saß Kohler und deutete auf den Transporter.

»Da ist der Wagen.«

Die Türen und die Ladefläche des weißen Transporters waren bereits geöffnet worden. Spürhunde hatten ihre Arbeit aufgenommen.

»Warten Sie einen Moment, Ammer«, befahl Kohler. »Ich übernehme jetzt. Sie haben das gut gemacht.«

Kurz nachdem Kohler ausgestiegen war, kam schon ein Mann mit schusssicherer Weste und Helm auf ihn zugelaufen.

»Wir haben das Fahrzeug bereits gründlich durchsucht. Der Gesuchte befindet sich nicht mehr darin, aber wir haben einige Blutspuren auf der Ladefläche entdeckt. Und wir haben noch etwas anderes gefunden.«

Der Mann hielt Kohler einen Plastikbeutel der Spurensicherung entgegen. In der Dunkelheit konnte er den Inhalt aber nicht erkennen.

»Was ist das?«

»Das sind grüne Fasern. Wenn ich mich recht erinnere, hat man doch einen grünen Schal bei der Leiche des kleinen Mädchens damals gefunden, oder?«

Kohler nickte. »Das stimmt. Meinen Respekt, dass Sie sich noch so gut an den Fall erinnern können.«

»Ich war damals bei der Suche beteiligt. Na ja, so was vergisst man halt das ganze Leben nicht.«

»Gute Arbeit.«

Ammer hatte das Ganze aus dem Wagen mitverfolgt und angehört. Er war beruhigt, dass es tatsächlich Spuren von Laura gab. Seit sie den alten Fall wieder aufgerollt hatten, gab es Gegenwind von Bornemann. Er hatte sich zwar schließlich bereit erklärt, die Akten wieder zu öffnen, doch gern hatte er es nicht getan. Nun gab es einen weiteren Beweis. Und alle verfügbaren Beamten waren trotz des drohenden Wintereinbruchs zum Klinikum gekommen, um diesen Fall ein für alle Mal zu lösen.

Kohler teilte die Polizisten in verschiedene Teams ein und erklärte, dass die Zielperson wahrscheinlich im siebten Stock zu finden sei. Alle Fahrstühle und Treppenhäuser mussten daher gesichert und das Stockwerk evakuiert werden. Christoph Ammer war bislang noch nie in eine Schießerei geraten. Bei dem Gedanken, dass sich Seeberg irgendwo im Gebäude befand und nun allein auf den Mann treffen würde, der für die ganzen grausigen Taten verantwortlich war, wurde ihm übel. Die Bilder des toten Anwalts und Pfeifers waren ihm in den letzten Tagen immer wieder durch den Kopf gegangen. Ihm wurde heiß und kalt, und er begann zu zittern. Gerade noch rechtzeitig öffnete er die Tür und erbrach sich. Dann atmete er schwer und schmeckte Galle.

Kohler kam zu ihm. »Alles in Ordnung mit Ihnen?«

»Ja, danke. Geht schon.«

Kohler schaute ihn mitleidig an. »Hören Sie, bleiben Sie hier unten, Ammer. Wir erledigen das auch ohne Sie.«

»Nein, nein. Das kommt nicht in Frage. Ich lasse einen Kollegen doch nicht im Stich.«

»Wie Sie meinen.« Kohler gab einem der Einsatz-kräfte ein Zeichen. »Bringen Sie dem Mann eine schusssichere Weste. Und dann los! Wir gehen rein.«

42.

Vom hell erleuchteten Flur aus konnte er zunächst nur wenig erkennen, als er in das dunkle Zimmer sah. Doch es genügte, um zu sehen, dass eine große Gestalt sich vor dem Bett Nancys aufgebaut hatte. Der Kommissar handelte sofort.

»Kripo Fulda. Keine Bewegung. Legen Sie die Waffe beiseite!«

Der Lauf seiner Pistole zielte auf den Schatten. Allerdings konnte Seeberg nicht erkennen, wo Abels Körper aufhörte und Nancys begann. Ein gezielter Schuss war unmöglich. Die Klinge eines Messers blitzte im Schein des Lichts, was darauf deutete, dass sie noch nicht zum Einsatz gekommen war. Dann gewöhnten sich seine Augen langsam an die Lichtverhältnisse, und er sah, dass Abel die Klinge an Nancys Kehle drückte und mit der anderen Hand ihren Mund zuhielt.

»Machen Sie jetzt keinen Blödsinn, Abel! Die Kollegen haben das Gebäude bereits gesichert. Sie kommen hier nicht mehr raus.«

Wolfram Abel fragte nicht einmal, wie man ihn gefunden hatte. Als der Kommissar auf den Abelshof gefahren kam, war klar, dass die Zeit begrenzt sein würde. Doch so schnell hatte er sein Ende nicht erwartet.

»Sind Sie Jäger?« Wolf lächelte Seeberg zu. »Ich wette, Sie sind keiner. Sie haben sich noch nie einen ganzen Tag auf die Lauer gelegt und auf diesen einen, alles entscheidenden Moment gewartet. Auf die Sekunde, auf die alles ankommt. Auf den Moment, in dem es sich entscheidet, ob Sie die Beute erlegen oder ob sie entkommt. Und seien Sie sich sicher, Herr Kommissar. Ich dachte schon oft, dass mir mein Ziel nicht entfliehen kann, und wurde eines Besseren belehrt.«

»Wie von ihr?«, deutete Seeberg auf Nancy.

»Ja, wie von ihr. Ein verdammt cleveres kleines Miststück. Aber jetzt kann sie nicht mehr fort. Bei jeder Bewegung, die sie unternimmt, drückt sie sich die Klinge ein Stück weiter in ihr eigenes Fleisch.«

»Was wollen Sie?«

»Lassen Sie die Waffe fallen und treten Sie zurück.«

Eine Stimme im Kopf des Kommissars befahl ihm, die Geisel nicht zu gefährden. Die angsterfüllten Augen Nancys sprachen dieselbe Sprache. Eine andere Stimme schrie ihn jedoch an, den Täter nicht entkommen zu lassen. Er war der Einzige, der ihm Antworten auf all seine Fragen geben konnte.

»Na schön«, lenkte er ein und senkte seine Waffe.

»Gute Entscheidung, Herr Kommissar. Legen Sie die Waffe auf den Boden und schieben Sie sie herüber. Ganz langsam.«

Seeberg führte alles genauso aus, wie Abel es ihm befahl. Er ließ die Waffe über den Boden schlittern, so dass sie vor den Füßen Abels zum Liegen kam. Abel zog Nancy aus ihrem Bett und bückte sich gemeinsam mit ihr nach der Waffe. Er nahm sie auf und steckte sie sich in den Hosenbund.

»Was nun?«, fragte der Kommissar. »Wollen Sie unten zur Tür herausspazieren? Ich bin mir sicher, dass es dort schon von Polizisten nur so wimmelt. Und glauben Sie mir, bei Polizistenmördern haben die Kollegen einen verdammt lockeren Finger am Abzug.«

»Vielleicht will ich ja gar nicht flüchten.«

»Was dann?«

»Vielleicht will ich einfach nur einen letzten Auftritt haben, der mir gerecht wird. Wenn die Kleine hier aus dem Weg geräumt ist, gibt es keine Zeugen mehr. Dann ist mein Auftrag erfüllt. Meine Jagd ist dann beendet.«

»Ihr Auftrag?« Der Kommissar hatte insgeheim die ganze Zeit schon das Gefühl, dass noch viel mehr hinter der Angelegenheit steckte, als es den Anschein hatte. Petrov hatte bei seinem letzten Telefonat be-

270

reits Ähnliches angedeutet. »Ein Auftrag wird doch immer von jemandem erteilt, oder? Wer hat Ihnen diesen Auftrag erteilt? Gott vielleicht?«

»Gott.« Abel lachte. »Ich bin nicht verrückt, wenn Sie das meinen. Ich höre keine göttlichen Stimmen in meinem Kopf.«

»Wer dann?«

»Genug jetzt. Treten Sie zur Seite.«

Noch bevor Seeberg weiter fragen konnte, drückte Abel Nancy vor sich her. Sie war benommen und stand unter Schock. Außerdem erkannte er, dass sie Lauras Schal in ihren Händen hielt. Zwischen dem Kommissar und Abel lagen keine zwei Meter. Seeberg konnte erkennen, wie die Narbe auf dessen Stirn dunkel hervortrat.

Gut so, dachte der Kommissar. Er ist auch nervös. Aber die leichteste Bewegung und Nancys Kehle wäre durchtrennt. Er durfte nichts riskieren. Abel war schon durch die Tür und ging rückwärts. So dass er den Kommissar immer im Blick hatte.

»Kommen Sie.«

Sie gingen zurück zum Schwesternzimmer. Kaum dass sie dort angekommen waren, griff Abel sich die Waffe aus dem Hosenbund und stieß Nancy von sich.

»Hol mir die Schlüssel von der Krankenschwester. Los, beeil dich.« Erst jetzt, im Licht, konnte Seeberg in das Gesicht Nancys schauen. Ihr liefen Tränen über das Gesicht. Sie war schwach, doch befolgte sie die Befehle Abels, so gut es ging. »Und jetzt komm wieder her.«

Abel ließ den Kommissar zurück in dem Zimmer und befahl Nancy, die Glastür abzuschließen. Dann lächelte er boshaft und zog Nancy an den Haaren hinter sich her in Richtung des Treppenhauses. Sofort wirbelte Seeberg herum. Er stand in der Blutlache der Krankenschwester, und vor ihm lag der tote Polizist. Er schärfte sich ein, rationell zu denken, eine Lösung zu finden.

Komm schon, du bist für solche Situationen jahrelang geschult worden. Denk nach! Mach schon!

Dann hörte er ein Knacken und sah hinunter zu dem toten Polizisten. Es dauerte noch einige Sekunden, bis er verstand. Dann beugte er sich zu dem toten Beamten herab und fingerte dessen Sprechfunkgerät heraus. Eilig drückte er den Sprechknopf.

»Hier spricht Kommissar Seeberg, hört mich jemand?«

Das Funkgerät knackte wieder, und schon ertönte eine bekannte Stimme am anderen Ende.

»Kohler hier. Wo steckst du, Klaus?«

»Ich bin auf der siebten Etage. Abel hat mich dort eingeschlossen und Nancy als Geisel genommen. Er hat außerdem ein Messer und eine Schusswaffe bei sich.«

»Wir sind jeden Moment bei dir.«

»Okay. Beeilt euch.«

Fast im gleichen Moment strömten die Beamten in den Stock und verteilten sich zur Absicherung. Seeberg klopfte und winkte, als er Kohler und Ammer erkannte.

»Hat jemand einen Schlüssel?«, rief Kohler. Als niemand sich äußerte, gab er Seeberg ein Zeichen, von der Tür zurückzutreten. »Geh zur Seite, Klaus.«

Kohler zielte auf die Glastür. Der Schuss ließ das Glas in tausend Scherben zerbersten und gab den Weg frei. Vorsichtig stieg der Kommissar durch den zerstörten Türrahmen.

»Das wurde aber auch höchste Zeit.«

»Wo ist Abel?«

»Ich denke, ich weiß, wo er hin ist. Ammer, geben Sie mir Ihre Waffe.«

Der junge Mann zögerte, und auch Kohler war sich seiner Sache nicht sicher, nickte dann aber.

»Geben Sie ihm Ihre Pistole. Ich übernehme dafür die Verantwortung.«

»Danke«, antwortete Seeberg und rannte über den Gang in Richtung Treppenhaus. Seine zwei Kollegen folgten ihm. Seeberg hatte eine Ahnung, wohin Abel geflüchtet war, um sich seinen letzten, großen Auftritt zu verschaffen.

43

Ganz ruhig, Klaus, forderte er sich selbst Besonnen-
heit ab. Die Stahltür zum Dach lag direkt vor ihm.

»Ihr sichert mich ab, verstanden?«

»Nichts da. Wir kommen mit.«

»Nein, das geht nicht. Ich muss allein mit ihm
reden. Sonst erfahre ich nie, warum er Laura töten
musste. Gebt mir fünf Minuten.«

Die beiden Kollegen nickten. Seeberg stieß die Tür
auf. Er trat ins Freie und schaute sich in der Dunkelheit um. Der Dunst seines Atems zeichnete sich bei
jedem Atemzug vor seinen Augen ab. Er ging weiter.
Seine Füße berührten den schneebedeckten Boden
des Dachs. Der Schnee knirschte unter seinen Schuh-
sohlen. Unter dem Schnee schienen Steine und Schot-
ter aufgeschüttet worden zu sein. Niemand war zu
sehen. Doch er spürte förmlich, dass Abel in unmittelbarer Nähe sein musste. Er ging gebückt weiter in
Richtung des großen Fahrstuhlschachts, hinter dem
er Wolf und seine Geisel vermutete. Er zog die Waffe
aus dem Gürtel und presste sich gegen die Schacht-
wand. Er schaute zurück zu Kohler und Ammer, die
ihm ein Zeichen gaben, dass bei ihnen alles in Ordnung war. Dann lauschte er nach einem Geräusch,
doch nur Stille umgab ihn.

Vorsichtig spähte Seeberg um die Ecke. Die Umrisse von zwei Schatten tauchten vor ihm auf. Sie standen direkt an der kleinen Dachumrandung, hinter der es fünfzig Meter in die Tiefe ging. Seeberg versteckte seine Waffe im Hosenbund hinter seinem Rücken und trat vor.

»Werfen Sie das Messer weg, Abel!«

Wolf Abel wirbelte herum, die Geisel fest an sich gedrückt.

»Sie sind ein zäher Kerl, Herr Kommissar. Das muss ich Ihnen lassen.«

»Lassen Sie Nancy los. Die Polizei steht bereits vor dem Haus. Sie haben keine Chance mehr.«

Abel sah hinab in die Tiefe und konnte die Blaulichter der Einsatzfahrzeuge erkennen.

»Sie kommen hier nicht raus«, fuhr Seeberg fort. »Das wissen Sie. Sie haben einen Polizisten auf dem Gewissen. Es ist, wie Sie gesagt haben: Irgendwann findet jede Jagd ihr Ende.«

»Aber meine ist noch nicht beendet.«

»Doch, das ist sie. Ein guter Jäger weiß, wann die Jagd beendet ist.«

»Was wissen Sie schon? Sie wissen gar nichts.«

Seeberg kam mit erhobenen Armen näher. »Oh, ich weiß eine ganze Menge. Sie haben meine Tochter entführt und sie getötet.«

Abel lachte. »Ist das alles, was Sie wissen?«

»Nein. Im Anschluss haben Sie sie verstümmelt,

um den Mord Petrov in die Schuhe zu schieben. Aber Sie haben einen Fehler gemacht.« Seeberg tippte sich auf die linke Brust. »Sie haben den Schnitt rechts angesetzt. Doch Petrov bevorzugte die linke Seite. Die Herzseite. Immer nur diese. Es war sein Ritual.«

»Und wenn schon. Es hat funktioniert.«

»Ja. Alle sind darauf hereingefallen. Sie bestachen den Anwalt Vollmer, damit er Petrov zu einem Geständnis überredete. Er würde ohnehin für die zwei anderen Morde verurteilt werden. Da kam es auf den einen auch nicht mehr an, nicht wahr?«

»Gut kombiniert, Herr Kommissar. Für sein Geständnis sollte er mildernde Umstände bekommen. Bei guter Führung hätte er noch was von seinem Leben in Freiheit genießen können.«

»Aber er wurde krank.«

»Krank und geschwätzig.«

»Und als Sie von Vollmer erfuhren, dass ich Fragen stellte, waren Sie gezwungen, die letzten Zeugen zu beseitigen. Vollmer, Pfeifer und Nancy sollten auch sterben. So hätte es keine Zeugen mehr gegeben, und Petrov hätte in seinen letzten Tagen so viel ausplaudern können, wie er wollte. Niemand hätte ihm geglaubt.«

»Außer Ihnen.«

»Ja, und plötzlich bin ich sogar selbst ins Zentrum der Ermittlungen gerückt.«

»Verrückt, nicht wahr? Die Wahrheit ist eine Hure. Sie fickt mit dem, der sie kreiert.«

Es waren nur noch drei bis vier Meter, die Seeberg bis zu Abel zurücklegen musste, doch er wusste nicht, was er noch sagen könnte, um ihn aus der Reserve zu locken und ihn zu einem Fehler zu zwingen. Nancy hielt noch immer den grünen Schal in ihrer Hand. Doch ihre Kräfte ließen sichtbar nach.

»Ich war bei Ihrem Vater. Warum hat er Sie geschützt? Steckt er mit in der Sache?«

»Mein Vater? Nein. Von meiner Menschenjagd weiß er nichts.«

Klaus Seeberg dachte an seine Tochter. Es ergab für ihn immer noch keinen Sinn, warum sich Abel ausgerechnet seine Tochter ausgesucht hatte.

»Aber warum Laura? Warum gerade meine Tochter? Was hat sie Ihnen getan? War es Zufall?«

»Nein, kein Zufall. Es gibt keine Zufälle bei der Jagd. Das sollten Sie wissen, Herr Kommissar.«

»Was war es dann?«

»Sie meinen, ob ich sie ficken wollte?«

Der Kommissar riss sich zusammen. Abel wollte ihn provozieren. Doch auch wenn ihm die Worte wie ein heißer Dolch im Herz brannten, zwang er sich dazu, sich nichts anmerken zu lassen.

»War es das? Sexuelle Gier? Aber Laura wurde nicht vergewaltigt. Sex ist nicht Ihre Sache, nicht wahr?«

Abels Mundwinkel zuckten. Die Aussage traf ihn.

»Nein, Sex war nie etwas für mich. Ich habe Ihre Tochter lediglich ein wenig mit dem Knauf des Messers bearbeitet, damit es so aussah, als ob dieser Bulgare ein weiteres Opfer gefunden hätte. Dann verteilte ich die Spermaspuren Petrovs auf ihrem Körper, und schon war für die Polizei die Sache klar.«

Langsam nahm Seeberg seine Arme herunter. Er war sich sicher, dass Abel noch immer im Glauben war, dass er unbewaffnet war.

»Ich verstehe immer noch nicht, warum Sie meine Tochter ausgesucht haben.«

»Warum? Warum?«, äffte Abel nach. »Sie war lediglich das Mittel zum Zweck. Sonst nichts.«

»Mittel zum Zweck? Sie war ein Kind von dreizehn Jahren. Für welchen Zweck sollte sie von Nutzen sein?«

»Das verstehen Sie nicht. Das ist zu lange her.«

»Was meinen Sie damit? Ihre eigene Kindheit? Hat es irgendwas mit Ihrer Mutter zu tun?«

Seeberg merkte, wie Abel zögerte. Er schien einen Nerv getroffen zu haben. Eine Schwachstelle. Abel schob sich noch weiter zurück und stand nun direkt an der Kante. Er presste die Klinge noch immer gegen Nancys Hals, der bereits zu bluten begann. Statt Seeberg zu antworten, senkte er den Kopf und flüsterte ihr ins Ohr.

»Na, Kleine. Denkst du, den Sprung von hier oben

überlebst du auch wieder? Ich denke, diesmal dauert der Fall lange genug, dass ich dir währenddessen noch die Kehle durchschneiden kann.«

»Ihr Vater hat mir das Grab hinter dem Haus gezeigt.« Seebergs Stimme durchdrang die dunkle Nacht. »Warum wurde Ihre Mutter nicht auf einem Friedhof beerdigt? Dafür gibt es einen Grund, nicht wahr?«

»Und wenn schon. Wen interessiert das jetzt noch?«

»Mich, verdammt nochmal. Meine Tochter musste deswegen sterben. Was hat sie mit dem Tod Ihrer Mutter zu tun?«

»Halten Sie endlich Ihr Drecksmaul! Und lassen Sie meine Mutter da raus!«, herrschte Abel ihn an.

Gut so, er verlor langsam die Kontrolle über sich. Das war der erste Schritt. Zuerst Kontrollverlust über sich, dann über die Situation.

Abels Brustkorb pumpte nun kräftig, und man konnte ihm seine Aufregung deutlich ansehen. »Sie sind doch selbst daran schuld. Hätten Sie sich nicht eingemischt!«

»Eingemischt?« Seeberg kam näher, vielleicht noch zwei Meter bis zu den beiden. Nancy verhielt sich absolut still. »Ich? Was soll das heißen? Wobei denn?«

»Sie wollten Fragen stellen.« Abel wurde unaufmerksam. Die Klinge löste sich etwas von Nancys Hals. »Da musste ich Ihre Tochter holen.«

»Aber … aber ich war damals gar nicht in der Stadt, als Sie Laura entführt haben. Ich kann mich also gar nicht irgendwo eingemischt haben.«

Der Kommissar erinnerte sich an den Tag, als er vom Verschwinden Lauras gehört hatte. Er war gerade auf dem Weg gewesen, um irgendeinen alten Fall zu untersuchen, der vor Ewigkeiten ungelöst zu den Akten gelegt worden war. Er sollte den Mord an einem Grenzsoldaten erneut untersuchen. Kohler hatte gehofft, dass man mit den neuen Möglichkeiten der Falluntersuchung etwas Licht ins Dunkel dieses alten Mordes bringen könnte. Seeberg mochte dieses Herumstochern in teilweise jahrzehntealten Fällen zwar nicht sonderlich, aber er wusste, dass es häufig gelang, auch nach etlichen Jahren einen Täter zu finden. Dann erinnerte er sich daran, wohin ihn die Untersuchung damals führen sollte. Wie ein Hammer traf ihn der Name des Ortes, der nur unweit vom Abelshof entfernt lag und von dem er gerade erst gekommen war.

Kaltengrund.

Der tote Grenzer war einst in einem Waldstück unweit vom Abelshof bei Kaltengrund entdeckt worden.

»Hat es was mit diesem Ort zu tun? Mit Kaltengrund?« Wolfram Abel antwortete nicht, aber Seeberg spürte, dass er mit seiner Vermutung richtig lag. »Es hat also mit diesem verdammten Ort zu tun. Mit diesem alten Fall und diesem Todesfall an der Grenze, nicht wahr? Sagen Sie mir, was der Grund war. Ich flehe Sie an, sagen Sie es mir.«

Der Kommissar sank auf die Knie, und Wolf löste überrascht die Klinge noch etwas weiter vom Hals seines Opfers. Der Kommissar erkannte, dass Nancy das auch bemerkte. Sie begann heimlich den Schal wie einen Verband fest um ihre Hand zu wickeln.

»Verrecken Sie, Herr Kommissar! Wir sehen uns dann auf der anderen Seite.«

Die Worte von Abel vernahm er wie durch Nebel. Denn Nancy gab dem Kommissar mit ihren Augen ein Zeichen. Sie hatte den Schal wie einen Verband um ihre Hand gewickelt. Als er begriff, was sie vorhatte, weiteten sich seine Augen.

»Nein, Nancy, nicht …«

Er versuchte, sie von ihrem Vorhaben abzuhalten, doch es war zu spät. Mit einer katzenartigen Bewegung riss Nancy ihre bandagierte Hand hoch und ergriff die Klinge. Wolf war überrascht, reagierte dennoch reflexartig und führte mit einer einzigen Bewegung eine Schnittbewegung durch, um das Messer aus der Umklammerung zu befreien. Doch die Klinge durchtrennte lediglich den Schal. Wolfram Abels Augen glühten vor Entschlossenheit. Er setzte sogleich zum zweiten Schnitt an und ließ dabei Nancy mit der anderen Hand los. Für einen Moment war

Wolf somit ohne Schutz. Doch Seeberg zögerte, statt die Pistole hervorzuziehen und zu schießen. Alles spielte sich im Bruchteil von Sekunden ab. Er war kurz davor, die wahren Gründe von Lauras Tod zu erfahren. Doch wenn er noch einen Moment länger zögerte, würde Wolf die junge Frau mit seiner Klinge treffen.

»Jetzt, schnell …«, schrie Nancy und warf sich in den Schnee.

Wolfram Abel holte zum zweiten Hieb auf die nun wehrlose Frau vor ihm aus. Eine weitere Chance würde es nicht geben. Der Kommissar zog in einer fließenden Bewegung die Waffe hinter seinem Rücken hervor.

Seeberg hörte den Knall und sah, wie das Mündungsfeuer seiner Waffe im Dunkel der Nacht wie ein Blitz aufflammte.

44.

Die Wucht des Rückschlags ließ Abels Körper herumwirbeln. Er taumelte einen Schritt zur Seite, einen weiteren zurück, dann glitt das Messer aus seiner Hand. Er wankte und versuchte noch, sein Gleichgewicht wiederzufinden. Doch dann schienen ihm seine Beine keinerlei Halt mehr zu geben, und er stolperte rückwärts. Ihre Blicke trafen sich ein letztes

Mal, dann kippte er hintenüber. Der Kommissar stürzte hinterher, um ihn zu halten, doch der Sturz war unvermeidlich. Wie in Zeitlupe fiel Wolfram Abel und stürzte in die Tiefe. Einen Moment konnte Seeberg ihm noch nachblicken, dann schien er von der Dunkelheit verschluckt zu werden.

»Bitte«, flüsterte eine weinerliche Stimme. »Bitte sagen Sie, dass es vorbei ist.«

Er drehte sich um und sah Nancy in ihrem dünnen Pyjama zusammengekauert auf dem eiskalten Boden an der kleinen Mauer vor dem Abgrund liegen. Sie zitterte. Er ließ sich neben sie sinken.

»Es ist vorbei. Ich habe Ihnen doch gesagt, dass ich auf Sie aufpasse. Jetzt ist alles gut.« Er beugte sich zu ihr und nahm sie in den Arm. Nancy begann zu weinen und presste ihren Kopf an seine Brust. »Alles ist gut, Nancy«, wiederholte er und wusste, dass das gelogen war.

Nichts war gut. Der einzige Mensch, der ihm alle Fragen beantworten konnte, war tot. Zwar hatte Abel den Mord an Laura zugegeben. Doch warum er das getan hatte, blieb für Seeberg weiter unklar. Es hatte etwas mit diesem Dorf in der Rhön zu tun, mit Abels Mutter und dem Mord an einem Grenzer vor über dreißig Jahren.

»Dort sind sie, dort drüben!«

Kohler kam mit Ammer zu ihnen herübergelaufen.

Kurz darauf trafen weitere Polizisten ein. Der Notarzt kümmerte sich um Nancy und nahm sie mit sich. Sie sah sich zu Seeberg um und hob ihre blutende Hand, in der sie noch immer den Schal hielt. Sie zwang sich ein Lächeln ab.

»Alles okay mit dir?«, fragte Kohler.

»Ja, danke. Mir geht es gut.«

»Wo ist Abel? Wir haben nur den Schuss gehört.«

»Abel? Er hat eine Abkürzung nach unten genommen.« Der Kommissar deutete hinter sich.

»Ist er gesprungen?«

»Er hatte es vor. Aber er wollte Nancy mitnehmen. Ich habe einen Schuss auf ihn abgegeben, und er ist in die Tiefe gestürzt.«

Kohler setzte sich links neben Seeberg, Ammer rechts. Alle drei sagten eine Weile nichts und ließen die Schneeflocken auf ihre Gesichter fallen. Der Schneefall war mittlerweile so dicht, dass man selbst vom Dach der Klinik die Lichter der Stadt nicht mehr ausmachen konnte. Alle hingen ihren dunklen Gedanken nach. Kohler war froh, bald in Pension gehen zu können, und Ammer begriff, dass er nie wieder so leicht und gedankenlos seinen Job machen würde. Alles im Leben konnte sich innerhalb einer Sekunde verändern.

Gut und Böse.

Schwarz und Weiß.

Schuld und Unschuld.

Kommissar Seeberg saß in ihrer Mitte und grübelte. Ich bin nichts weiter als ein verbitterter, kranker Mann, der einem Phantom hinterherjagt, hörte er eine Stimme in seinem Kopf sagen. Bornemann und Pinnow haben schon recht. Ich bin ein unberechenbarer Faktor, wenn ich glaube, auf der Spur nach der Wahrheit zu sein. Ich bin nicht weniger wahnsinnig als Petrov oder Abel. Ich bin genau wie sie. Jeder ist wie sie. In uns allen steckt dieses Tier.

Er lächelte.

Jedoch ohne eine Spur von Freude dabei zu empfinden.

Epilog

Sie standen wieder unten auf dem Parkplatz vor dem Klinikum. Man hatte Abels Leiche zur Rechtsmedizin bringen lassen. Ein Fahrzeug nach dem anderen verließ den Tatort. Sie waren beinahe wieder alleine, als ein Geländewagen direkt vor ihnen hielt. Franziska Hellmich, die Polizeipsychologin, stieg aus und kam auf sie zu.

»Ich habe es gerade in den Nachrichten gehört. Sie haben ihn gefasst?«

Seeberg nickte, und Kohler erklärte der Psychologin kurz, was geschehen war. Doch anstatt die Polizisten zu beglückwünschen, fuhr sie den Leiter der Einheit harsch an.

»Na, dann können Sie ja froh sein, dass nochmal alles einigermaßen glimpflich abgelaufen ist.«

»Wie meinen Sie das?«, fragte Kohler.

»Wie kann es sein, dass er wieder im Dienst ist?« Hellmich deutete auf Seeberg. »Dieser Mann hat vor wenigen Tagen einen Suizidversuch hinter sich. Er ist alles andere als dienstfähig. Und Sie halten es nicht einmal für nötig, mich davon zu unterrichten, dass er aus dem Krankenhaus entlassen wurde. Es ist nur eine Frage der Zeit, bis Bornemann mich anruft und fragt, ob das alles rechtens war. Was soll ich dann sagen?«

Sie stand mit verschränkten Armen vor den drei Männern und betrachtete sie wie drei Schuljungen, die Mist gebaut hatten. Den Männern war klar, dass die Psychologin allen Grund hatte, sich aufzuregen. Man hatte sich über sie hinweggesetzt. Doch ebenso war allen klar, dass sie sich auch deswegen so sehr aufregte, da sie den Kommissar mehr mochte, als es üblich war.

»Sie müssen das verstehen, Frau Hellmich. Ich war in einer äußerst verzwickten Lage«, entgegnete Kohler. »Ich hatte keine Wahl und auch keine Zeit. Und wie Sie selbst sagten, es ist ja alles gut gegangen, nicht wahr?«

Die Psychologin war mit dieser Erklärung jedoch keineswegs einverstanden.

»Wenn Sie eine Geiselnahme in einem öffentlichen Gebäude und den Tod des Geiselnehmers als alles *gut gegangen* betiteln möchten, dann ja. Mensch, Kohler, wissen Sie, was los gewesen wäre, wenn hier irgendwas aus dem Ruder gelaufen wäre? Dann hätten wir jetzt hier auf dem Parkplatz ein Dutzend Leichenwagen stehen.«

Seeberg versuchte zu schlichten.

»Ist es aber nicht. Das Leben findet nun mal nicht im Konjunktiv statt. Kohler hat vielmehr einen Orden verdient. Und Ammer auch. Also beruhigen Sie sich.«

»Zu Ihnen komme ich gleich noch.« Hellmich deutete mit dem Zeigefinger auf den Kommissar, während ihr Telefon klingelte. Sie wendete sich ab. »Herr Bornemann ...«, hörten sie sie noch sagen, bevor sie sich abdrehte und aus der Hörweite verschwand.

Ammer hob entschuldigend die Arme. »Sie hat nicht unrecht.«

»Nein, natürlich nicht«, bestätigte Kohler.

»Das könnte jetzt aber für Sie schlimme Folgen haben, Herr Kohler.«

»Schlimme Folgen.« Der Leiter der Einheit drehte sich amüsiert zu Ammer. »Wir haben einen Serienkiller geschnappt und die Öffentlichkeit vor weiteren Opfern bewahrt. Denken Sie, dass Bornemann sich diesen Ruhm versauen lassen will? Der wird die Presse einladen und sich wie immer dafür feiern lassen. Und selbst wenn – was wollen sie mir anhaben? Mich feuern? Ich bin in ein paar Monaten eh im Ruhestand.«

Hellmich kam zurück in die Runde.

»Na, haben Sie ihm brav Meldung gemacht?«, fragte Seeberg die Psychologin provokativ.

»Ja, habe ich. Ich habe ihm bestätigt, dass alles mit rechten Dingen zuging und alles seine Ordnung hatte. Er hat mir für meine Weitsicht gratuliert und mich abgewürgt, da er nun eine improvisierte Pressekonferenz halten müsse, auf der er erklärt, dass die ganzen Vorfälle mit Ihnen eine Art Sondereinsatz waren.«

»Danke«, erklärte Kohler.

»Bitte. Aber noch einmal werde ich so etwas nicht machen. Nur damit das klar ist. Und wir zwei, Herr Seeberg, werden uns morgen unterhalten.«

»Das geht nicht.«

»Warum nicht?«

»Ich werde die nächsten Tage nicht in Fulda sein.«

»Ach? Sie nehmen sich Urlaub?«

»Sozusagen.«

»Was heißt das nun wieder?«

»Ich fahre noch heute Nacht für ein paar Tage in die Rhön.«

»Heute Nacht?« Kohler sah ihn an. »Hast du mal auf den Wetterbericht geachtet? Die Straßen sind fast alle unpassierbar.«

»Umso wichtiger, dass ich mich sofort auf den Weg mache.«

»Warte doch lieber ein paar Tage, bis sich alles beruhigt hat.«

Seeberg musste herausfinden, was es damals mit

dem Tod des Grenzers auf sich gehabt und was das Ganze mit dem Tod seiner Tochter zu tun hatte.

»Ich kann nicht länger warten.«

»Aber du kommst nicht durch. Die haben die Straßen gesperrt und die Meldung herausgegeben, dass niemand in den nächsten vierundzwanzig Stunden sein Haus verlassen soll. Dieser Schneesturm wird mit voller Wucht auf die Rhön treffen. Das kann wirklich richtig ungemütlich werden, Klaus.«

Seeberg sah in die Runde. Er vertraute den Personen, die hier um ihn herum standen. Sie würden ihn verstehen.

»Ich weiß. Aber Abel hat angedeutet, dass das alles was mit seiner eigenen Kindheit zu tun hat. Ich denke, er hat sich Laura geschnappt, weil ich damals diesen alten Fall oben in der Rhön nochmal untersuchen sollte.«

»Die Sache mit dem ermordeten Grenzer?«, fragte Kohler.

Seeberg nickte.

»Aber was soll das mit Laura zu tun haben?«

»Genau das muss ich herausfinden. Du weißt, dass ich sonst keine Ruhe finde.«

Kohler blickte durch den immer dichter werdenden Schnee hinauf zum Himmel.

»Du bist ein verdammter Sturkopf.«

»Willst du mich festnehmen?«

»Natürlich nicht. Aber pass auf dich auf.«

Seeberg drehte sich zu Frau Doktor Hellmich.

»Und Sie? Wollen Sie mich aufhalten?«

»Nein.« Hellmich schüttelte den Kopf. »Aber nur unter einer Bedingung.«

»Und die wäre?«

»Ich komme mit.«

»Das geht nicht«, wandte Seeberg sofort ein. »Sie haben doch gerade gehört, dass es ungemütlich werden kann.«

»Oh, das schreckt mich nicht – das sollten Sie wissen. Und wenn wir die Gesprächsstunden nicht unverzüglich durchführen, werde ich Sie dienstunfähig schreiben müssen. Also, entweder ich komme mit, oder ich spreche nochmal mit Bornemann und sorge dafür, dass Sie hierbleiben müssen.«

Er überlegte. Dann zuckte er schnaubend die Achseln.

»Meinetwegen.«

»Gut.« Hellmich war zufrieden und deutete zu ihrem Wagen. »Und wir nehmen mein Auto. Mit Ihrer alten Karre bleiben wir ja schon bei normalem Wetter im nächsten Straßengraben liegen.«

Kohler und Ammer mussten lachen. Sie hatten Seeberg schon oft wegen dessen Wagen aufgezogen.

»Dann macht euch jetzt auf, bevor es noch schlimmer wird«, empfahl Kohler. »Ich versuche das hier zu regeln. Sie beide halten mich aber auf dem Laufenden, okay?«

»Okay«, antworteten Seeberg und die Ärztin unisono. Dann gingen sie zum Fahrzeug hinüber.

»Ich fahre«, erklärte Franziska Hellmich und nahm hinter dem Steuer Platz.

Seeberg blies genervt seine Wangen auf, nickte seinen beiden Kollegen zum Abschied zu und stieg zu ihr in den Geländewagen. Dann rollte das Fahrzeug in das dichte Schneetreiben und war bereits nach wenigen Metern hinter einer weißen Wand verschwunden.

Leseprobe aus

Zeno Diegelmann

RHÖN BLUT

Broschur, 268 Seiten

ISBN 978-3-7466-3004-5

Der Moment schien wie geschaffen, um seinem Leben ein Ende zu setzen. Die nackten Gleise der Bahntrasse schlängelten sich gut und gern zwanzig Meter unter seinen Füßen in ihrer typischen Monotonie durch die abendliche Landschaft und verliefen ins dunkle Nirgendwo. Er blickte sich um. Niemand war zu sehen. Niemand, der zufällig vorbeikam. Und erst recht niemand, der ihn aufhalten wollte. Dann schweifte sein Blick in die Ferne.

Die Herbstdämmerung setzte ein und verschluckte den weiteren Verlauf der Strecke bereits weit vor dem eigentlichen Horizont. Dazu hatte ein nieselnder Regen eingesetzt, der alles mit seinem klammen Schleier benetzte: die Schienen, den Asphalt, das rostige Geländer, welches er soeben überstiegen hatte und nun mit beiden Händen fest umschlossen hielt. Er lehnte seinen massigen Körper nach vorne und riskierte einen Blick in den Abgrund. Vielleicht hatte er ja Glück, und das Geländer würde bereits unter seinem Körpergewicht nachgeben. Dann könnte er sich diese eine, letzte Herausforderung ersparen, selbst den Schritt ins Nichts setzen zu müssen. Denn er ahnte, dass ihm trotz aller Trauer und Taubheit seines Körpers dieser Schritt nicht leichtfallen würde. Sein Puls beschleunigte sich. Allein der Gedanke bereitete ihm Schwindel, und er musste für einen Moment seine Augen schließen. Er spürte die kalte Septemberluft in seine Lungen strömen und atmete sie betont langsam aus. Dabei beobachtete er, wie sich die feuchte Atemluft vor ihm aufbaute und sich sogleich wieder auflöste, als ob es sie nie gegeben hätte. Genau so würde es ihm auch ergehen. Von seinem jämmerlichen Dasein nahm niemand mehr Notiz. Seit dem Vorfall hatte er sich mehr und mehr zurückgezogen, bis er für die Außenwelt schließlich komplett unsichtbar geworden war. Nun würde er sich endgültig auslöschen, ohne dass dies für besonders großes Aufsehen oder Bedauern sorgen sollte. Vielleicht eine Randnotiz in der Presse. Wahrscheinlich aber noch nicht einmal das. Es störte ihn nicht im Geringsten. Nein, es war ihm vielmehr recht.

Ein Griff in seine Innentasche ließ ihn wieder ruhiger atmen, als er den weichen Kaschmirstoff des grünen Schals zwischen seinen Fingern spürte. Sofort schossen ihm die weichen Züge von Lauras Gesicht in den Kopf. Wie sie lachte, ihm von der Straße aus zuwinkte, während er wie jeden Morgen am Balkon stand, seinen Kaffee trank und sie über die Straße zur Bushaltestelle lotste, obwohl sie das schon lange allein konnte. Seine Rufe waren ihr sicherlich oft peinlich vor ihren Schulkameradinnen gewesen. Dennoch bat sie ihn nie darum, es zu unterlassen. Es war ihrer beider Ritual. Lauras und seins. Tochter und Vater. Der Gedanke schmerzte und schnürte ihm den Hals zu, er musste schlucken und kniff seine brennenden Augen bei der Erinnerung zusammen.

Er war leer.

Ausgebrannt.

Ein Schatten seiner selbst.

Er war die schlechteste Version des Mannes, der er einst gewesen war.

Angewidert von sich selbst, öffnete er wieder seine Augen und sah auf seine Uhr. Die Lichter des Schnellzugs nach Frankfurt würden bald am Horizont auftauchen, auf ihn zufliegen und nur Sekundenbruchteile später ganz bei ihm sein.

Ein schriller Ton, der nicht in diese Leere passte, riss ihn jedoch plötzlich aus seinen Gedanken. Für einen Moment verlor er gar das Gleichgewicht und rutschte aus, hielt sich jedoch in einer spontanen Reaktion am Geländer fest. Der Boden der schmalen Brüstung, auf der er stand, knirschte unter der hastigen Bewegung, und einige Schottersteine fielen hinab in Richtung der Gleise. Er schüttelte sich kurz, dann konnte er den Ton zuordnen. Er stammte von seinem Mobiltelefon, das noch immer in seiner Hosentasche klingelte. Ohne weiter nachzudenken, nahm er das Gespräch an.

»Ja?«

»Kommissar Seeberg?«

So hatte ihn seit längerer Zeit niemand mehr genannt. Er räusperte sich und versuchte mit möglichst fester Stimme zu antworten.

»Am Apparat, mit wem spreche ich?«

»Nils Bauer vom Polizeipräsidium Fulda. Der Kollege Reinhard Kohler möchte mit Ihnen sprechen. Moment, ich verbinde.«

Ein kurzes Knacken war in der Leitung zu vernehmen. Seeberg überlegte kurz aufzulegen, doch schon meldete sich eine vertraute Stimme am anderen Ende.

»Klaus? Ich bin es, Reinhard … Reinhard Kohler. Entschuldige, dass ich dich einfach so anrufe und störe. Du hast sicher andere Dinge im Kopf, aber es ist dringend.«

»Kein Problem, Reinhard«, log er. »Um was geht es?«

»Ich weiß, du bist noch vom Dienst freigestellt, aber ich dachte, ich melde mich direkt bei dir und warte nicht erst bis morgen. Auch der Chef meinte, wir sollen dich sofort anrufen.«

»Mich? Warum?«

»Wir haben hier eine Leiche. Männlich, Ende sechzig, vielleicht siebzig. Das Opfer wurde in einem Gewächshaus in einem Blumenhandel in Künzell gefunden, das momentan wegen Renovierungsarbeiten geschlossen ist.«

Es entstand eine kurze Pause, in der niemand etwas sagte, erst dann fragte Seeberg nach: »Und weiter? Ich bin nicht mehr im Dienst, Reinhard. Also, was soll das? Du hättest mich doch nicht angerufen, wenn das alles gewesen wäre.«

Kohler lachte. »Du hast recht. Also, pass auf, das Opfer war nackt und wurde mit mehreren Messerstichen geradezu entstellt.«

»Ja und? Ich verstehe immer noch nicht, was ihr von mir wollt.«

»Das will ich dir sagen. Vieles deutet darauf hin, dass der Täter sein Opfer vorab mit einem Pharmazeutikum bewegungsunfähig gemacht hat, bevor er es sexuell genötigt hat. Der Tote wurde anal traktiert.«

Wieder folgte eine Redepause. Doch diesmal verstand Seeberg, warum man ihn noch vor Ablauf seiner Beurlaubung angerufen hatte.

»Wie damals bei Joachim Pogatetz.«

»Genau.«

Seeberg ging in Gedanken den einstigen Tatort

durch. Er sah, wie das Opfer vor ihm lag, er konnte sogar noch den abscheulichen Verwesungsgestank wahrnehmen.

»War wirklich alles so wie damals bei Pogatetz?«

»Ja, alles«, pflichtete Kohler ihm bei. »Von der exakt zusammengelegten Kleidung neben dem Toten bis zu den typischen Verletzungen. Also, wie sieht's aus?«

»Wie sieht was aus?«, fragte Seeberg.

»Hör mal, Klaus. Niemand hier kann sich auch nur im Geringsten vorstellen, was du in den letzten Monaten durchgemacht hast. Und ich hätte vollstes Verständnis dafür, wenn du sagen würdest, dass dir das am Arsch vorbeigeht und du nichts mehr von der Polizeiarbeit wissen möchtest. Aber wenn du wieder mitmachen willst, dann wäre jetzt der richtige Zeitpunkt. Sogar Bornemann und Pinnow wollen dich für diesen Fall zurück in den Dienst holen.«

»Der Polizei-Vize und der Staatsanwalt? Ausgerechnet die beiden. Ich kann sie genauso wenig ausstehen wie sie mich.«

»Stimmt. Aber wenn du den Fall knackst, können sie dich nicht mehr länger auf Eis legen.«

»Sie suchen doch nur ein Bauernopfer, dem sie alles in die Schuhe schieben können, wenn die Sache schiefgeht.«

Kohler atmete laut in den Hörer, bevor er antwortete.

»Du weißt, wie dieses Spiel läuft, Klaus. Du bist lange genug dabei. Löst du den Fall, sind sie die großen Helden, weil sie dich zurückgeholt haben. Scheiterst du, haben sie ihren Sündenbock schon in der Hinterhand.«

»Klingt für mich so, als gäbe es zu viele Haken an der Sache.«

»Absolut. Und das war noch nicht alles. Du würdest offiziell zunächst nur als Berater des Teams und unter Vorbehalt arbeiten.«

»Was? Du kennst mich, Reinhard. So was mache ich nicht.«

»Ich weiß, es wäre ja auch nur offiziell. Inoffiziell leitest du das Team. Und wenn dein psychologisches Gutachten bestätigt, dass du wieder fit genug für den Dienst bist, bist du wieder an Bord.«

»Welches psychologische Gutachten?«

»Das, was du umgehend machen wirst. Das ist Vorschrift. Du kennst die Regeln.«

Seeberg zögerte. Er wunderte sich selbst darüber, dass er nicht sofort ablehnte. Irgendwas in ihm ließ ihn aufhorchen und Gefallen an dem Gedanken finden.

Entschuldige dich und sag ihnen, dass du das nicht kannst und dass dir das alles sonst wo vorbeigeht. Sie werden es verstehen, dachte Seeberg, dann stieg er zurück über die Brüstung.